Qianxun–Culture

—图书·影视—

x i n g h u i h u o t a i t a i

沉安 著

幸会，霍太太

天津出版传媒集团
天津人民出版社

图书在版编目（CIP）数据

幸会，霍太太 / 沉安著 . -- 天津 : 天津人民出版社 , 2020.3
ISBN 978-7-201-15629-3

Ⅰ . ①幸… Ⅱ . ①沉… Ⅲ . ①中篇小说－中国－当代
Ⅳ . ① I247.5

中国版本图书馆 CIP 数据核字 (2020) 第 033119 号

幸会，霍太太
XINGHUI HUOTAITAI
沉安 著

出　　版　天津人民出版社
出 版 人　刘　庆
地　　址　天津市和平区西康路 35 号康岳大厦
邮政编码　300051
电话号码　（022）23332469
网　　址　http://www.tjrmcbs.com
电子信箱　tjrmcbs@126.com

责任编辑　玮丽斯
特约编辑　何　易
封面设计　柚子酒

制版印刷　长沙鸿发印务实业有限公司
开　　本　880 毫米 ×1230 毫米　1/32
印　　张　10
字　　数　287 千字
版次印次　2020 年 3 月第 1 版　2020 年 3 月第 1 次印刷
定　　价　39.80 元

目录

c o n t e n t s

目录

c o n t e n t s

第一章

参加自己的葬礼

1

各位挚爱亲朋，本人爱妻因故离世，本人将于2020年4月30日上午9时于霍宅为爱妻苏桥举办追悼仪式。爱妻在世时多受亲朋的照顾及关切，为表谢意，本人特备薄宴，还望诸位届时参加。

尘封许久的邮箱来了一封新邮件，可她在打开邮件的瞬间就愣住了。

上面写的“爱妻苏桥”并不是别人，正是自己！落款霍燃，是她的未婚夫！这是一封邀请她参加自己葬礼的邀请函。

苏桥深吸一口气，咬牙切齿地拨通了久未联系的号码，听到那边的人接起，立刻破口大骂：“霍燃，你是脑子进水了，还是被门缝夹了？”

电话那边传来冷冰冰的一声：“我正在加班开会。”

“我什么时候死了，用得着你给我提前办葬礼？”

电话那头传来椅子挪动的声音，他跟会议室的人交代一句：“我出去接一个电话，你们先讨论。”

随着一阵脚步声结束，他接起了电话，语气依然冰冷：“你到底回不回来？”

“回来参加我的葬礼？我有病吗？”苏桥一只手抓着手机，一只手拿

起笔在纸上鬼画符。她画了一个男人，写上“霍燃”两个大字，然后用笔狂戳泄愤。

那边的人呵地笑了一声：“我问你，回不回来结婚？”

一听到“结婚”两字，苏桥停下了所有动作，顿了片刻，才下定了决心一般，郑重其事地说：“霍燃，我们还是解除婚约吧。”

“行，你打定主意不回来，是吗？我霍燃在北城也算是有头有脸的人物，总不能因为一个女人丢了面子吧。”他又笑了，却让苏桥隔着手机都感受到不寒而栗。他顿了一下，语气更加冰冷：“你不想回来就永远别回来，我就当你死了。”

苏桥缩了一下肩膀，嘴上还在逞强，一点也不肯服软：“你这么做，我家人同意吗？”

“我需要征得他们的同意吗？”

苏桥知道霍家的势力，还有霍燃的手段，一时之间竟然无话可说。为了逼她回去和他结婚，这个家伙真是无所不用其极！

两人沉默了片刻，那边的人终于不耐烦地开口：“葬礼就在明天，这是你最后的机会。如果你不回来也没关系，我给你开直播！”

苏桥还没来得及吭声，那边的人“啪”地挂了电话，没过几分钟，霍燃就把直播地址给她发了过来，提醒她明天准时收看自己的葬礼。

谁稀罕看自己的葬礼啊！

苏桥一个脑袋砸在桌子上，哀怨地看了一眼邮件发出的时间，是两天前。她为了躲开霍燃，来到陌生的锦城，换掉了所有的联系方式，只有这个邮箱偶尔会查看一下。

此时，她脑子里只有一个念头，绝对不能让葬礼继续，她还想以后回北城混呢。

偏偏撞上五一假期，飞北城的机票全线告急，她好不容易买到了晚上十点的动车票，吭哧吭哧打包好了行李，赶去了火车站。

因为第二天还要交一份设计图纸，她便带着平板和绘画板在车上加班，和道具工作室的同事交代完一些细节和注意事项，才留了点时间睡觉，可她依旧睡得不踏实。

翌日八点，脸色惨白的她拖着拉杆箱，站在北城火车站里。一上出租车，她立刻拿出手机进入霍燃的直播间，只有她一名观众，可一点进去，哀乐声顿时响起。

她忍着头痛发了一条弹幕——霍燃，你给我等着！

此时，星河城小区外，门口高档轿车堵了一片，安保人员正仔仔细细地盘查每辆车。但奇怪的是，没有一辆采访车。

八号别墅前，白色花圈和豪车整齐有序地排列着，那些来吊唁的富商巨贾、社会名流个个神情哀痛，当然，他们根本不认识今天的女主角。

小灵堂布置得有模有样，霍燃表情如常，正在等着丧礼开始，上台致辞。

一旁的助理小弟正举着手机进行直播，上蹿下跳地给总裁大人找最好的拍摄角度，旁边还有一名美女化妆师给他补妆，理理领口，活脱脱一副网络红人的样子。

一小时后，宾客都到了，霍燃神情自若地扯了扯领带，清完嗓子，立马换了一副表情，走到话筒前，怀着无比沉痛的心情致辞道："谢谢各位今天抽空前来……"

第一句话还没说完，外面就有人起了争执，争执声将众人的目光吸引了过去。

"霍燃！你给我闭嘴！你们别拦我，我自己的葬礼还不能参加了？"苏桥干脆把行李箱往地上一扔，瘦削的身体灵活地从保安手下钻了过去。

她冷着脸，在众人的瞩目下径自大跨步地走向霍燃，此时她手机里的哀乐声和现场的BGM（背景音乐）终于重叠在了一起。

霍燃的目光与她对上，瞬间变得温柔，朝她张开双臂："桥桥。"

苏桥感到一阵恶寒，没想到堂堂星海集团的总裁还是一个戏精！

她抬手就将还开着直播界面的手机扔了过去，霍燃眼明手快，一把拉过助理，为自己挡枪，之后再一把推开了助理。

她气急败坏，刚想张嘴，突然一阵头晕目眩，脚一软，身体晃了一

下，往旁边一靠，又被绊了一下，正巧一头栽进了霍燃给她准备的棺材里。她一睁眼就看到里面躺着一只白白胖胖的兔子，旁边木牌上写着两行字：苏桥，死因贪吃。

她尖叫着，双手支撑着软绵绵的身体试图站起来。该死的霍燃，居然用一只兔子代替自己！

在一阵惊呼中，霍燃一只手拦腰将她捞起，在她耳边轻蔑地笑了一声："你别这么着急，戏还没结束呢。"

苏桥转过脸，与他四目相对，张开口，还没来得及说什么，胃里就一阵翻涌。

"哇……"她毫不客气地趴在他胸口吐了起来，完事后，还不忘用他金贵的西服领子擦擦嘴。随后她两眼一黑，昏了过去，耳边是霍燃隔着千重山的喊声，渐渐地，便什么都听不到了。

之后发生了哪些精彩的剧情，她也就不得而知了。等她醒来时，那些荒唐事已经被她那执行力超强的未婚夫摆平了，网上没有任何风吹草动。而她的家人只在她昏睡时来看了一眼，就放心地把她交给了霍燃，心也是很大。

病房里，苏桥躺在床上打点滴，而霍燃则一副好丈夫的模样，坐在床边给她削苹果。一切看上去平静而安详，可她心里清楚，这只是暴风雨之前的宁静。

苏桥浑身不自在，抬头看了霍燃一眼，说道："你那么忙，真不用在这里陪我。"

"医生说你是过度疲劳加发烧导致的晕厥。烧到三十九度，自己一点都没察觉吗？"霍燃手里的刀锋利地划过果皮，言语中带着几分隐忍，仿佛在压抑着怒气。

"还不是因为你。"

"因为我？我不这么做，你舍得回来？"霍燃停下了手里的动作，眼皮子一抬，冷冰冰地注视着她，害得她瞬间改口。

"好吧，是我的错，我不该招惹您！求求您，您大人有大量，就放过我吧。感情的事是强求不来的，我祝福您早日找到命中注定的朱丽叶。”

苏桥晓之以理动之以情，无奈霍燃根本不吃她这一套。

“苏桥，你有脸吗？这段婚姻究竟是谁强求来的？”霍燃右手紧紧握着水果刀，插进了果肉里，眼睛里蓄满了怒气。

她一下子哑口无言，毫无底气地说了声：“对不起。”

霍燃转而一笑，挖下一块果肉，一边耐心地喂给她吃，一边说：“五月二十号，我们先去领证。”

苏桥头更痛了，苦思冥想了一番，只能出最低级的一招：“霍燃，对不起，我怀孕了。”

霍燃眼皮子一抬，戏谑地看着她：“哦，几个月了？”

“两个月了。”

“挺好，趁着肚子还不明显，我们赶紧领证把婚礼办了。”

“喂，霍燃，孩子的爹不是你。”苏桥隔着被子摸了摸肚子上微微凸起的游泳圈。

“没关系，我正好当一个便宜爹。父亲是谁都无所谓，只要是你肚子里掉下来的就好。”霍燃微笑着，伸手摸了摸她的肚子，“我去找医生，你怀着孕，输错药水就不好了。你不要智商，孩子还是要的。”

苏桥一脸蒙，见他真要起身，赶紧拉住他的衣服：“我没怀孕，但我真有男朋友了，我有照片为证，不过手机被我砸了。”

霍燃表情冷漠，打开抽屉，掏出手机往她胸前一丢：“我帮你修好了，你翻出来吧。”

苏桥硬着头皮打开手机相册，翻了好久，才选中了一张，给他展示着：“这就是我家亲爱的。”

霍燃瞧了一眼，扑哧笑出了声，目光怜悯，冲着她摇了摇头。

“你干吗这副表情？”苏桥每次一看到他这样，就浑身打寒战，因为她总感觉自己的智商被鄙视了。

“他长得有我好看吗？”他问。

苏桥顿了一下，老老实实地摇摇头。

“他有我有钱吗？”

苏桥摇头。

“那就是他的智商比我高？”

苏桥继续摇头，见霍燃还要说下去，赶紧插嘴：“你别这么鄙视他，虽然他样样不如你，但情人眼里出西施，我就喜欢他这样的。”

“好，我给你一个机会，让他过来，我当面鄙视他。”霍燃又露出了熟悉的冷笑，走向一旁的沙发。

他交叠双腿坐着，慵懒地拿起手机看起了新闻，一副准备打持久战的状态，时不时用藐视的目光催促她赶紧打电话。

苏桥怕霍燃，从小就怕。以前霍燃对她顶多是无视、嫌弃，自从两人建立了未婚夫妻的关系后，他倒是不无视她了，反而好得就差把她当吉祥物供起来，这种反常让她心惊胆战，最终，她选择了逃婚。

“怎么，你还不打电话？要我帮你吗？”

“不用！我自己来！”苏桥说，“我家亲爱的在锦城呢，不是一时半会儿能赶过来的。”

“没关系，我能等。”霍燃皮笑肉不笑地道。

苏桥揪了揪头发，实在没辙，只好给照片上的好友周深发了微信。

——阿深，求帮忙！快点到北城来一趟，假装我男朋友应付一下我家人，所有费用我一律报销。

没想到那边的人回复得极快，简单的一句话——好，等我，过两天一定到。

她放下手机，深吸了一口气，忐忑不安地说：“我家亲爱的说，明天就来。”

她的声音不大，落在霍燃耳朵里却格外清晰。他放下手机，眼皮子抬起，只说了一个字：“好。”

他果然生气了！苏桥本能地裹住了被子，身体往下缩。

霍燃起身走向门口，连头都没回：“挂完水，你自己按铃。”

随着关门声响起，她终于松了一口气，重新拿起手机，看到好几条微信消息推送。

苏莞：苏桥，醒来后吱一声。

2

苏桥还没来得及回复消息，便听到病房门被推开的声音，浑身一哆嗦，拉起被子就往脸上一盖。

“桥桥，你就这么不想见到我？”

一听这声音，苏桥猛地从被子里钻出脑袋，两只圆溜溜的眼睛警惕地打量着外面的情况，看到霍燃没在，苏桥才安心地拍了拍胸脯。

来人是她的闺密邱雅，一进来就损她：“桥桥，你可真有能耐，总算知道回来了呀。你说，老公不要就算了，连好姐妹都不要了，你可真没良心。”

“要是我没记错，你上个月来锦城，我们才见过面吧。”

苏桥鄙视地瞥了她一眼，抓起杯子喝了一口水压压惊。水微微泛甜，应该是白糖水。她愣了一下，因为讨厌喝白开水，所以她一直喜欢在水里加点糖，而这个习惯只有她的家人知道，霍燃有这么细心吗？

“对了，你怎么知道我在这儿？”

“我给你打电话，你没接，是你老公回电话给我，说你在这儿，让我有时间来看看你。”

“打住，他才不是我老公。”苏桥连忙纠正她，心里却起了涟漪。

她正若有所思，邱雅的八卦之心却已熊熊燃烧起来。

“我以前只觉得有点眼熟，可没想到你未婚夫真是霍燃啊！这样你还逃婚，是不是缺心眼？他那么有钱，长得又好看，声音还巨好听……”

邱雅眼睛里冒着花花，激动得好像自己要成为霍燃的新娘一样。

苏桥伸手在她眼前晃了晃：“喂，你别犯晕了。一个为了逼你回家，特地给你举办葬礼的男人，你敢要吗？”

“不愧是总裁大人，脑洞就是和别人不一样。”邱雅不分好坏，继续

夸，夸完凑上来继续八卦，“我很好奇，你这平民老百姓是怎么勾搭上霍燃这种极品的？”

“我爷爷和霍燃的爸爸霍尧是老同学，所以我们从小就认识，就是不太亲。”

“这辈分不太对啊。”

辈分确实有点乱，苏桥好好梳理了一下：“霍大爷老了才得了霍燃这么个宝贝儿子，他和我姐年龄一样，又是我爸的学生，所以他既当我叔又当我哥。”

“哇，真酷！简直就是小言套路。”邱雅已经完全陷入言情小说的幻想中了，“那总裁大人是怎么看上你的？”

苏桥忍不住叹了一口气，指了指自己，说：“不是他看上我，是我追的他。”

邱雅惊得手里的杯子差点摔了：“勇气可嘉啊，大妹子！你把人追到了，就想甩掉，他没找人打断你两条腿，已经够便宜你了。”

苏桥抿了一口水，心情一放松，说话不过脑子：“那时我脑子进水，现在得及时止损呀。我风华正茂，怎么能嫁给一个跟我隔了好几条代沟的大叔。”

话音落下，门被推开，门口站着她嘴里刚提到的大叔。

霍燃皮笑肉不笑地倚在门框上，朝邱雅说道：“桥桥对我的年龄解释得不清楚，我补充一下，我年纪确实不小了，刚过三十一岁的生日。”他好像十分在意自己的年龄。

苏桥把被子往脖子处一提，尴尬地笑着：“我胡说的，霍燃哥哥，你一点都不老，和我一样年轻，哈哈……”

霍燃缓步走过来，看了一眼吊瓶里的盐水，按下了铃，然后瞥了她一眼，笑容依然可怕：“叫哥没用，叫声老公听听。”

苏桥从被子里伸出脚丫，轻轻踹了他一脚。

邱雅倒吸了一口凉气，她实在没勇气继续待下去了，便主动提出先走一步。

看她逃得飞快，苏桥忍不住叹息，交友不慎啊。

护士小姐帮她拔完针，又替她量了体温，基本正常，不过她还是觉得有点头疼，但她实在不想在这无聊的病房里待着了，便小声嚷嚷道：“我想出院。”

霍燃帮她把掀起的被子重新掖好：“已经很晚了，晚上你留院休息，有医生护士看着你，我比较放心。”

“你怕我跑了？”

他忽地凑上来，双手用力地压着被子的两个角，将她禁锢在病床上：“我怕你跑出去，晕倒在别人身上，我还得给你料理后事。”

苏桥被他突如其来的举动吓了一跳，身体瞬间僵住。

适逢手机铃声响起，霍燃这才放过她。他刚一转身，她就赶紧掀了被子，从床上下来。

霍燃闻声转过头来，在她逃离之际紧紧地抓住她的手，还不忘摁掉响起的电话。

“你就这么想逃走？”

他的体温从掌心传过来，苏桥原本就有点晕晕的，现在感觉更晕了。

“我……我尿急不行吗？”苏桥憋红了脸，甩开他的手，往卫生间飞奔而去。

霍燃紧绷的心弦放松了下来，长长地舒了一口气，重新拨出了刚才的电话。

翌日，霍燃把笔记本电脑和文件都带来了，一边工作一边陪她挂水。她偶尔偷偷地抬头看他，他都在认真地处理文件。即使如此，他也总能准确地掌握盐水滴完的时间。

挂完水，苏桥终于可以出院，她迫不及待地下了床。男人的一只手伸了过来，扶住了她，她下意识地甩开。

霍燃没再动手，与她保持着一臂距离，两人分明是未婚夫妻，却如此生疏。

“我送你。”霍燃说。

想到他百忙之中陪自己吊水，苏桥打算给他一点面子，便点了头，不过她怕他带自己回霍家，还是提前问了一声：“你送我去哪儿？”

“回你娘家。”

虽然这称呼不怎么好听，但回自己家总比去霍家好。本来她是想住酒店的，不过现在有霍燃这道护身符在，回家应该没问题。

两人一上车，霍燃就放了苏桥最喜欢的动漫歌曲。她记得他以前非常鄙视自己沉迷于动漫游戏之类的，没想到居然还存着这种歌，实在是太诡异了。

尴尬的气氛一直没有驱散，两人沉默到了最后。

车子开进了百盛花苑，苏桥两年多没回来，一切好像没什么改变。苏桥有些忐忑，在外这么久，她和家里联系不多，主要靠发微信，连电话都不敢打。

从车上下来后，霍燃从后备厢里提出行李箱，还不忘上来搀扶她。

苏桥浑身仍然软绵绵的，竟使不出力气推开他。

“我自己上去就好。”

他却毫不理会，自顾自地扶着她进了电梯，上了八楼。

一进门，家里的气氛诡异极了，大家都在客厅里坐着，目光聚焦在苏桥的脸上，沉寂了几秒后，他们才起身迎接，大概是碍于霍燃在，所以没人发火。

“霍燃，来坐吧。”苏爸爸朝他招了招手，用眼神安抚着家里另外两个女人。

“谢谢老师。”这么多年过去了，苏爸爸也已从大学退休，但霍燃还是没有改掉这个习惯。

他往前走了几步，却发现苏桥没有跟上来，他回过头，看她还站在原地，本能地后退几步，伸手拉住了她的手。

苏桥还是僵着身子，与姐姐苏莞对视着，笔直的双腿像灌了铅似的一动不动。

苏莞表情冷漠，缓缓起身，迈出一双大长腿，径直朝苏桥走去。面对气场强大的姐姐，苏桥下意识地躲到了霍燃身后。她答应让他送，其实也有让他当挡箭牌的想法。

苏莞上来一把拽过苏桥，霍燃刚准备开口，只听到“啪”的一声，苏莞的巴掌便甩在了苏桥的脸上，苏桥的脸红了一片。

所有人都被这突如其来的一记耳光惊得呆住了，苏莞一向是清冷的性子，对什么都不在意，大家从未见过她发这么大的火。

“你有胆子抢我的初恋男友，没胆子回家？”

没错，霍燃除了是她苏桥的未婚夫之外，还有一个身份——她姐姐的初恋男友。而她接近霍燃也别有目的——报复姐姐苏莞。

“你好意思说我吗？你抢了我多少个男朋友，凭什么只许州官放火，不许百姓点灯，你们俩都分七年了，我为什么没胆子？”

眼见战火即将点燃，霍燃赶紧插进两人中间：“苏莞，苏桥的身体还没完全恢复。”

霍燃的话还没说完，苏莞又一巴掌打在了霍燃的脸上，其实他能躲，但他故意没躲开。

两人的目光瞬间撞在了一起，火花四溅，一切尽在不言中。

苏桥在一旁捂着脸，心里五味杂陈，果然是彼此的初恋，到现在还情丝未断，看来自己离回归女配的时间不远了。

苏爸、苏妈赶紧上来打圆场，他们俩的怒气早就被这两巴掌打掉了，只顾着劝苏莞消消气。

“人回来就好，你看，玩够了不就回来了吗？你别气了。”

苏莞深吸了一口气，压下了还未散尽的怒火。

霍燃出来打圆场，他拉过行李箱，说：“桥桥给大家带了礼物。”他拉开行李箱的拉链，取出几个纸袋，“锦城的刺绣最出名了，桥桥买了丝巾、扇子……”

苏桥看他像变戏法似的拿出一样样东西，不由得震惊了。她根本没料到，他心思缜密到连锦城的特产都提前买好了。

突然，她脸色一变，他早就知道自己在锦城了？

霍燃仿佛感受到了她的目光，突然转过脸来。两人的目光瞬间撞在一起，霍燃的唇角缓缓上扬，在他的笑容下，周围的一切刹那间失了颜色。

他走上来，在她脖子上系好丝巾，说话的声音比之前都要温柔：“你把买给自己的丝巾给忘了。”

“嗯……”苏桥答应得结结巴巴。

她抬眼看了看四周，大家的表情都有所缓和，实在不宜在此刻跟他划清界限，便没拒绝他。

托霍燃的福，苏桥总算躲过了一劫。苏妈妈一下午都忙活着做菜，尽是他们俩爱吃的菜。

晚上一餐饭，几人吃得安静。

苏莞仍然如往常一般待苏桥，而苏桥仍然放不下芥蒂，只顾着埋头吃白米饭。

时至今日，她仍然觉得姐姐不属于地球上任何一种生物，因为她永远都看不懂自己的姐姐究竟在想什么。

时间缓缓流淌着，苏桥如针扎一般，一边是冷若冰霜玩手机的姐姐，一边是神情自若看漫画的霍燃，面对左右两尊门神，她哪里还睡得着？

眼看时针指向了九点，她终于忍不住开口道：“霍燃，你该回去了吧，都九点了。”

“今天，我睡在这儿。”霍燃合上漫画书，眼皮微抬，“我洗完澡就过来陪你。”

苏莞淡定起身，经过霍燃身边时，伸手拍了拍他的肩膀，交代了一句：“今天忍着点，别碰她。”

虽然苏桥身体不适，但听觉好使得很，这一声落进苏桥的耳朵里，惊得她忍不住干咳起来。直到看着苏莞出去带上了门，她才压低声音，急不可耐地问霍燃：“你搞什么？还真打算住这儿？”

“你是我的未婚妻，我不能住这儿吗？”

“我都说了，我有心上人，咱们俩的婚约本来就是一场复仇计划，迟早会解除，就算你不同意，我也可以跟我家亲爱的先领证。”

霍燃冷笑一声，说道：“等到那天再说吧，在此之前，你都是我的未婚妻。”

苏桥被他怼得哑口无言，她自知理亏，眼睁睁地看着他从行李箱里拿出早就准备好的睡衣，慢条斯理地走进了浴室。

过了许久，她从床上爬起来，翻出了被褥、枕头。

浴室的门被打开，霍燃裹着浴袍出来，看她正在地上整理床铺，大致明白了她的意思，这是要他睡地上啊。

苏桥一回头，正巧撞上他裸露的胸膛，吓得一屁股坐在了地上。

“这么快就洗好啦。”她双手捏着被套，心里凌乱不安。

霍燃冷不丁地靠了过来，将她扑倒在地，双手撑在被子上，将她牢牢地固定在怀中，愈加靠近，两人的鼻尖轻轻地碰在了一起。

苏桥身体僵住，心脏怦怦直跳。

“霍燃，我可是病人，你别乱来！”

“放心吧，我不动。”他终于拉开了一点距离，不知名的情绪在他的眸底泛滥开来，“苏桥，你是不是一块石头，焐不热？”

苏桥摇摇头：“姐姐说我是一块指甲大的冰，一焐就化。”后面还有一句——只要别人说几句甜言蜜语，你就恨不得掏心掏肺。

霍燃依然压着她，不肯离开。

苏桥那双眼睛不知道该看向哪里好，只能别过脸去：“你能起来吗？胸肌太扎眼了。”

3

霍燃被她气得说不出话来，站起身，裹紧浴袍领子，赤着脚轻轻踹了一下她的脚丫，催促着：“快起来！”

苏桥爬上了床，他也毫无怨言地睡地铺，两人一时无话。

霍燃在看漫画，是她初中时追的一部少年热血动漫，因为太喜欢了，所以特地买了全集漫画书收藏起来。有一次，她和霍燃独处，找不到话题，就提了这部漫画，她以为男生都应该知道，没想到他对此毫无兴趣，

反而跟她谈起了物理公式。

“我记得你不爱看漫画。”苏桥有些好奇，两年时间说长不长，说短不短，可两年真的能让一个人喜欢上自己原本不感兴趣的东西吗？

“嗯，你这里太无聊，我打发下时间。”

“哦，这样啊。”苏桥一边刷着手机微博，一边敷衍地回应，突然想起了什么，问他，“霍燃，这次假葬礼的事情你怎么处理的，网上怎么一点消息都没有？那些八卦记者会饶过你？”

“笨蛋。”他放下漫画书，低低回了一句。

“跟你和姐姐比起来，我当然是笨蛋。”

“葬礼的主角不是你，是你离开后我养的一只兔子，也叫苏桥，前几天吃太多撑死了。来宾是我雇的演员，特意给你演的一场戏。比给人办一次葬礼省钱多了。媒体那边也好解决得很。”

“原来兔子是这么一回事！”

闻言，苏桥太过震惊，手机没拿稳，砸在了脸上，疼得她嗷嗷直叫，心里暗骂霍燃不愧是奸商，能把成本降到最低。而她之前居然因为在众人面前出丑而羞愧难当，没想到自己也只是他安排的戏里的一个小角色，供他消遣罢了。

苏桥摸了摸红肿的鼻子，问他：“我记得你不喜欢小动物，那你为什么养兔子？”还取了跟她一样的名字，真不吉利。

霍燃拿起手机，摆弄了一下，没一会儿苏桥就收到了他发来的照片：一只漂亮的公主兔正在啃萝卜。后面还附了一句话：呵呵，看你们俩多像，简直是跨越物种的姐妹。

居然说她像兔子，她扔掉手机，暗暗发誓，一定要解除婚约，她才不要做他手里的小丑。

夜里，苏桥被渴醒了，开灯起来想去厨房倒杯水，却见地上的床铺空着，霍燃不知去了哪里。

她揉了揉眼睛，开门出去，还没来得及进厨房，就在走道里听到阳台那儿飘来了声音。她一回头，看到是姐姐和霍燃。

苏桥犹豫了一会儿，还是偷偷摸摸地靠了过去，隔着玻璃门偷听两人的谈话。

苏莞双手撑在栏杆上，轻笑了一声："霍燃，你以前可从没对我这么细心过。大三那次，我突发盲肠炎做手术，你就在手术室外做题；我吊水的时候，你也在旁边做题。你这么爱学习，怎么不干脆跟书本谈恋爱？"

霍燃也开始翻旧账："别光说我，大二我参加篮球比赛时，你在应援席上刷题，我被对手撞倒，腿骨折要送医院时，你说解完这道题就去，你这么喜欢刷题，还不如别来……"

苏桥听着两人的对话，嘴巴不由得微微张开，原来这就是学霸的世界，她真的不懂啊！

她仿佛看到自己和他们之间的鸿沟越来越宽，变成永远都无法逾越的距离。

话题一转，两人突然提起了苏桥。

苏莞莞尔一笑，拍了拍他的肩膀："谢谢你收了我妹妹，照顾她这么多年，我可算是解脱了。"

"苏莞，你从来没后悔过吗？"霍燃转过脸来，看向她，笑意中带着几分怀念，"原本霍太太这个位置，我是打算留给你的。"

"咔嗒"一声，客厅的灯突然打开了，苏爸爸瞧了瞧躲在花瓶背后的苏桥，又看了看阳台上有偷情嫌疑的两人，一脸尴尬。

"我起来喝口水，你们继续，大晚上的，和平点比较好。"说完，他赶紧溜了。

霍燃推开移动门，快步走来，将苏桥从地上拉起来。两人挨得很近，他小声解释道："不是你想的那样。"

苏桥哪有资格质问他，心里虽有些不爽，但还是连忙笑着摆摆手："没事的，我理解，我拿瓶水就回房间。"

霍燃阻止她从冰箱里拿饮料："你先回去，我烧完热水给你送过去。"

苏桥瞅了一眼姐姐的冷脸，点点头，说了声"好"，赶紧从尴尬的气

氛中抽身，逃进了房间。

她躺在床上，心情很郁闷，自己猜得不错，霍燃果然忘不了姐姐。姐姐优秀、漂亮，只要姐姐愿意，勾勾手指头就能俘虏所有男人。而自己只是牡丹花旁边的一朵小野花，再奋力挣扎，也不会引人注意。

看着霍燃端着水杯进来，她终于把酝酿了许久的话说出来："霍燃，我们解除婚约吧。如果你非要和我姐姐复合，虽然我不会祝福你们，但也不会反对。我不想因为我的私心，葬送了你的幸福。"

"苏桥，我本以为你在追求我时说的那声喜欢，至少带有一点真心实意。"

"我以为你早就明白……"

她的话还没说完，他将水杯重重地拍在床头柜上，漆黑的眸子冷冷地注视着她，让人猜不透、也不敢去猜他究竟在想些什么。

苏桥几度想要开口，最后还是把话咽了下去。

霍燃突然开口，却转移了话题，指着那杯水道："喝了，一滴都不许剩，然后把一切都忘了，乖乖睡觉！"

苏桥轻轻应了一声，缓缓捧起杯子，把水喝得干净。她钻回被窝后，心情却久久无法平复，她始终无法入眠，头又有点晕乎乎的。

睡在地铺上的霍燃也不停地翻着身。

想到霍燃这两天推掉了工作，一直在医院照顾自己，还有之前自己和姐姐亏欠他的，苏桥于心不忍了，从床上坐了起来："霍燃，你上来睡吧，我们一人半张床，互不干扰。"

底下的人没有应声，苏桥等了一会儿没得到回应，便又躺了回去，辗转了好久，脑子仍然无法放空，她只好使出撒手锏，打开一个名叫次元站的视频App，点进了UP主"欧拉公式"最新更新的视频，盯着他做高深莫测的数学题，没一会儿睡意就来了，催眠效果极好。

等她第二天醒来时，已经过了十点钟，地铺已经收好，霍燃早就不见了。

苏桥一出房间，就在客厅撞见了正在做瑜伽的姐姐，苏桥想要躲开，却还是被姐姐喊住了。

“别找了，霍燃早上六点就走了。”

“我没想找他。”苏桥别扭地回嘴，“你今天不用上班吗？”

“请假休息。”苏莞腾出一只手来，指了指桌子上的袋子，“给你的东西，自己拆。”

苏桥走上去拆了包裹，居然是她心心念念许久的某牌洛丽塔裙子，代购价得四千多，她一直没舍得买。

“姐，你……”她抬头看向苏莞，心底蔓延着难言的滋味。

“你不是在微博上说很想要这条裙子吗？现在不喜欢了？”苏莞做着下弯腰，声音里带着微微的喘息。

“喜欢。”她摸着布料，说话的底气却不是很足，“但我想要的不是这个，你不应该跟我解释、道歉吗？”

“该解释、道歉的不是你吗？”苏莞只顾着将瑜伽动作做到完美，闭着眼睛平缓地呼吸着，好似一点没把苏桥的话放在心上。

从小到大，姐姐就是完美的，犹如女神一般被众星捧月呵护着，她只会按照自己的思维做事。姐姐能轻松摸清自己的喜好，给予自己想要的一切作为补偿，自己也会觉得开心，可直到长大了，苏桥才明白，她想要的根本不是这些。

手机铃声响起，她看了一眼来电显示，便匆匆进了房间，重重地关上房门。

听着那沉闷的关门声，苏莞放下了手臂，静静地伫立着，脸上的表情起了微微的变化。

苏桥接起电话，和周深谈妥之后，继续给霍燃打电话，那边嘟嘟声响了许久，才接听了起来。

他略带疲惫的声音从那头传了过来：“怎么了？”

“昨天说的，我真男友明天就到，如果你太忙的话，就不要见了吧。”

“明天晚上七点，北岸餐厅见，我让秘书订好座位后就发消息给你。

我挂了。”他一口气说完，言语里没有一丝情绪波动。

“等等！霍燃，你注意身体。”

“多谢关心。”那边没有给她多余的时间道别，说完便挂断了。

北岸餐厅啊，苏桥握着手机，心里有些叹息。没过多久，他那边就把桌号发了过来，熟悉的数字。她忍不住怀疑，他是故意的吗？

翌日晚上六点半，苏桥先到了约定地点。不远处聚集着一些人，应该是在街拍。其中有个人影莫名有些熟悉，不过她也没在门外多停留，便先进了餐厅，没想到里面居然一个人都没有。

她忐忑地坐下之后，点了一杯橙汁，一边喝一边给周深发消息，发了一大段说辞给他，让他好好背熟。

熟悉的靠窗位置，两年多了，这里依然没什么改变，苏桥的心情有些复杂。

她低下头来，百无聊赖地摆弄着手机，忽地一抬头，窗外一个熟悉的身影突然闯进她的视线。她怔住了，对方却很兴奋，特地绕到了餐厅正门，进来跟她打了个招呼。

“桥桥，好久不见。”男人身材修长，顶着纹理烫中长发，脸蛋白净、俊朗，搭配上笔挺的西装，倒是人模狗样的，这不就是刚才看到的那个熟悉的背影嘛。她怎么也没想到，两年不见，他居然去做了模特。

苏桥尴尬地笑着，一言不发。

“其实我一直都想跟你道歉，跟你分手后，我从来没有忘记过你。上个月同学聚会，你没来，和他们聊起，我才知道你这些年来一直在打听我，我真的很感动，那个时候我们明明那么相爱，是我太不珍惜了。”

听着他的甜言蜜语，她却难再心动。跟老同学打听他的情况，只是好奇他被姐姐甩掉后的惨样，听到他过得不好，她就放心了。

苏桥吸了一口橙汁，说：“你甩了我，我姐甩了你，就算扯平吧，你不用道歉。”

“我听说你和霍燃订婚两年了还没动静，你们俩是不是分了？”

她被呛了一口，没想到连他都知道了。

“差……差不多吧。”反正他们早晚都会分。

“我知道你还没有忘记我，两年了，你居然还会在这个位置等我，我很开心。”说实话，陈远昭的脸笑起来确实迷人、帅气，可是现在在她看来却如此欠揍。

究竟是谁给他的自信，让他觉得她还喜欢他？

她还没来得及解释，陈远昭就换了一副表情，在她对面坐下，开始切入正题：“听说每个和霍先生分手的女人都能获得一笔不少的分手费，你在他身边待了这么久，应该拿了不少吧。”

苏桥抬起眼皮，看向那张自己曾经喜欢过的脸，忍不住犯恶心：“陈远昭，你究竟想说什么？”

“我们重新开始，一起实现当初的梦想吧。你不是一直想做道具设计师吗？我们用这笔钱做投资、开工作室，你可以利用霍燃和你姐姐的人脉……”

“真恶心。”苏桥嫌弃地哼笑了一声，手微微颤抖地捏住杯子，思忖再三，还是忍住想要泼水的冲动。

陈远昭愣了一下，没想到以前恨不得二十四小时黏着自己的软包子居然会骂自己。看自己好梦落空，他干脆也不再端着，讥笑道：“彼此彼此，为了钱，你勾引姐姐的初恋就不恶心吗？”

苏桥与他四目相对，手中的杯子微微倾斜，还没来得及泼出去，一只骨骼分明的手伸了过来，把杯子抢走了。

哗啦一声，陈远昭被糊了一脸冰橙汁。

苏桥抬头一看，正撞上霍燃的眼睛，猛地心一凉。

霍燃只扔下一个字：“滚。”

他的声音带着震慑人心的力量，在空旷的餐厅里回荡着。

陈远昭欺软怕硬，一见来人惹不起，一声不吭，朝他鞠了一躬，便匆匆转身。

“等等，两年半前九百七十块加上刚才那杯橙汁，一共一千块。”霍燃突然喊住他。

陈远昭愣了一下，几秒后回过神来，才领悟他的意思，赶紧从钱包里抽出十张百元大钞，恭恭敬敬地放在桌子上，直到他点头才敢走人。

苏桥颇为尴尬，幸亏现场没有其他观众，否则这破事明天就得登上微博热搜了。难道霍燃早就有先见之明，提前包场了？以他的性格来说，很有可能。

当她思绪乱飞时，霍燃将钞票推到她面前："收着，为这种人浪费钱，你的智商果然没得救。"

那杯橙汁明明是他泼的！

她心里吐槽了一句，嘴上却不敢吭声，默默祈求着周深能赶紧过来救场，两个人总比孤身作战有气势得多。

"换一个地方聊吧，我订了贵宾间。"

苏桥不解："那你让我在这儿等着干吗？"

"让你缅怀一下过去。"

苏桥无语。他的目的还真达到了，那段不愉快的过去让她现在堵得心慌。

第二章

一千万的分手费

1

进了贵宾间，霍燃点了一杯咖啡，捏着勺子缓缓搅动着液体，问她：“还记得这家餐厅吗？”

苏桥点头，她怎么会不记得，两年半前，她就是在刚刚那个靠窗的座位上被陈远昭甩了，然后遇上了霍燃，开始了和他持续两年多的孽缘。

那时，她还在读大四，正是沉浸在知识海洋和甜蜜恋爱的好时候，可惜好景不长，在给男友陈远昭精心准备的烛光晚餐上，她又被提了分手，而对手是她的亲姐姐。

为什么说“又”？是因为她已经被姐姐撬过数不清的墙脚！

“桥桥，对不起，我喜欢上了你姐姐。”陈远昭内疚地说，“我和她打算交往了，对不起，我们分手吧。”

苏桥愣愣地坐着，看到男友起身准备走人，才缓过神，抬头喊住他：“你们什么时候开始的？你明明说过不喜欢姐弟恋！”

“我不想瞒你，昨天我和苏莞姐在街头相遇，一见钟情，我这才明白，原来爱情与年龄无关。”陈远昭露出满足的笑容，落在苏桥眼里，却如同针扎。

“那我就只能祝你幸福了。”苏桥双手紧紧握成拳头，冰冷的寒意在身体里蔓延开来，脸上挤出一丝勉强的笑容，在目送他离开后，立刻化为灰烬。

她不用太痛惜，因为她知道最多不超过两个礼拜，他就会被姐姐抛弃，这是被姐姐抢走N次男友总结出来的经验。

可是，这精心准备的晚餐总不能浪费吧，她一边切着蛋糕，一边流着眼泪。

伴随着熟悉的男声响起，一道阴影垂了下来，落在她面前。

“苏桥。”

她抬头，愣了一会儿，才认出来人，姐姐的初恋男友——霍燃。

苏桥做过无数次他和姐姐的电灯泡，曾被他嫌弃过无数次。她本以为他和姐姐分手后，两人就不会再有交集，没想到会在今天与他相遇。

“好久不见，霍燃叔叔，啊，不对，霍燃哥哥。”

霍燃在她对面坐了下来，问了一句：“生日？”

苏桥没反应过来，就点了下头。

霍燃居然拍起手来，低低地唱起“祝你生日快乐”。苏桥平生第一次听到有人唱生日歌都能走调，忍不住笑出了声。

“那个，其实今天不是我生日。”

霍燃的歌声戛然而止，停顿了半晌，才佯作镇定地站起身说：“我还要去赴约，先走了。”

“好的，您去忙。”苏桥也觉得尴尬。

他拿起账单，看了一眼上面不低的数字，说道：“我帮你结账。”

“不用了。”说实话，他们俩不算很熟，他根本不必做到这份上，苏桥也不想受他恩情。

“当是替你姐姐付的。”

“不用了，这个生日不是我的，也不是我姐姐的，不用您费钱了。”她抢过了账单，塞进了口袋。

霍燃也不再勉强，点了点头，说完再见转身想走，却又被她喊住了。

“霍燃哥哥，”她扭扭捏捏地问道，“你是不是对我姐还有感觉？”

“迄今为止，苏莞还是我最理想的结婚对象。不过，已经不可能了。”霍燃冷着脸，说完潇洒地转身，拨了一个电话。

在苏桥的心里，一颗复仇的种子开始悄悄萌芽。

回到家，根本不需要她去质问，对方就会主动上门。

苏莞从房间里走出来，粉色蕾丝睡衣勾勒着她曼妙的身躯，她的目光平静地落在苏桥脸上，问道：“分了？”

苏桥握紧双拳，抬起眼睛，一言不发地与苏莞四目相对。

苏莞走过来，往她手里塞了一把钥匙：“考了驾照就不要荒废，不过开车出去兜风的时候小心点，我暂时不缺那点赔偿金。”

苏桥低头看了一眼手中的车钥匙，既然是她补偿给自己的，不要白不要，可这不代表自己会原谅她，苏桥继续瞪着她。

苏莞伸手过来揉了揉她的头发：“苏桥，一个除了脸蛋之外一无是处的男人，你当宝贝，我当他是垃圾，以后找男人要靠心去挑。”说完，她打了个哈欠，优雅地转身。

“姐姐，我会找到一个你永远抢不走的男人，绝对！”

苏莞一回头，笑得倾国倾城：“好，我等你。”

苏桥攥紧了车钥匙，暗暗下定了决心。

第二天，她就跑去霍家蹲守，死活见不到霍燃。她死缠烂打了一个月，又是送早饭，又是织围巾，她总算获得了和他面谈的机会。

书房里，霍燃恢复了本性，见到她第一句话就是：“苏桥，你的脑残病到现在还没治好？”

苏桥维持着淑女的微笑，和他讲起了条件：“霍燃哥哥，我知道您心里一直都没忘记我姐姐。现在有个方法，可以报复我姐姐。”

“什么？”

“您娶我吧，让我做霍太太。”

“为什么？”霍燃忍住想把她丢出去的冲动，讪笑着问。

“因为我喜欢您。”

“什么时候开始的？”

“上次，您给我唱生日歌的时候。”

“你喜欢我到什么程度了？”

“让我做什么都可以的程度。”苏桥拍了拍胸脯，说，“但是，我是一个正直的人，犯法的事我不做。”

霍燃哼笑了一声，拉开抽屉拿出一枚硕大的钻戒，在她面前晃了几下后，转身就把戒指丢出了窗外。

苏桥“啊”地叫了一声，紧张兮兮地跑去窗口，底下是一片茂盛的绿植，早就看不到戒指的影子了。这么贵重的戒指居然扔了？他太不爱护环境了吧！

霍燃走上去捏住她的下巴，逼迫她与自己四目相对，淡淡说道：“我给你一个月时间，你能不借外力把戒指找回来，我们就结婚。”

于是，苏桥搬进了霍家，可是那枚戒指却好像掉进老鼠洞一样，根本找不到。而往昔自己眼中偶尔毒舌的书呆子，却仿佛原形毕露，变得既小心眼又霸道，处处和她作对。她不由得感叹，能让死读书的霍燃彻头彻尾地改变，生意场真不是一般人能待的地方啊。

期限快到时，她在书房桌子上找到了那枚本该被丢掉的戒指。她这才明白，这一个月霍燃只是想看自己的笑话罢了。

可当她怒气冲冲地拖着行李箱打算走人时，事情的发展却让她大跌眼镜。霍燃拦下她，举起戒指向她求婚，没有什么盛大浪漫的仪式，就在她房间门口，简简单单地发生了。

“苏桥，嫁给我，我能给你想要的一切。”他单膝跪地，眼神温柔，害得苏桥差点陷于这虚假的甜言蜜语中。

她犹豫了片刻，始终没答应，霍燃有些不耐烦了：“要不要？不要我可收回了。”

“要，当然要！”

苏桥把手伸了过去。

戒指套上手指的瞬间，她觉得心脏都要停止了。

一个月后，苏桥站在了和霍燃的订婚宴上。

苏莞穿着一身出自设计大师之手的粉色礼服，配上精致的妆容、优雅的谈吐，瞬间就将全场的女人比了下去。连苏桥这个主角，都遮掩不了她的光芒。

宴席结束，苏莞已经收了一大堆名片，还不忘在苏桥和霍燃面前炫耀了一把：“妹夫，多谢你的人脉，收获颇丰。”

“姐姐开心就好。”霍燃正忙着给苏桥理头上的亮片，漫不经心地回了一句。

一瞬间，苏桥不知道自己的报复究竟是成功还是失败，只能握拳暗叹一句：不愧是众人眼中的超完美女神苏莞！

一切尘埃落定后，苏桥反倒不安了起来，她开始后悔自己之前被复仇的念头冲昏了头脑，订完婚，脑子也冷静了，她才考虑起感情问题。霍燃答应娶她，是因为姐姐。她要怎样和一个不爱自己、心里装着另外一个女人的男人共度余生呢？

眼见着婚期越来越近，苏桥愈加狂躁，霍燃却坦然得跟没事人一样。

“明天婚纱和西装就定制好了，我推了会议，一起去试。”房间里，霍燃一边翻着平板电脑，一边气定神闲地跟她交代。

苏桥扯着衣角，愈加不安，犹豫了半晌才鼓足了勇气试探他：“霍燃哥哥，要不，我们谨慎地考虑一下结婚的事，我们连恋爱都没谈呢。”

“没谈恋爱吗？你觉得没谈够的话，结婚之后，我们可以谈一辈子。”霍燃放下平板电脑，抬眼看着她的眼睛，“我知道你有婚前恐惧症，现在我会包容你所有的任性，不会当真，不会发火，但你休想解除婚约，乖乖做好心理准备成为我的新娘子。被一对姐妹耍两次，我霍燃可丢不起这人。”

他故意加重了最后一句话的语气，抬头瞪了她一眼。

“嗯。”她嘴上应着，心里却百般不愿。

当晚，苏桥辗转难眠，思前想后终于下定了决心——逃婚！

自己才二十二岁啊，不能为了报复姐姐就牺牲自己的后半辈子！既然不能解除婚约，那就只能逃婚了。

于是，第二天试完婚纱之后，她就偷偷托人把姐姐买给她的车卖了，带着钱只身逃到了锦城。这一逃就是两年，她不敢回家，因为她怕自己被姐姐和霍燃联手揍死。

一步错步步错，苏桥没想到自己报复没见什么成效，反而招惹上了霍燃。这个固执、爱面子的家伙就像毒蛇一样，咬住猎物后就死死不松口，难缠得要命。这次霍燃用这么毒的招数逼她回去，她是真的怕了。

她有种直觉，如果自己不接招，以后真的就再也回不去了。霍燃是说到做到的性格，绝对不会放过她。这次回来，她做好了心理准备，一定要解除婚约，但照这情况，希望不大，她也只能先牺牲一下好友周深了。

餐厅里，两人各自喝着咖啡，离约定的七点已经过了一刻钟，周深还迟迟不见人影。

“你男朋友不会知道自己理亏，不敢来了吧？你的品位一直都不怎么好，当然，我是一个例外。”霍燃轻轻放下咖啡杯，神情满是不屑，仿佛在说“我早就知道会这样”。

苏桥咬着唇，手指飞速地按着虚拟按键，发消息催促周深赶紧来救场，那边回了一句“马上就到”便没声了。

她按掉手机，扯起唇角朝他干笑了一声，捻着胸前的发丝，言语之间有些慌乱：“我家亲爱的说快到了，你再耐心点，来都来了，不差这一时半会儿。”

霍燃的食指不耐烦地敲击着桌子，眼里的笑意满是讽刺：“苏桥，为了见一个给我戴绿帽子的男人，我推了合作伙伴的邀约，你觉得我的心情会很好？”

“您……您千万别激动！”苏桥赶紧把手边的冰水递过去，讨好道，“我的错，待会儿我一定让他给你赔礼道歉。”

霍燃接过水，扔在一边没碰。

2

又过了五分钟，周深终于现身，一身笔挺的西装，脚下蹬着锃亮的皮鞋，一上来就为自己的迟到道歉。

“抱歉，我来晚了。”

他在苏桥旁边坐下，拿起纸巾擦了擦额头的汗，一抬头正对上霍燃毫无善意的目光，吓得他差点把水杯碰倒了。

苏桥挽上他的手臂，靠上他的肩膀：“亲爱的，你总算来了，我巴巴地等了你半天。”

周深转过脸，眼神充满了疑惑，小声问：“你爸妈给你安排的相亲对象是星海集团的总裁霍燃？”

苏桥掐了一下他的大腿，附在他耳边轻声低语：“别怕，你有我罩着，按照我之前说好的做就行。”

周深哭丧着一张脸，无奈地跟霍燃打了个招呼：“霍先生，您好，我叫周深。”

霍燃抱着胳膊，目光扫过苏桥，又移向周深：“周先生您好，不知道桥桥是怎么跟你介绍我的，我再自我介绍一下，我叫霍燃，三十一岁，是她的未婚夫。”

周深刚喝进嘴巴里的水，一下子喷了出来。

苏桥赶紧拍拍周深的背：“亲爱的，你不用担心，我马上就会和他解除婚约，我只喜欢你，只想把你放在心上。”她的手好像碰到了什么东西，她往他背后一看，衣服的吊牌还挂在外面，标价4999。

她吓了一跳，来不及细想，赶紧先把吊牌塞进衣领，藏了起来。

苏桥刚坐直，霍燃的身体便向前靠来，微笑中带着一丝威胁：“周先生是铁了心要给我戴绿帽子？”

周深脸色一沉，突然捂着肚子叫了起来：“哎哟，我肚子疼，桥桥，你陪我去一趟卫生间吧。” 他不由分说地握住苏桥的手腕，将她拽离了座位。

霍燃双手环抱在胸前，靠在椅背上，摆出看戏的模样，并不制止。

苏桥跟着他出了包间，甩开他的手，做了一个噤声的动作：“你小声点，被霍燃看穿了怎么办？”

“说好见家长，你把我骗来又说是见你相亲对象，现在又变成未婚夫，对方还是霍燃，差点把我吓死！”周深扯了扯领带，深吸了一口气，平复了下心情，又问，“你们俩到底什么关系？”

“我和他关系比较复杂，等我整理好了再告诉你。你放心，有我顶着，他不敢把你怎么样。”苏桥又拍了拍周深的背，以示安慰，碰到那硬硬的吊牌，才想起问周深，“你怎么有钱买这么贵的西服？”

“这不是得装装场面嘛。我和老同学碰了碰面，提到要去北岸餐厅，他提醒我这里是高档餐厅，让我穿体面点。我想着不能丢你的面子，这才去的商场，否则我早到了。”

苏桥抠出吊牌，看着品牌和标价，啧啧叹道：“你还真舍得花钱。”

“你别碰，衣服还得还回去呢。”周深急了，“你不知道，五千块钱的衣服贴在身上，像穿着人民币似的，太不自在了。”

“果然还这么抠。”苏桥指着他，再三叮嘱，“你可千万别露馅了，我能不能解除婚约就靠你了。”

“放心，交给我吧，我不会让你嫁给一个不喜欢的人。”周深嘴上说得漂亮，但还是忍不住紧张地抖腿。

苏桥瞧他这副模样，有些担心。霍燃如此精明，时间一长肯定能看出来，还是尽早带他离开比较好。

包厢门一打开，霍燃便摆出笑颜迎接他们：“两位商量好了吗？要不要先看看菜单？”

“不用了，还是谈完再吃吧。”苏桥扯着别扭的周深坐了下来，双手紧紧地抱住他的胳膊，亲昵地贴上去，笑吟吟地说，“我们还要去约会，说完就走。”

霍燃垂下眉眼，修长的手指翻过菜单，冷声道：“我主要怕自己待会儿吃不下。”

苏桥掐着周深的胳膊，催促他赶紧表明态度。

周深吸了一口气，鼓足勇气正视霍燃，停顿了两秒，表情变得极为严肃："很抱歉，霍先生，我是真心喜欢苏桥的，希望你能成全我们。"

霍燃停下了手里的动作，抬头与他的目光对上，仿佛要将人看穿似的，他也毫不避讳。原本还气定神闲的霍燃脸渐渐阴沉，良久才开口问他："什么时候开始的？"

"从她进我们工作室开始，我就喜欢上她了，我对她是一见钟情。"周深的双手局促不安地反复握紧、松开，低头看向抱着自己的苏桥，目光温柔。

霍燃笑了："你喜欢她什么，她既不漂亮也不聪明。"

周深摇了摇头，会心一笑："不，她很漂亮，也很聪明，人又善良、单纯，我们有共同的梦想，可以一起为之努力，她的一切都非常吸引我。如果她愿意的话，我想马上娶她。"

听着他一番深情告白，苏桥的心一颤，抬头的刹那，正好对上他的目光。第一次看周深如此认真的模样，她不自觉地松开了抱紧他的手臂。

霍燃鼓起掌来，脸上挂着不知深意的笑容："真感动，周先生的演技堪比我们公司的演员。"

苏桥暗道不好，果然穿帮了！

周深挺直了背，一把抓住苏桥的手，又强调了一遍："我没骗你，我是真的爱苏桥。"

"我们俩是真心相爱的。"苏桥也配合地点头。

周深突然转过脸，朝她的脸颊凑过去，嘴唇如蜻蜓点水般轻轻在她的脸颊上印下一吻。

餐厅瞬间陷入一片死一般的沉寂。

霍燃的表情瞬时僵住，定格在伸手拿咖啡杯的动作上，似乎做了一番思想斗争，才将怒气压了下去。恢复冷静后，他端起杯子，将一整杯没加糖的咖啡饮尽。

苏桥的身体也僵硬着，好不容易缓过神来，表情愈加尴尬，赶紧把手松开。

“很好，既然两位是真爱，那我就做个顺水人情成全两位好了。”霍燃扬起唇角，目光带着生意人的精明，扫过苏桥，笑道，“订婚宴五百万，名誉、精神损失费保守估计五百万。看在霍、苏两家的交情上，我打个折，九百九十九万，等苏小姐还完这笔债，我就放你自由。”

周深一改之前懦弱的模样，据理力争道：“霍先生，我知道您很了不起，但感情之事本来就是你情我愿，怎么能用钱来衡量呢？”

“周先生，我现在和我的未婚妻商量分手之事，你暂时无权干涉。”霍燃朝他比了一个暂停的手势，目光转向苏桥，唇角微微勾起，眼睛里却没有一丝笑意，“苏小姐应该明白，这笔钱我是出于什么目的索要的。我是一个生意人，从不做亏本买卖。如果苏小姐不愿意还，我们可以去法庭见一见，理由嘛，我的律师总归会帮我找到的。”

他这不是明摆着不肯退婚嘛。

苏桥咬牙切齿，双手紧握成拳：“霍燃，算你狠！”

两人的目光撞在一起，顿时火星四溅。

霍燃笑道：“我未来的霍太太，你要么现在就跟我解释清楚这位先生的身份，要么还钱，或者法庭见，选一个吧。”

苏桥瞬间变得心虚：“我没什么好解释的。”

“你不会以为自己那点小把戏能瞒过我吧？我陪你演了一场戏，过够瘾了吗？”

周深更加卖力地解释道：“霍先生，您误会了，我是真的爱苏桥，刚才我说的一切都是真心的。”

霍燃喝了一口水，说：“千万别停，继续演。”

苏桥制止了正想开口的周深：“算了，别说了。”她刚才着实被周深的一个吻吓到了，现在霍燃用演技来解释，反倒让她松了一口气。

周深低下头来，表情急切：“桥桥，我是认真的。当我看到你发消息让我假装你男朋友见你家人的时候，我真的很激动，因为对我来说，这是一个绝佳的机会……”

苏桥打断他，咧嘴大笑着，拍了拍他的背：“好啦，好啦，不用再演戏啦，太烂了。”

霍燃的表情恢复如常，仿佛一切都没发生过：“既然没什么好说的，就吃饭吧。”他摁下按铃招来侍应生，先点了一瓶红酒。

苏桥点点头，像没事人似的翻阅起菜单，嘴上喋喋不休：“这家餐厅除了贵，没什么缺点，价格比两年前还贵。”

“想吃什么就点，不用你付钱。”霍燃支着下巴看向苏桥，目光柔和了些。

“不要，今天我请客。”苏桥嘴硬，心里盘算着银行卡上的余额。

“那你是不是要把包场费也付了？”

“我果然猜得没错，你真包场了！”

霍燃：“我可不想明天上头版头条。你不要脸，我还要脸。”

“那我就不客气了。”

苏桥低垂着眉眼，盯着菜单时表情时而纠结时而吃惊，那模样映在霍燃眼里，分外生动，眼睛一眨，长长的睫毛扇动着，犹如从他心尖轻轻扫过一般。

一旁被无视的周深心情更加郁闷了。他鼓起勇气借机表白，却被当成演戏，他觉得自己像白痴一样。他坐立不安了一会儿，终于开口：“既然如此，我也没必要待着，我还得和朋友聚会，就先走一步。”

苏桥扯了扯他的袖子：“还是吃完再走吧，肚子饿了吧？”

周深瞥了一眼满脸敌意的霍燃，挤出一丝勉强的笑容，拒绝道：“不用了。”说着，他拂开苏桥的手，起身离开。

在他经过自己的时候，霍燃突然站了起来，死死按住他的肩膀，小声道：“很抱歉，周先生，你的一番情意我替桥桥收下了，不过你已经没什么机会了，在桥桥的心里，你的告白永远只能是戏言。”

周深无言可说，头也没回地离开了包厢。

苏桥想了想，还是决定去追他，却被霍燃喝止：“坐下！”

“他是为了我才来北城的，我不能丢下他。”她总觉得周深不太对劲，心里不安得很，刚跨出一步，手腕就被霍燃抓住了。

“那你选择丢下我？”

苏桥的手被他抓得生疼，怎么也挣不开：“你是土生土长的北城人，还能不认识路？你待会儿还要开车回去，记得别喝酒啊。”

话音刚落，侍应生正好送红酒过来给他确认，见此情景，颇为尴尬。

霍燃连看都没看一眼，当场让侍应生把酒开了，端起酒杯当着苏桥的面一饮而尽，将杯子拍在桌子上，言语充满了挑衅：“我喝了，你打算怎么办？”

“霍燃，你真幼稚，让你别喝你还喝，叫你司机来接你吧。”

苏桥刚说完，他又一杯下肚了。

3

“不喝红酒了，来两瓶白兰地。”霍燃松手放她自由，朝侍应生比完手势后，继续说，“真不巧，今天司机女儿生日，我给他放假了。你走吧，我一个人喝，待会儿我会叫代驾。”

“霍燃，你是不是不要命了，两年前的事你都忘了？”苏桥踌躇了一会儿，还是妥协了，收回脚坐了下来，“算了，我怕你喝死。”

犹记得当年她搬去霍家找戒指的那段时间，有一天，他喝得醉醺醺地回来，半夜突发急性胰腺炎送进了抢救室，差点没命。她一直守着他等他苏醒，没想到这家伙在生死关上走了一遭，醒来还能开她的玩笑，看到她第一句话就是：“苏桥，你几天没洗头了？脏死了。”说完，他还十分嫌弃地伸手摸摸她油腻的头发。

这件事一直让她耿耿于怀。

一餐饭，两人吃得很安静，苏桥仍是忐忑，给周深发去消息一直没得到回复。

就餐结束，苏桥临时给霍燃当起了代驾。

她第一次开车，一路上都开得小心翼翼，好不容易开到霍家，她是死

活不敢再碰车子了。她把车钥匙塞到霍燃手里后，挥挥手正想离去，一个白发苍苍的老太太坐着轮椅被看护从别墅里推了出来，高兴地喊她“孙媳妇”。

苏桥有点尴尬，脑袋一歪，小声问他：“奶奶不是在乡下养老吗？”

“奶奶一听说你回来，就赶着过来看你，还说以后都不走了。”霍燃用手肘拱了拱她的手臂，提醒道，“奶奶九十多岁的人了，心脏不好，你悠着点。”

苏桥只好妥协，上去跟奶奶打招呼。

老人家以前就特别喜欢她，还开玩笑说要让她当宝贝孙子的媳妇，让霍燃一辈子宠她，她听了感动得稀里哗啦。没承想，这一句话竟成了真。

当晚，苏桥被奶奶留了下来，陪着她聊天。

老太太虽然年龄大了腿脚不便，听觉倒是不错，心态也很年轻：“阿燃，我和桥桥说说女人之间的悄悄话，你先回屋吧。”

于是，霍燃就被赶进了房间，他脸上维持的笑容终于在合上门的瞬间崩塌。他走进浴室，试图用凉水冷静一下，可一想到周深和苏桥之间的关系，就不由自主地感到害怕。

从浴室里走出来，他的心情总算平息了许多，阴沉着脸靠在床上，思忖了许久，终于拨出了电话：“阿四，我要你帮我调查一个人。他叫周深，道具师……”

手机刚放下，又一通电话打入。

他瞧了一眼来电显示，有些不耐烦地接起：“喂，怎么了？”

“哟，霍燃，最近不见你来凑热闹啊。今天派对来了一大帮美人，还跟我打听你呢，你不来真可惜了。你别光顾着宠你家曼琳小姐，也要看看外面的花花草草。”

“别扯到云曼琳，她只是我们公司的艺人。”他扶了扶额头，意味深长地提了一句，“苏桥回来了。”

“你们还没分啊……”那边的人转而哈哈大笑起来，“如果那些仰慕你的女人知道鼎鼎大名的霍先生其实是一个食草男，哈哈哈，人设瞬间就崩塌了。”

“谢辞，之前我们说定的那个项目，我想考虑清楚之后再投资。”

“霍燃，你别逼我把你和云曼琳的亲密照发给苏桥。”

霍燃听到敲门声，立马挂掉了电话。

苏桥一进门就看到他裹着浴袍躺在床上，一副鬼鬼祟祟挂电话的样子，十足像偷情被捉住的坏男人。

苏桥尴尬得一时间不知道眼睛该往哪儿放，四处瞄了两眼。久别两年的屋子，陈设亦如当年，她甚至知道他的内裤放在哪个抽屉。

他瞄了她一眼，没吭声，拿起遥控器打开了电视。娱乐频道正播着霍燃和当红女演员云曼琳的八卦，两人手挽手走在红毯上，默契地相视一笑，她的鞋掉了，他还绅士地弯下腰给她穿鞋，那一幕像极了“王子殿下找到灰姑娘”的场景，令人艳羡。

霍燃迅速摁掉了电视，苏桥呵呵干笑了两声：“知道你过得这么好，我就放心了。”

“彼此彼此。”他也不做解释。

苏桥从柜子里翻出被褥，准备去书房睡。

见她如此乖巧，霍燃终于沉不住气了，抬起头说：“书房的卫生没打扫干净。”

“哦，那我打地铺。”她乖巧地把被褥往地上一扔。

“你到床上来，我不碰你。”说着，他真让出了半张床来。

苏桥没好气地白了他一眼：“霍总裁，你是不是用这招搞定过不少纯情少女？比如，云曼琳小姐？”

苏桥离开北城的两年，关于霍燃的花边新闻层出不穷，跟他传过绯闻的女人用十根手指都数不过来，其中就属云曼琳最出名。有段时间，云曼琳是霍燃身边的女伴，陪他出席各种活动，苏桥因此被打上了“弃妇”的标签，幸亏媒体用的是她订婚时浓妆艳抹的照片，一般人都认不出她来。

霍燃突然起了兴致，放下遥控器，头一歪看向她：“看来，我的准太太对我的事也十分关心。”

“错了，我只是对八卦感兴趣。在此，我得代表广大网友对你表示一声感谢。这么多年来，你为了给我们吃瓜群众贡献八卦，不惜牺牲名节，真是辛苦你了。”突然她眼睛一亮，笑道，“霍先生，要不我们做个交易，只要你答应分手，我可以做恶人，发表声明说是我对不起你先甩的你，成全你完美好男人的形象，你就可以保全名声、恢复单身，继续左拥右抱。”

霍燃的脸立马就黑了，咬着牙挤出了几个字：“不需要。”

“那就说你甩了我？”

“闭嘴！”

霍燃揉了一下太阳穴：“有必要解释一下。我和曼琳什么都没有，公司要捧她，我就帮她找点新闻，红毯上那些不过是作秀。”

“那霍先生当众对云小姐公主抱，也是作秀？就没有一点点私心？”

“你就这么在乎一个公主抱？”

霍燃突然翻身下床，上前将她拦腰抱起，还顺便转了好几圈，吓得她惨叫连连，本能地圈住他的脖子。

“你放我下来，我头晕。”

他停住了脚步，解释道：“那次曼琳抹胸连衣裙的暗扣掉了，我抱她是怕她走光，我吃点亏没关系，但让女孩子丢脸不是绅士该做的事。”

原来是这样，听了他的解释，苏桥觉得自己确实莽撞了，但还是死鸭子嘴硬，小声嘟囔道：“曼琳、曼琳……叫得多亲热啊，还说你们俩没什么关系。”

“好，我以后不叫了。”霍燃当她在吃醋撒娇，心里乐了，表面上还假装淡定，抱着她又转了几圈。

“喂，你够了啊。”

话音刚落，霍燃就把她丢到地铺上，接着揉了揉自己的肩膀：“太沉了，好了，公主抱加十倍补偿给你了，可以安心做霍太太了吧？”

苏桥痛得嗷嗷直叫，扶着老腰，指着他骂道：“谁稀罕你的公主抱，谁想做霍太太！疼死我了，要扔也扔床上啊。”

霍燃俯下身来，凑到她面前，笑容里带着几分诱惑：“你是想和我一起睡觉吗？”

她咬牙切齿道：“不……不想！”

直到早上，苏桥才看到周深凌晨两点发来的消息——

我没注意看手机，让你担心了。我没事，刚和朋友从酒吧里出来。你说说看，让我怎么说你好？在那种情况下，你就应该配合我演戏，打死别承认啊，说不定还有点转机。

“没事，一千万，我是真赔不起，再想其他办法吧。”她刚发消息过去，那边就打了电话过来。

苏桥深吸了一口气，心里的包袱总算放了下来。还好，只是演戏罢了，若是真的，她真不知道怎么跟周深继续做朋友。

霍家的早餐还是和两年前一样，豆浆、油条、小笼包是特地给苏桥准备的，法式吐司加太阳蛋是给霍燃的。

早餐结束，她搭霍燃的顺风车回家，没开出多远，周深的电话就打过来了。

苏桥也没有避讳，接起电话，寒暄了几句后，问他：“你什么时候回锦城？”

“再等等吧，朋友说想跟我合伙开一个工作室。北城的发展前景比锦城好多了，自己当老板总比给人打工强，我想再看看情况。怎么，你还想回锦城吗？”

苏桥有些迟疑，良久才回答：“我有点舍不得，在工作室我学了很多东西，这么一走，感觉有点对不起陈哥。”

“好，如果你真愿意回锦城，我也不留着，陪你一道走。”

听着他笃定的回应，她有些感激。

一挂断电话，霍燃就冷着脸问她：“你还想走？”

“我也有自己想做的事，想实现的梦想。”

“做道具师吗？”

苏桥讶然：“你……你怎么知道的？”

“锦城镜像道具工作室，你的老板叫陈真。”

“你……”

“你可以走，可是别忘了回来，你家在北城。”

苏桥捏着衣角，嘟囔着：“霍燃，没想到你还是一个跟踪狂。”

“我没有刻意去查你，是你自己不小心。你们工作室接了我们公司的项目，我无意间看到你的名字，稍微一调查，就一清二楚了。”

“你费尽周折把我骗回来，真的肯让我离开？”苏桥不敢轻易相信。

红灯前，霍燃踩下刹车，车子平稳地停下。在等待绿灯的时间里，他有些烦躁地轻轻敲击着方向盘：“我要你做霍太太，不是把你藏在家里当古董花瓶，你想做什么就去做，我不会拦你。只是，有人会想你，想看看你，所以你别像脱了缰的野马一样，乐不思蜀就行。”

“谁会想我，他们心里只有我姐。我爸妈一心想让我继承他们的衣钵，做一名光荣的人民教师，他们可不想我混在男人堆里做道具。但做老师不是我的理想，我就想做道具，再吃苦我都想干。”

“好，你若是留在北城，我帮你说服他们。”

“真的？”

“嗯，我不会插手，也不会帮你铺路，你的梦想必须由你自己实现。”他瞧了一眼绿灯，缓缓踩下油门，“但是，我会在下面等你，你要是不小心掉下来，我一定会接住你。”

“你能别这么咒我吗？”苏桥从包里翻出一颗糖，塞进他西装口袋里，“赏你的，不开心的时候吃，吃甜的最有效了。”

霍燃也不嫌幼稚，“嗯”了一声。

霍燃在小区门口将她放下，临走前递给她两张票，说：“你不是喜欢看综艺吗？这是《明星挑战赛》的门票，这两天你就好好休息，约朋友到处玩玩，当然除了周深。别让我看见你和他单独约会，你也不想上八卦头条吧？”

“好，我知道了。”她不耐烦地跟他挥了挥手。

其实，霍燃除了不爱自己、偶尔毒舌、小气、爱发脾气以外，还是一个不错的结婚对象，但是……

她叹了一口气，一进家门，就撞上准备出门的苏莞——未婚夫霍燃心里永远的初恋。

只要姐姐愿意，霍燃一定会毫不犹豫地退婚，选择和姐姐结婚吧，她才不想再被姐姐抢一次男朋友！那日霍燃在阳台上的那段深情告白，她仍清晰地记得。

对上苏桥不怀善意的目光，苏莞面无表情地问了一句："怎么，夜不归宿后变傻了？"

苏桥别扭地转过脸，一声不吭地给她让了道。

苏莞眼尖地瞧见她手里的门票，停下了换鞋的动作，问她："是《明星挑战赛》的门票？"

"不是。"苏桥下意识地把门票藏在了身后，摇了摇头。

"我都已经看到了，票留下，我陪你去。"

苏桥刚想开口说自己不去了，苏莞又说："听说这期节目的神秘嘉宾是泰国男星Sing。"

"去！当然去！"能见到Sing，她就是腿断了，爬也要爬过去，这可是追星女孩的职业素养！

苏莞满意地笑了笑，穿上鞋子摔门而去。

苏桥赶紧小心翼翼地揣好票，一转头正好撞上在喝茶的老爸、老妈，两人默契地不追问昨晚的事，他们早就对她留宿霍家见怪不怪了。

第三章

可以跟我传绯闻

1

《明星挑战赛》是刚推出没多久的新秀综艺节目，热度居高不下，除了固定嘉宾外，每期还会请当红流量明星来做神秘嘉宾，可谓一票难求。

苏桥这次算沾了霍燃的光，拿到两张绝佳位置的门票。

一想到能近距离看到Sing，苏桥从前一天起就忙着搭配衣服，还很没骨气地跟姐姐请教化妆技巧。

她化了一个精致的淡妆，好好打扮了一番，可是在姐姐面前，仍然显得有些暗淡。进场没多久，苏莞就被好几个男生搭讪，可苏莞根本不在意，连眼皮都懒得抬。

在节目录制过程中，Sing因为语言不通，整场节目有很多小动作，特别可爱，让苏桥这个死忠粉激动得捂嘴偷笑，完全忘记还有“情敌”云曼琳的存在。

录制结束时已接近八点，苏桥想找机会把礼物送给Sing。可当她跟工作人员提出愿望后，立马就遭到了拒绝。

苏莞掏出了手机，点开通讯录：“我联系下电视台的朋友，问问能不能通融一下。”

没等她拨出电话，在一旁像领导模样的男人立马走了上来，瞪了那名不懂看人的工作人员一眼，随后脸上堆着笑意，向苏桥伸出了手：“苏桥小姐，你好，我是这档节目的制片人李荣。早知道你要来，我肯定提前给你安排好。”

“李制片，你……你认识我？”苏桥愣了一下。

“你和霍先生的订婚宴，我也去了。”他做了一个请的手势，“听到你说要见Sing，小事一桩，我带你去化妆间看看。”

苏桥苦笑，这次又托了霍燃的福。他就像春雨一样，渗透着自己每一寸生存的土壤。虽然她有点不甘心，但想到能见到Sing，还是不要面子地接受了。

苏桥一走，后面就开始讨论起了八卦。

“那女的是谁呀，这么大牌？”

“你没听见啊，苏桥啊，能让李制片这么低三下四的霍先生，未婚妻还叫苏桥的，除了霍燃，还有谁？”

“她就是苏桥啊，这么久没消息，我还以为他们俩分了呢。”

“我看过照片，旁边那是她姐姐吧。两个人都和霍燃纠缠不清，真是为了钱，脸面都不要了。”

苏莞猛地回过头，目光如刀片一般朝着一众八卦人士飞去。

苏桥心大，仍然沉浸在喜悦之中，耳朵自动把无关的窃窃私语全部屏蔽掉。刚到化妆间门口，她的手机就响了起来。

霍燃的声音传了过来：“你在哪儿呢，录制结束了吗？”

“嗯，我要去见Sing。”

“Sing是谁？”

听到他的声音苏桥就变得紧张兮兮的，她起了恶作剧的念头：“我男人，你不知道就百度搜吧。”

挂掉电话，她敲门进入了化妆间，可算近距离见到偶像了。她送上提前准备的礼物，好一番表白和鼓励，无奈翻译正好不在，Sing听得云里雾里，只是有礼貌地点头微笑。

苏莞一直在旁边沉默着，这回终于吱声了，用一口流利的泰语翻译了苏桥的话，听得她愣愣的。

Sing的笑意越来越浓，转过脸用蹩脚的中文对苏桥说了句：“谢谢，我也爱你。”

原本她还挺在意苏莞居然会泰语这件事，但一听到那句“我也爱你”骨头都酥了，满眼都是小星星。

Sing非常亲民，还陪她们聊了一会儿天，当然最后变成了姐姐和自己偶像相谈甚欢，甚至交换了联系方式。苏桥只能干瞪眼，在一旁围观。

出了化妆间，苏桥抱怨了一句：“为什么他只给姐姐联系方式，我都没有？”

“你想出轨吗？”苏莞挑了挑眉，“偶像得保持距离感才美，何况你懂泰语吗？

“也对。”苏莞像十几岁的追星少女一样，激动地捂着通红的脸，“Sing好帅，我真后悔刚才没有把那段话录下来。”

苏莞晃了晃录音笔：“我录了。”

连录音笔都准备了！苏桥震惊于她带的设备如此齐全，一秒后激动地扑上去，喊了声“姐姐，我爱你”，半晌后才意识到自己在干什么，赶紧从苏莞身上下来，恢复了往昔的冷漠脸。

李荣一直跟在旁边，找了一个机会开口：“苏小姐，我们一直想邀请傅沉舟先生，但是他的档期一直空不出来，不知道您能不能跟霍总商量一下，给我一个面子？”

没想到对方打的是这个主意！

傅沉舟是谁？影歌双栖、外貌实力都是Top级别，常年霸占最想拥吻男明星第一的超级巨星，人却异常低调，几乎不参加综艺节目的录制。虽然他是星海旗下的签约艺人，但这棵摇钱树，即使是霍燃都得给几分面子，能说得动早就说动了。

苏桥有些为难，拿人家的手短吃人家的嘴软，想了想还是决定拒绝，刚张嘴，旁边化妆间的门打开了。

云曼琳一身曼妙的白纱裙，款款走出，桃花眼一挑，目光落在苏桥脸上，随即转向李荣，笑吟吟地说：“李制片，你就别为难苏小姐了，她不是圈内人，不了解情况。傅沉舟可不是谁都请得动的。”

李荣了然地点点头：“也是，算了，苏小姐就当我没说过吧。”

“要不，我帮忙问下霍先生吧。”云曼琳抬起左手，纤纤玉指将发丝撩到耳后，亮出手腕上的链子。

李荣道了声谢，注意到手链，忙不迭地夸奖道：“这条限定手链很配曼琳小姐。”

“霍燃先生送的生日礼物。”说这话的时候，云曼琳的目光不经意地瞥过苏桥，半开玩笑道，“苏小姐应该知道的吧，它确实有点太贵重了，您不会责怪霍先生吧？”

这是耀武扬威的戏码啊，苏桥哪有资格生气，脸上维持着微笑：“不会，我家不缺那点钱。”

云曼琳低下头来，瞧了眼苏桥的手，说：“苏小姐今天怎么没戴钻戒，不知道的人还以为您和霍先生出什么事了呢。”

苏莞走上前，一颦一笑间充满了别样的风情，与刚刚冷冰冰的模样完全不同。

“桥桥嫌那枚钻戒太小了，霍先生定制了一枚新钻戒，还在路上。”

云曼琳脸上闪过一丝不悦，依然维持着假笑，故意歪曲原本的意思，讥讽道：“苏小姐已经胖得连戒指都嫌小了？我认识一个很有名的私教，要我介绍给你吗？”

“我觉得云小姐才应该去健健身，您看上去不太健康呀，节食催吐对身体不好。”苏莞说着，从包里拿出名片，递给她，“我们公司刚刚推出了一款营养剂，专门给您这样的爱美人士研发，有需要的话，你打电话给我，量大价优。”

苏桥转过头，捂住嘴，不敢笑得太猖狂。想跟她姐姐斗，云曼琳还是太年轻了。

李荣一阵恶寒，三个女人一台戏，夹在她们中间，一不小心就被唇枪舌剑伤到了。为了保全自己，他下意识地后退了一步。

这时，一名工作人员走了上来，热络地跟李制片和云曼琳打了招呼，接着说：“霍燃先生在那边休息室等了好一会儿，一直在等曼琳姐。”她俨然没认出在场的还有一位正牌准霍太太。

云曼琳脸上的阴霾瞬间一扫而空，不过还是有几分顾忌，没表现得太过得意，撩了一下肩上的长发，莞尔一笑道：“霍先生等我可能有什么急事吧，苏小姐要不要跟我一起去？”

苏桥闻着那浓郁的香水味，忍不住用手扇着风，打了个喷嚏：“不用了，反正我回家就能见着。”

苏莞朝她使了个眼色，让她也跟上去，她却退缩了，不想自讨没趣。

李荣很是尴尬，一边是霍燃订过婚的正室，一边是正和霍燃传绯闻的人，不知该讨好哪个。

走廊里来往的人多，路过时都忍不住八卦地瞄上两眼。

云曼琳像一个胜利者一般，说了声拜拜，接着在经纪人和助理们的簇拥下，踩着十厘米的恨天高，扭着小蛮腰往前面的休息室走去。

“那我也过去跟霍先生打个招呼，我让人送送苏小姐吧。”李荣朝她点头致意，扭头吩咐助理送她出去。

还没等云曼琳走出几步，一个熟悉的身影从休息室里走出来。

霍燃今天的形象与平时那个工作狂的他截然不同，一身蓝白休闲装，配上简约的发型，显得很年轻。时光一下子仿佛回到了十几年前，那令人怀念的躁动不安的青春时代。

他手里拿着手机似乎要拨电话，还没打出去，脸一转，目光正巧撞上云曼琳。

她甜腻腻地喊了一声：“霍先生。”

他寡淡地应了一声，目光随即越过她，捕捉到了几米开外的苏桥，唇角慢慢上扬，露出充满暖意的微笑。

云曼琳的脸色立马阴沉了下去，但仍是不死心：“霍先生是不是找我有事？”

霍燃扫了她一眼，说：“云小姐辛苦了，回去好好休息吧。”他连名字都不愿意喊，直接绕过她，疾步走向苏桥。

霍燃来到她面前，还没来得及等她开口，就轻轻弹了一下她的额头，小声道：“你居然敢戏弄我，胆子够大的。”

苏桥“哎哟”叫了一声。不就用Sing开了一个小小的玩笑嘛，她哪里想到现世报来得这么快。

霍燃牵起她的手，说：“走，我带你去吃夜宵。”

剧情发生了一百八十度转变，苏桥脑袋还有点蒙，没跟上他的脚步。苏莞见她如此不争气，便从后面推了她一把。

霍燃稳稳地接住了她，握住她的手，转而十指相扣。在众目睽睽下，他牵着她从云曼琳身边走过，特地停下来，叮嘱了云曼琳一句：“最近你通告多，回去好好休息。”

云曼琳心不甘情不愿地点头：“是，霍先生。”

苏桥顿时“小人得志”，扭头看了一眼姐姐苏莞：“姐，你们公司不是刚上市一款促进睡眠质量的保健品吗？我怕云小姐今天太辛苦睡不着觉……”

霍燃抢过话题：“那就以苏桥小姐的名义订个十箱，明天送到星海来，是该好好关心一下艺人的身体情况了。”

苏莞比了一个OK的手势，笑得春风满面，还不忘给现场其他吃瓜群众发一下自己的名片。云曼琳在一旁还得堆着假笑说谢谢，心里憋屈极了。

苏桥左手使劲，指甲嵌进霍燃的手心。两人表面相视一笑，背地里暗自较劲。

十箱！他凭什么以她的名义给他的红颜知己扔钱！她心里当然不乐意她的钱打水漂。

霍燃似乎听懂了她的心声，俯下身来，与她耳鬓厮磨了一番，在外人看来格外亲昵。

“我出钱，你满意了吧？”

他的声音低沉好听，落入她耳中，引得她的心脏扑通扑通直跳。

2

一到电梯门口，苏莞就找借口溜了。

苏桥当然知道，这是姐姐在给自己和霍燃创造机会。

电梯里，她的手被霍燃握着，在人挤人的空间里，又不好用力挣扎，直到地下停车场，她才费力甩开他。她很怕，再过一会儿可能就要因为紧张缺氧而死了。

上了车，苏桥才放松下来，上下打量了他一番："你今天转性了，怎么穿成这样？"

"你不是说我们有代沟吗？我穿年轻点，减小我们的差距，给你长点面子。"他一本正经地说着。

原来他还在意之前的话呀，太小肚鸡肠了吧？苏桥挪了一下屁股，与他拉开一点距离。

"你想吃点什么？"

"你不喜欢吃的，我都想吃。"

"那就去吉庆街新开的网红火锅店。"

"你认真的？"

"我助理在排队，大概还有半小时就能轮到我们。"

"你这是早就打定主意了啊，那你还问我？"

"凭我对你的了解，你就喜欢和我对着干，不是吗？"他又笑了。

苏桥感觉又被他耍了，扭过头去不再理他。

中途，苏桥饿得肚子咕咕直叫，脸顺势就红了，赶紧把音乐声调高，但依旧掩盖不了那令人尴尬的声音。

霍燃开出一段距离，在便利店前停了下来，一边解安全扣，一边嘱咐她："你好好待着，我去买点东西。"

苏桥百无聊赖地在车子里打起了游戏，猛然抬头，眼睛被不远处的灯光闪了一下。她狐疑地朝那个地方看，看到有辆黑色的车停在那里，不过并没多想什么。

霍燃买完东西，正急匆匆走回来，半路上，他突然意识到什么，朝不

远处看去，脸色一沉。

他疾步走上去拉开苏桥一侧的车门，将装着零食、饮料的塑料袋往车里一扔。

苏桥还没来得及开口，他就靠过来，解下她的安全带。

他紧紧抓住她的手腕，说道：“你跟我出来一下。”

“怎么了？”苏桥被他突如其来的举动搞得一头雾水，踉踉跄跄地被他拉下了车。

霍燃没顾上解释，拉着她走到刚才注意到的那辆黑车前，敲了敲玻璃门，原本阴沉的脸已经挂上了虚伪的笑：“先生，用不着偷偷摸摸地拍，我们人就在这里，你下来好好地拍。”

从车上下来两个清瘦的男人。

“霍先生好。”戴帽子的男人率先跟他打了个招呼。

“李帅先生，又见面了，要你们每天跟着我，真是辛苦了，让我省了两个保镖的钱，多谢多谢。”

苏桥一听到“李帅”这个名字，立马知道怎么回事了。她在微博上看了不少霍燃的八卦，很多都是这个叫李帅的狗仔爆出来的，她还用小号偷偷关注了他呢。

“李先生，我经常看你的微博，你报道的八卦新闻简直就是我们吃瓜群众的快乐源泉！”苏桥像迷妹一样朝他伸出了手。

李帅一脸茫然，干笑了两声，颤颤巍巍地和她握了握手。

霍燃一把揽过苏桥的肩膀，脸上的笑容愈加浓郁：“正好，我和桥桥很久没拍合照了，你们帮忙拍一下吧。真抱歉，今天我的女伴不是云曼琳，也不是其他女明星，是我的未婚妻，让你们失望了。”

“对不起，霍先生，我们也是混口饭吃。”李帅笑得比哭还难看。

霍燃拍拍他的肩膀：“都说让你们拍了，你不用介意。拍完之后，你们记得写篇好点的新闻通稿，放上各大网站，帮忙宣传一下，让大家都知道我和我的未婚妻非常恩爱。”

“霍先生，我们先走了。”李帅完全把他的话当反话听了，扯了一下同伴的袖子，赶紧上车撤退。

苏桥望着仓皇逃走的狗仔，抬起头看向霍燃：“能把狗仔吓跑，算你厉害。”

霍燃却满脸都是失望。

吃完火锅，霍燃送她回家，还亲自送她上了楼。

在进门之前，他突然掏出手机，拽住她的手臂将她拉进怀里，非要在廊灯下自拍。

“你干吗？”

“趁着没卸妆，来一张。”

“不要。”她拼命挣扎，却还是躲不过。

霍燃展示了一下自己的拍照技术，除了渣，没有第二个字可以形容，她怎能容许这么丑的照片存活于世，于是和他做了交换。

“茄子！”她朝着镜头微微一笑，露出一排整齐的牙齿。

照片中，两人亲密地靠在一起，笑得十分自然。可是苏桥还觉得不够，用手机软件美颜后，才传给了霍燃。

照片一到手，霍燃就按照约定把之前那张丑照删掉，这才放过她。

苏桥一进屋，立马把妆卸了，准备把刚刚和Sing的合影发到朋友圈，却发现一个兔子头像的好友点赞了她的一条旧动态——啊，原来一个人大半夜地坐电梯上十六楼这么恐怖啊。如果有人送我回家，顺便送我上楼，我一定会感动死！

居然有人闲得发慌翻到了她快两年前的动态。不过这个叫兔子还顶着兔子头像的好友究竟是谁呀，她怎么一点印象都没有？不过想到有时候可能是因为工作添加的陌生人，很久没联系就忘了吧。

她没再多想，把P好的图发了朋友圈。

而另一边，霍燃驱车回到别墅，进屋的第一件事就是把新合照打印出来，换下钱夹里的旧照片。那张放了两年的订婚照上，苏桥笑得很美，只有他看得出来，她笑得那么勉强。

他拿起手机，打开微信朋友圈，看到她晒了和Sing的合照，忍不住有

些吃味，点了回复，输入“我的颜值难道不如他？”，删掉；输入“你也很美”，删掉；又输入“公司下一部新电视剧，如果让Sing来演，你开心吗？”，又删掉。反复N次之后，他选择放弃。

苏桥回到北城不到一个礼拜，锦城工作室那边就打了好几个电话给她，让她帮忙再修改一下之前的设计方案。为了一把玄幻电影里的武器，她足足折腾了一个月，但是甲方爸爸依然很不满意。

她一边改设计图，一边给北城的一些道具公司投简历，但是道具师这个行业，基本都是男人在做，跟组拍摄、熬夜加班都是常有的事。可她不想只画画，想深入学习制作道具，成为最棒的女道具师。

可是现实却给了她狠狠的一巴掌，简历投了不少，通知她去面试的却不多，最后，她总算收到了一家知名影视道具公司的面试邀请。

面试当天，她穿得朴素，化了一个精致的淡妆，带上早就准备好的小道具，打算给自己加点筹码。她坐了一个半小时的地铁才来到那家公司。

天气炎热，她拿出止汗剂喷了喷，才进了大门，在门卫处做好登记，满怀憧憬地走进了办公楼。

刚进办公室，门边的女助理赶紧放下手机，站起身来，笑吟吟地说：“您好，面试的话，请到这边的会议室。”

苏桥道了声谢，便朝她指的方向走了过去。

女助理坐了下来，重新拿起手机，正好刷到一条热门微博，上面的照片让她感到莫名熟悉，她震惊地抬头看向苏桥的背影。

“不会这么巧吧？”她赶紧起身，去茶水间泡咖啡去了。

苏桥满怀希望地走进会议室，没想到面试她的男人一见她，就蹙紧了眉头：“怎么是一个女人？”

苏桥脑子瞬间爆炸：“你现在才知道？”

“现在优秀的道具师难找，我看了你的作品，觉得不错，没细看就……”他满脸的抱歉，“苏小姐，你应该知道这一行很辛苦。”

“我当然知道。”

“影视方那边不满意，我们可能随时需要推翻重做，赶工期也是常有的事。你还很年轻，手绘功底非常棒，其实可以选择……”

苏桥打断他：“就因为我是女人吗？”

“不是。那好吧，您的资料我了解了，我们考虑过后，会打电话通知你。”男人说得勉强。

“我带了一个小道具过来。”

她准备拿出来，那人却摆了摆手，说：“不用了，我已经看过作品，就不需要了。”

苏桥无可奈何，只能起身鞠了一躬，走出会议室时，正好撞上前来送咖啡的女助理。

男人可惜地摇了摇头，女人踩着高跟鞋走上来，狠狠地打了一下他的脑袋：“喂，你拒绝了她，你还想不想在这行混了？”

“什么？”男人一头雾水。

女人拿出手机，点开微博，找到了星海总裁霍燃的微博，给他看了置顶的照片：“你看看，刚才那女人长得像谁，再想想，她叫什么名字？”

“她叫苏桥。”

女人又打了他一下：“笨啊。”

“啊，她是霍燃的未婚妻苏桥！完了完了，我刚刚还说她怎么是一个女的！我只是替师父面试她而已，如果他知道我得罪了未来的霍太太，我……”

会议室里，一个人暴躁地抓头发，一个人则兴致勃勃地在朋友圈里发了这条消息。

苏桥走出公司大门，看了一眼时间，忍不住叹了一口气。出门两小时，面试五分钟。她失落地从包里掏出精心准备好的小道具，心中郁结难舒，走路的时候没注意，撞上了别人，道具掉在了地上。

“对不起。”男人的声音从头顶传来，抢在她前面蹲下来捡起道具，手不小心碰到开关，道具盒子突然打开一条缝，露出一只红色眼睛。

他吓了一跳，差点又把盒子摔了。

“吓到你了吧，这是我做的道具，是假的。”苏桥赶紧把道具接了过

来，打开盒子，给他展示了一下里面的机关。

“很有意思。”男人会心一笑，“你是这家公司的员工？”

苏桥被戳到痛处，摇了摇头。

“走路当心点，撞到我还没事，撞到车就危险了。”他绅士地向她点点头，说了声再见，便走开了。

苏桥心情还没平复，心脏跳得剧烈，望向他的背影，总觉得有种莫名的熟悉感，却怎么也想不起来。

男人走到楼前，突然想到了什么，转过身走了回来，门口的人早就不见了。

“苏桥？”他缓缓吐出这两个字，微笑里带着一丝怀念，“忘记问下联系方式了。”

此时苏桥已经坐上地铁，隐约觉察到周围的目光有些不太对劲。微信提示音响了起来，她打开手机，看到是邱雅发过来的。

“你老公居然开了微博，当众秀恩爱啊，真是羡慕死人了。”

霍燃开微博了？不像他的行事作风呀。她点开微博，后台立马推送了一条——霍燃首开微博秀恩爱，破分手谣言！

苏桥点开微博一看，霍燃居然把那天他们俩的自拍照上传了，还配了一个亲亲的表情。他居然用这么老土的表情，他是原始人吗？

以前那张浓妆艳抹的订婚照流传上网也就算了，现在这张清晰无码的淡妆照一上线，她立马原形毕露，难怪大家今天的眼神这么八卦。

苏桥只能假装淡定，给霍燃发去了短消息：喂，够了啊，你这是泄露公民隐私，我可以告你的！

霍燃：请随便，看看有没有律师接。

苏桥打开微博热搜榜，第一条就是霍燃，第二条是云曼琳和霍燃。

她在好奇下点开，才知道云曼琳一大早发了一张男女牵手的照片，两人无名指上各戴着心形钻戒，配上文字：亲爱的，早安。感谢你的陪伴，我愿与你白首偕老，永不分离。

这条微博不禁引发了热潮，令无数吃瓜群众浮想联翩，纷纷猜测云曼琳是多年情人熬出头，有人说霍燃与未婚妻早就秘密分手，直到霍燃的一张照片出来，终于打破了谣言。

苏桥瞬间明白，霍燃是想借她和云曼琳撇清关系。早知今日，他当初就应该洁身自好！

她哼了一声，刚想把手机揣好，一通电话打了进来，是一个陌生来电。她狐疑地接了起来：“喂？”

“您好，苏桥小姐，您的面试通过了。”

他怎么突然变卦了。

那边的人赶紧说了一句：“您是一位非常有能力、有经验的人才，我们公司需要您，具体上班时间，我会再通知您。”

苏桥高兴之余，又觉得奇怪。

回到家，她持续关注了一下微博热门。云曼琳那边已经出了声明，放上了牵手的全身照，原来不过是一家珠宝品牌的宣传海报。

众吃瓜群众见状，纷纷退散，失落不已。

苏桥见热度下来，赶紧提醒霍燃：照片可以撤了吧，你不是说不想让我上头条吗？

那边的人迅速回了一句：我不许你和别人上头条，但可以和我上啊。

无耻老贼！苏桥扔掉手机，将脑袋埋在枕头里。从小到大，霍燃好像永远都站在制高点俯视着自己，而她毫无还手之力。她一直以为自己和他会永远在两个平行的世界，是自己强行走进他的世界，可是她明白这个世界不属于她。

当她再度打开微博时，霍燃已经编辑了微博，用心形贴纸挡住了脸。不过也没什么用了，这张照片早就在网上传得尽人皆知。她忍不住怀疑，霍燃早就想曝光她了。

3

苏桥还没来得及找霍燃算账，他就跑去国外出差了，她可算是清静了

几天。

周三，也不知道邱雅抽什么风，居然有时间约她逛街、吃串串。为了少引人注目，她特地买了一顶金色的假发，又去眼镜店配了一副超大边框的眼镜。

串串店里，两人吃得热火朝天。

“你可真没一点阔太太的形象啊。”邱雅被辣得舌头快着火了，还有心情嘲笑她。

“我和……”苏桥突然意识到现在是在公众场合，赶紧压低了声音，“就是那个谁，迟早要分手的。”

“你怎么还没死心？”

“当然啦，你看看，我才回来几天，就卷进他那么多破事里。我知道，我们不合适。”

“年龄？家境？还是顾忌你姐姐？”

“都不是，我不想跟一个不喜欢我的男人过一辈子。”

“你怎么知道他不喜欢你？”

“我当然知道，他和我订婚的目的，只是为了向我姐姐复仇而已，后来就纯粹是为了面子。”

“他说的？”

“是啊，他说被一对姐妹花甩两次，太丢人了，所以坚决不同意分手，如果非要分，就赔给他九百九十九万！”

“这……这么多啊，那你还是死了这条心吧，还不如结婚后再离婚，好分点家产呢。”

苏桥摇摇头：“我订婚后才发现，我接受不了没有爱情的婚姻。”

“死心眼，你订婚前怎么不说接受不了呢？其实我觉得你们俩各方面互补，真挺好的。分手这种事，等个一两年考虑就好啦。”

“你这么劝我，是不是有什么目的？你不怎么爱吃辣，怎么会请我吃串串？”苏桥放下竹签，死死盯着她。

邱雅摊手坦白：“好吧，既然被你看穿了，我就说了啊。我在杂志社不小心透露了我们俩是闺密，然后总编就让我搞定你和霍总的专访，这两天她对我非常客气，还答应升我做执行主编。”

“我不同意，坚决不同意！”

“我知道你不会同意，所以我先联系了霍先生，他说好。”

苏桥冷着脸，一巴掌拍在桌子上，还没来得及说话，手机铃声就响了起来。

“我在金天商场，四楼的天天串串香。”她说完便挂断了电话，对邱雅说道，“我朋友就在附近，我让他过来坐坐，今天先饶了你。”

没一会儿，周深就过来了，看到苏桥，差点没认出来。

“你丑成这样，你家那位还要你吗？”

邱雅在一旁捂着嘴偷笑。苏桥抓起一把竹签，往他身上打了过去。

没多久，邱雅和周深就靠着损苏桥混得很熟了。

周深谈起最近在朋友剧组帮忙的事：“我在片场看到一个女的，居然能提一百斤的道具，力气超大！我挺佩服她的，就跟她聊了两句，才知道她那么惨。本来她以为找一个有钱的老公嫁了就万事大吉，没想到当家庭主妇后，老公居然在外面找小三，离婚时还不肯分家产，连孩子也不愿意带。她十几年没工作了，没经验没能力，只好出卖劳动力，在熟人介绍下进了剧组打杂，赚钱养家。”

他说这话的时候，目光下意识地扫过苏桥。

邱雅附和着：“确实好惨。”

“苏桥，你要想清楚，你和霍燃是不是真的合适？别像那位可怜的大姐一样，豪门媳妇不是那么好当的。”周深突然把话题转到了她身上。

苏桥吸了一口橙汁，尴尬地说：“说别人呢，别扯到我身上。我和霍燃的情况不同，我会自己看着办的。”

周深“嗯”了一声，不好再多说什么。

三人分别前，邱雅还在不断地提采访的事，苏桥懒得理会，只想着等霍燃回来，让他拒绝了这事。其实仔细想想，周深说的话不无道理，一入豪门深似海，何况她和霍燃还没有什么感情基础，她得想一个办法尽快搞

定他。

一转眼周末悄然而至，苏桥仍没等到霍燃回来。

老妈见她闲得无聊，主动请缨要带她去羽毛球场挥洒一下汗水。其实平时都是姐姐陪老妈去的，这次正巧姐姐去外地，她就变成了替代品。

苏桥叹了一口气，被逼无奈进姐姐房间找羽毛球拍。明明知道她的房间谁都不让进，老妈居然让自己主动去送死！

“除了红色的那副，蓝色冠军球拍也带上，让我那些球友欣赏一下！”老妈在外面发号施令。

冠军球拍！那可是姐姐在慈善拍卖会上花了大价钱拍下的，是前世界冠军夺冠时用的球拍，她一直视若珍宝。苏桥几次想偷出去拿给邱雅炫耀一下，可惜一直有贼心没贼胆。

她本不敢拿，但在老妈的催促下，还是硬着头皮抱走了冠军球拍。趁这个机会，她干脆跟老妈撒起了娇：“妈，你们看完球拍之后，能不能借我一下，我朋友也想看。”

得到应允后，苏桥发了短信给邱雅，约她在体育馆外的咖啡厅见面。

来到体育馆，苏妈妈跟球友们炫耀完，便将球拍交给了苏桥，还千叮咛万嘱咐一定要小心。

苏桥下楼，经过篮球馆门口时，有人正好从场馆出来，喊住了她。

“这不是苏桥吗？”

她疑惑地回头，与喊住自己的人打了个照面，四目相对时，往昔不愉快的记忆瞬间涌出，立马扭头走人。

可是，对方并没有停止跟同行的人炫耀。

“那人谁啊？”

“我前女友，现在可是星海集团总裁霍燃的未婚妻，你不认识吗？”

“哦，你小子很厉害啊。”

“那当然，她们姐妹我都处过，她姐姐可是一个大美人，比她好看多了。别看她姐姐外表一本正经……”

声音从背后传来，苏桥的手紧紧握成拳头，直到他开始侮辱姐姐，她忍不住转身冲上去，朝他大腿用力踹了过去。

苏桥鼓起了勇气，一边打，一边骂：“费凌，你伤害我就算了，不许你说我姐姐！”苏桥了解苏莞，虽然她一直抢自己的男友，但向来抢完就甩。因为对她而言，这些男人根本不值得她浪费更多的时间，她并不是那种浪荡的女人。不可否认，姐姐的确是一个奇葩，但是听到别人无中生有污蔑她，苏桥还是忍不住生气。

“你们这对姐妹花果然是奇葩，你姐姐不知道勾引了多少男人……”费凌用力将她推开，她重心一个不稳，摔在了地上，冠军球拍也被甩了出去。

“我姐姐说得对，我眼瞎，看上的都是你们这种垃圾。”

苏桥冷冷瞥了他一眼，爬起来想去捡球拍，却被人捷足先登。她抬起头，对上姐姐阴沉的脸，还没来得及说话，球拍就被丢了出去，在空中划了一道弯，砸在了费凌的身上。

“你忘了四年前，我是怎么打你的吗？”苏莞莞尔一笑，一开口，气场立马镇住了全场。

费凌的脸瞬间红了，眼瞅着各场馆里出来围观的人群越来越多，他抬腿就跑，还不忘骂骂咧咧：“泼妇！”

苏桥已经吓得呆若木鸡，回过神来，赶紧把球拍捡了起来，哆哆嗦嗦地奉上，向姐姐求饶：“姐姐，我……”

“算了，看在你刚才维护我的分上，这次的事既往不咎。”苏莞声音清冷。

“这可是世界冠军用过的球拍呀。”苏桥不敢相信，自己的姐姐会这么好说话，难道还有后招？

“球拍坏了能修，妹妹只有一个，打坏了怎么办？”苏莞揉了揉她的脑袋，笑容和语气难得的温柔，犹如春风拂面。

苏桥的心瞬间被治愈了，可她还没感受太久姐姐的温情，姐姐的态度立马发生了转变。

苏莞狠狠地敲了一下她的脑袋，告诫道："这次算了，下次你再敢进我房间偷我东西试试！还想不想要这双手臂了？"

苏桥这次可以确定，这的确是亲姐苏莞！

与邱雅的约会也泡汤了，苏桥和老妈被苏莞押解回家，免不了一通责备。原来苏莞提前结束出差回家，发现冠军球拍不见了，问老爸才知道苏桥她们去体育馆打羽毛球了，便过来兴师问罪，没想到遇到这么一出。

苏桥跟老妈回顾着姐姐的英雄事迹，突然想起了一个重点，赶紧追问苏莞："姐，你打过费凌？"

"叫他废人比较好，那阵子我正好在练咏春，就拿他练手了，谁让他欺骗你、糟蹋你，活该！"

"糟蹋我？"苏桥被这个词吓得愣住了。

"你当时不是跟我说'你们该发生的都发生了'，才一个月，你们俩就敢……"

"我当时说的气话，我跟他只发展到牵手的地步而已！姐，你想太多了。"

苏莞听完脸色如常，丝毫不在意："那也是他活该，没通过我的考验，是他的错。"

苏桥看着恢复如常的姐姐，摸了摸自己的脑袋，回忆着姐姐刚才难得表现出来的一点点坦率和温柔，这么多年的委屈瞬间释怀了。

也许自己从来没有恨过姐姐吧，只是不论自己多努力，永远都无法追赶上姐姐的身影，才迫不及待地想得到姐姐的认可。现在，她终于明白姐姐是在乎自己的，这就够了。

半个小时后，车子停在了小区地下车库，苏妈妈先下了车。

苏莞喊住了正在开车门的苏桥："傻丫头，你不是一直想让我认可你的眼光吗？霍燃，我认可了，我承认他是我妹夫。"

苏桥愣了一下，回过头，两人的目光瞬间对上："你不在意吗？"

苏莞撩了一下肩上的长发，媚眼如丝："你知道我的人生名言吧？好女不吃回头草，你看我像缺男人的样子吗？在我心里，事业、亲情永远比男人重要，何况是一个过去式的男人。”她洒脱地摊了摊手。

老妈敲了敲玻璃，催促着她们赶紧下车，苏桥只好把原本想说的话吞了下去。她走在最后，看着姐姐的背影，忍不住想起了霍燃，心情莫名有些复杂。

第四章

准备好秀恩爱吧

1

一回家，苏桥就赶紧回房间换衣服。裙子还没套好，门就突然被人推开。她还以为是姐姐或者老妈，一回头，却对上了霍燃疲惫的脸。

“啊！”她惨叫连连，“霍燃，你这个色狼，进来都不敲门！”

“我进我未婚妻的房间，需要敲门吗？”

他扯下领带，往椅子上一扔，上来抓住她的手，拉着她一起倒在软床上。

“喂，你干什么？”苏桥被他翻身搂在怀里，挣脱不得。

“现在我需要你履行一下未婚妻的职责，给我充电。”他的声音带着几分疲惫。

苏桥放弃挣扎，问道：“喂，霍燃，你怎么突然回来都不跟我提前讲一声？”

霍燃凑过来，靠得更近，与她鼻尖贴着鼻尖，房间里的气氛变得更加暧昧不明。

“给你惊喜。看来我的未婚妻还是很在意我的行程的，好，以后我到哪里都告诉你。”

“不……不用了。”苏桥把他的脸别了过去，这才有喘息的机会，

“你来得正好，我有些事要说。”

她刚说完，他就没声了，呼吸均匀，看样子已经睡熟了。

苏桥看他这么累，竟有些心软了，她伸手拨开他额前的头发，俊朗的面容近在眼前，心脏不可抑制地剧烈跳动着。

突然，房间里响起了手机的振动声，发现不是自己的手机，她便伸手往他的口袋里摸，掏出了手机，看到是他秘书的电话，便先摁掉了。

怕打扰他睡觉，她小心翼翼地从他手臂下钻出，来到客厅阳台，重新拨出了电话。

“霍总，发苏桥小姐裸照的男人有点眉目了，人应该在国外，我已经派人过去了。”

苏桥瞬间愣住了：“裸……裸照？”

那边也没声了，过了半晌才问了一句：“你不会就是苏小姐吧？”

“是我，到底怎么回事？”

“霍总说要对你保密。”

“你不说，我就滥用职权炒你的鱿鱼。”

“好吧，苏小姐，你千万别说是我告诉你的。昨天有人给霍总寄了一封邮件，细数了您的感情史，还……还发了你的裸照，要五百万封口费。不过你放心，只有背影，霍总会处理好的。”

“我的裸照？怎么可能！霍燃他怎么说？”苏桥蒙了。

“霍总刚下飞机就到公司请技术部同事调查这事，一直没好好休息，刚刚才回去。他什么也没说，只是让我们对此事保密。”

她又问：“你说人找到了，那散布谣言的人是谁？”

“陈远昭，我只能说这么多了，请您一定要保密。”

那边的人挂断了电话，她的身体瞬间失去了力气。居然是陈远昭，以前她只是觉得他贱而已，没想到他根本不是人，居然会用假的裸照去威胁霍燃！一定是因为上次餐厅的事，他伺机报复。

她正打算翻电话簿联系两人共同的好友，才意识到这不是自己的手机。转过身，却看到霍燃不知何时站在那里，脸色阴沉。

他收到了那种羞耻的照片，却没有质问她一句，她不明白，他究竟在想什么。

她仿佛找到了一个台阶，也不急着解释，反而莞尔一笑：“霍燃，分手吗？”

“正如你所见到的那样，我是一个放荡的女人，和我交往过的男人，我数数……”她认真地掰起了手指头，“好像数不清了，你现在终于看到了我的真面目，还没有结婚，一切都还来得及。”

气氛刹那间变得诡异起来。

霍燃的眼睛直勾勾地盯着苏桥，看得她心里毛毛的。

她有些后悔了，在这种时候惹毛他，好像不太明智。再僵持两秒，她觉得自己可能要直接跪地求饶了。

当她还在纠结是不是应该安抚一下这位名义上的未婚夫时，霍燃终于开口了：“苏桥，你的过去，我根本不在意，我只想要你的未来。”

这样都不分手？莫非他真的一点都不在意吗？

苏桥的心底泛起难以言明的情绪，明明应该松一口气，反而有点酸酸涩涩的，这种滋味不太妙啊。

她暗暗将这种心情压制下去，佯作没事人的模样，向他摆了摆手：“霍燃，你真的不必勉强。”

“消停点吧。”霍燃率先打断了她的话，上来抢走了手机，下一秒他的手掌突然按在她的脑袋上，温柔而有力，“苏桥，你就这么想看我生气？”

苏桥仿佛顶着一枚定时炸弹，耸着肩膀，不敢动弹。

“你这么想让我觉得你是一个放荡的女人，不在乎那些照片因为没有我的封口费，流到网上去吗？”

苏桥委屈地摇头，还没来得及辩解，姐姐的房门有了动静，霍燃飞速地抓住她的手，拉着她闪进了卧室。

“霍燃，你不会真的给了五百万封口费吧，那些照片是……”

她的话被突如其来的电话打断了，霍燃接起电话，不知道电话那头说了什么，他的脸色变得越来越难看，目光突然与苏桥对上，那是熟悉的愤怒的眼神。

苏桥隐约觉得不妙，乖乖地在床边坐了下来。

“好，我知道了，我马上过来。”霍燃挂掉电话，又盯了她两秒，声音变得很冷，仿佛压抑着怒气，“你乖乖待在家里，什么都别做，好好睡一觉，我要回一趟公司。”

“霍燃，发生……”没有听她讲完，他就匆匆推门而出。

苏桥终于得到了喘息的机会，但霍燃离开时的眼神始终让她坐立不安。一想到陈远昭做的混账事，她就想痛骂他一顿，但她翻了一遍手机，都没有找到他的联系方式，只得放弃。分手时，她早就删得精光了，现在想来，如果不是姐姐，也许她真的会栽进他的陷阱里。

她闷哼一声，倒在床上，百无聊赖地刷起了微博。打开热搜榜时，她的目光瞬间被排在第一的关键词吸引了——霍燃未婚妻苏桥的艳照。

她腾地从床上坐起来，这件事霍燃不是应该解决了吗？照片怎么会流传到网上？

苏桥赶紧点开照片，都是像素不够的背影照和床照，那个女人的侧脸和自己确实有几分相似，很容易引起误会。她这才明白，霍燃心急火燎地离开，应该是回公司处理这件事。

她挠着头发，有些烦躁。她明明想从霍燃身边逃走，却又如此依赖他，需要他的帮助，她不甘心。

苏桥拨出了霍燃的号码，但一直提示占线。

邱雅和周深都发消息过来，她只好解释了一通。网络的传播速度之快，连不怎么上网的父母也得知了这件事，餐桌上，他们委婉地询问了一声。

“是假的，霍燃会处理好的。”

不知为什么，苏桥一想到霍燃，心一下子就安定了下来。在这种时候如此依靠他，她也快理解不了自己的心了。

一直到半夜，霍燃的电话都打不通。不过网上铺天盖地的照片都被删得七七八八，微博热搜也被撤了下来，大部分网站都没有报道这件事，她知道，这些是霍燃让人公关了。

早知道她应该留一个他助理的电话的，她想马上就告诉他，那些照片是假的。

早上，苏桥迷迷糊糊地从床上爬起来，走出房间拐进了卫生间。

“我什么时候睡着的，还得打电话给霍燃。”她一边刷着牙，一边拨出霍燃的电话。

几秒后，客厅里传来了熟悉的手机铃声。她刚开始没在意，但铃声响了十几秒后，电话通了。霍燃的声音同时从手机和客厅传了过来。

她嘴角的泡沫还没来得及擦掉，便蹬着拖鞋小跑到了客厅，见到接电话的人，她愣住了。

“霍燃，你怎么在这儿？”

霍燃挂掉电话，从沙发上站了起来：“你昨天一共打了三十二通电话，我想你应该很担心，所以处理完所有的事就过来了。”

霍爸爸正好买早餐回来，看看苏桥，又看看霍燃，说道：“我一大早开门，看到阿燃坐在门口，吓了我一跳，喝酒了吧？不会是自己开车过来的吧？”

“我稍微喝了一点，找的代驾开过来的。”霍燃没有否认，眼神瞟向苏桥，又迅速垂下眸子，按了按太阳穴，看得出来，他头疼，也不知是累得，还是喝酒喝得。

“你吃点早餐再去房间睡吧。”霍爸爸放下早餐，拍拍他的肩膀，又看向苏桥，“你照顾一下。”霍爸爸用目光示意完，便进了房间。

“霍燃，你到底喝了多少？什么时候过来的？”苏桥小声地问，心里忐忑不安。

霍燃腾地站了起来，吓得她往后退了一步。他上前来，一把将她拽进了卧室。

苏桥的房间本来就不大，刚回来没多久就已经被她堆得满满当当，显得有些拥挤。她还没来得及挣扎，就被他丢在了床上。

“霍燃，你冷静点。”她一边劝说着，一边从床上坐起来，双手抱着胸口，抵御他随时可能的进攻。

她可以确定，他在生气，一定是的！他生气自己让他在全国人民面前丢尽了脸面！

霍燃居高临下地看着她，明明是一脸不爽，嘴上却死不承认：“我很冷静，我拼了命才能压制想要骂你的冲动，所以你给我安分点。”

“你现在比直接骂我还可怕。”苏桥十分委屈，努力想要挤出两滴眼泪博取他的同情，却实在是没什么演戏天赋。

她小心翼翼地抬头，想打量他现在的神情，却见他拽起一旁的被子，往自己身上绕了几圈，裹了个严严实实。

“你干什么？”

话刚问出口，霍燃便将她圈入怀中。

“是不是非得把你包裹得密不透风，你才不会受到伤害呢？”他的声音突然变得温柔，手却紧紧地抱着她。

两人四目相对，苏桥像看神经病一样盯着他，眼前的男人真让人捉摸不透。从他身上飘来浓烈的酒味，他应该喝了不少。

霍燃手中的力道突然缓和下来，手掌按在她的头顶，揉了揉她细软的头发，停顿了一会儿，仿佛说服了自己，表情变得无奈起来：“可是你又不是阿猫阿狗，我不能剥夺你的自由。所以拜托你，以后眼光好点，别让自己受到伤害好吗？每次给你善后，我也很累的。”

“原来你是因为这个生气？”

“你觉得我是在生气？”

“不然你为什么要喝那么多酒？为什么不接我的电话？”

“怕……”

“怕？你怕什么？”

“我怕你受伤。”他的手掌触碰着她脸颊的肌肤，微微生热。

是因为喝了酒才这么热吗？苏桥咽了口唾沫，垂下眸子：“我会小心的。不过，你误会了。昨天我就想告诉你，那些照片不是我的，我和陈远昭清清白白，还没到那步。”

2

“不是你？”

霍燃掏出手机，打开相册，翻出被他保存下来的背影照片，仔仔细细地端详了几秒。

苏桥忍不住一阵恶寒，向他投去鄙视的眼神：“霍总裁，你有没有搞错，居然把这种照片存在手机里。”

她明显感觉到他的身体突然僵住了。两秒后，他才咳嗽了一声，掩饰着尴尬，还不忘解释：“我这是在保存证据。”一边说，一边利落地删除了照片。

“哦，是这样啊。”苏桥勉强接受了他的解释，“你先别忙着删，把备份的照片和资料都给我发一份呗，我要好好研究一下。”

“这件事你就别管了，我会负责。陈远昭出尔反尔，收了钱还敢把假照片和通稿卖给媒体，我绝对不会放过他。之前我担心会对你造成影响，所以想私下解决，现在既然闹开了，不如用法律手段解决。”

苏桥眼圈微红，说了声：“谢谢。”

霍燃松开了手，苏桥顺势扯开身上的被子。

“你很少对我说谢谢。”他揉了揉她的脑袋，“不需要对我客气。”

“你别把我说得那么不知感恩。”

“你是懂得感恩的人吗？”

她拍了拍胸脯：“当然。”

“那就陪我睡觉吧。”他说得光明磊落、坦坦荡荡。

苏桥吓得干咳了两声，外面便传来了敲门声，化解了尴尬的气氛。

苏莞：“苏桥，觅雪家的甜品你是不是没时间吃了，那我一个人独享了呀。”

她怎么不记得自己买了甜品，这可是自己的最爱啊。她下意识地看向霍燃，小声问道：“你买的？”

霍燃打了哈欠，点完头，脖子一歪，脑袋往她的肩膀上枕了上去。

“我过来的时候，他家还开门，就买了。”

“觅雪家营业到十二点，你不会……”

他打断了她：“我困了，你先陪我睡一会儿，醒了请你吃新鲜的。”

“可我不困。”她小声嘟囔了一声，但是这声无力的牢骚并没有起到

作用。

苏桥在心里说了声算了，也不打算反抗。

喝醉了酒还记得自己喜欢吃的甜品，只要想到这点，苏桥的心就像被什么东西狠狠地揪住了。等到所有的声音都消失了，她才真正感受到肩膀上的重量，心脏骤然加快了跳动的速度。

他头发上还留着淡淡的洗发水的味道，有点像她喝过的某款好喝的饮料，她忍不住又凑上去闻了闻。

“好香呀。”她无意识地脱口而出，脑子还在搜索着记忆里的味道。

霍燃突然抬头：“我很香吗？”

苏桥被他吓得咳了几声：“霍燃，你到底还睡不睡了？”

“我的睡眠一向有点浅，而且直接在你肩膀上睡死过去，好像有点可惜。”他的眼睛熬得通红，却还是强忍着疲惫开她的玩笑，“你还是去玩吧，在这种情况下我还能睡得着的话，就不是男人了。”

苏桥鄙视地白了他一眼，真搞不懂他！不过她乐得能抽身离开，趁他没改变主意，赶紧逃出了房间。

她还以为能在姐姐嘴巴里夺下一点甜品呢，没想到姐姐真的一点渣都没给她留下。此时，苏莞坐在沙发上滑动着手机的屏幕，茶几上是空了的甜品盒子。

“你怎么出来了？你们俩的速度也太快了吧。”

苏莞抬头，淡定地瞧了苏桥一眼，又垂下眸子盯着自己的股票看。

“姐，请不要污染我纯净的心灵。”

苏桥捂住了耳朵，一闪身，索性躲进了爸爸的书房。苏爸爸正在看报纸，见她进来，张了张嘴，又憋了回去。

“爸，你想说什么？”苏桥问。

苏爸爸咳嗽了一声，才说：“桥桥，要不你出去租房子吧，或者早点把婚礼办了。我们家房子太小了，有点打扰到你们了吧？”

苏桥一脸无奈：“爸，你想太多了。”她在一边坐下，刚掏出手机，便看到锦城工作室的同事兼室友发了消息过来。

陈乐：苏桥，你把周深拐跑了，打算什么时候回来？

被她这么一提醒，苏桥才想起来，自己延长的假期又快到期了，也是时候做出选择是留在北城，还是回到锦城。苏桥有些烦躁地抓了把头发，随后才下定决心地回复了一句：我大概不会回去了。

发完消息，她发现还有一个未接来电和未读消息，是之前面试的道具公司，通知她不用去上班了。她的心情再次跌落谷底，但没持续多久，她就开始看新的招聘信息了。

霍燃醒来时，已是晚上七点。苏桥特地没吵醒他，好让他多休息一会儿。

因为没带换洗的衣服，霍燃向苏爸爸借了一套。他从浴室里换好衣服出来时，苏桥正坐在客厅里画图，猛然一抬头，看到他不伦不类的打扮，忍俊不禁道："不仔细看，我还以为我爸变瘦了呢。"

霍燃擦拭着还有些湿润的头发，朝她翻了一个白眼："收拾一下，一起出门。"

"你终于要回去啦。"

苏桥还没来得及激动，霍燃便说："我是让你收拾一下，我们出去吃东西。"

"我已经吃了呀。"

"可我没吃。"他加重了语气，一个字一个字地从嘴里蹦出来。

苏桥换好衣服出来，再见到他那副过气的打扮，忍不住又笑出了声，见他的表情变得可怕起来，便赶紧闭上嘴。她乖巧地跟了上去，特地与他拉开了一臂的距离。

"店不远，走着去吧。"霍燃说。

"哦。"苏桥点了点头，憋着笑说，"既然你不介意大家围观，我是没关系的。"

霍燃突然伸手把她拉了过去，她整个人靠在他身上，两人之间没了一丝缝隙。

苏桥的心因为这个突然的举动差点心率失调，霍燃很高大，在他身

边，自己的个子显得很娇小，有种被保护的感觉，说实话并不赖，就是觉得有点心惊胆战。

“你就这么怕我给你丢人？”他问。

苏桥赶紧摇头，冲他竖起了大拇指：“你可是星海集团的总裁，怎么会丢人呢，你就算什么都不穿也很帅！”

“不会夸人的时候，记得闭上嘴。”霍燃轻轻拍了一下她的后脑勺。

两人步行来到了觅雪甜品店，一路上接受了无数群众好奇的眼光。虽然霍燃不是明星，但在网上的知名度很高，能认出他一点都不奇怪。他平时西装革履的，现在穿得跟一个退休的老大爷似的，能不吸引吃瓜群众的注意吗？

“快看，是霍燃。”

“他们俩还在一起啊。”

“拍照吗？”

身后的两个女孩小声讨论着，虽然说话声音很轻，但还是传到了两人的耳朵里。苏桥心里不大舒服，正想转头用眼神反击回去，手却被霍燃紧紧握住。

他低下头来，目光温柔地望着她：“这几个全要了吧。”

苏桥没能挣脱开，便任由他握着自己的手。他的掌心很热，摩擦着皮肤，手竟然渐渐生出了一层汗水，也不知是紧张得，还是热得。

店里响起了几声快门声，不过霍燃并没有反感，反而大大方方地拉着她的手走出了店门。

霍燃倒也不挑食，在隔壁的小餐馆吃了一份炒饭，两人又晃晃悠悠地回去。途中，苏桥还买了一根雪糕。从出门到现在，他都表现得太过镇定，镇定得像是在演戏一样。

“你朋友说要采访我们，我答应了。”

霍燃突然提起这事，苏桥原本就想说服他拒绝掉，现在他提起，她正好顺着说下去。

“那就是一本八卦杂志，你平时不是很讨厌这种吗？你不用顾及我的面子，就勉强自己答应。”

“你的朋友言辞恳切地拜托我，还说会把我们打造成新一季的模范夫妻，我觉得没什么坏处，答应也无所谓。”

“就不能不去吗？我讨厌采访。”

“你是讨厌采访？还是讨厌跟我一起上杂志？”

面对他的逼问，苏桥闭嘴了。她刚刚欠下他一个大人情，现在翻脸并不合适。他已经说到这个份上，她知道很难劝服得了他。

不知不觉间，两人走到了小区门口，苏桥正想问他什么时候回去，他却突然盯着她嘴边的雪糕，没头没脑地问了一句：“是香草味的吗？”

苏桥本能地点头：“是啊。”

“让我尝尝。”

他俯身朝她靠了过来，咬住了雪糕，只要稍稍动一下，两人的嘴唇便能轻易触碰。一切来得突然，又莫名其妙。苏桥本想问出口的话语，吓得瞬间吞了回去，脊背僵直了，不敢动弹。

这个姿势维持了十几秒，霍燃终于舍得离开。

“你别这么吓人好不好，你这么想吃，都给你。”苏桥把雪糕塞到他手里，她心乱如麻，想跑，却又被他拽住了手臂。

直到进了大楼，霍燃才终于松手，进了电梯按下了负一楼：“我直接开车回去，你回家休息吧，你帮我跟老师和师母道个别。”

“哦，今天你倒是挺利落的嘛。”她不情不愿地应了一声。

“我出差回来到现在还没回家，怕奶奶担心。”她没问，但他还是解释了一下。

提到这个，苏桥的态度立刻软了下来，心里有些过意不去。说到底，他是为自己才这么奔波的。

“你路上小心。”

“这是你第一次对我说这句话。”霍燃笑了。

“真的吗？”自己有这么无情吗？苏桥望着他走出电梯，心情却有些复杂。

3

五月末的北城，天气渐渐炎热，一切都开始变得躁动不安。

某小区居民楼里，传出一声凄厉的尖叫。

“我要被霍燃气死了，他是不是老天派来折磨我的！”苏桥一脑袋磕在桌子上，又砰砰地撞了两下。

“你给我安静点，待会儿邻居要来投诉了，还以为我在这里杀猪呢。”邱雅放下咖啡，在她旁边坐了下来，脸上挂着看好戏的笑容，“道高一尺，魔高一丈，你是斗不过霍总裁的。”

“我长这么大，从没见过这么厚颜无耻之人！”

“上一个被你这么形容的是你姐。”

苏桥“啧”了一声：“他们两个人属性这么相似，难怪能谈那么久恋爱。我还在想，那天他的举止为什么这么奇怪，原来他早就知道有狗仔在偷拍！那些狗仔的眼睛是不是瞎了，借位不懂吗？”

“毕竟是见过大风大浪的霍总裁，应付绯闻还是很有一套的，他也算是为你好吧。”

苏桥斜眼一瞄，看向旁边的酒柜：“你还是这么喜欢收藏酒啊，放着不喝太可惜了，我正好心情不好，你跟我喝一杯吧。”

“你自己拿吧。”邱雅说完，听到手机的消息提醒声，下意识地点开推送的消息，一看到标题，便忍不住笑了，一个字一个字地读给苏桥听，“霍燃激情热吻未婚小娇妻，力破情变谣言。”

苏桥拿了酒和杯子过来，忍不住抱怨：“他们还真是闲着没事，有追别人隐私的时间，不如好好赚钱。”

“毕竟是霍燃嘛，你知道你老公人气有多高吗？他开微博当天就上了热搜第一，那天在地铁里十个人里九个人都抱着手机等着看他和云曼琳的八卦。这才多久啊，他的粉丝都五百多万了。”

“请你注意措辞，他不是我老公。”

“说不定明天就是了。”邱雅讪笑着抢过杯子，给两人满上，“只许喝一杯，你酒品不好。”

苏桥一口闷掉，酒下肚没一会儿，脸庞就有点烧起来，她起身把外套脱了。

邱雅小口饮着红酒，目光触及她手臂上的伤疤，问道：“你的手臂怎么了？”

苏桥抬起手臂，意识到她说的是上面玫瑰型的疤痕，轻描淡写地回答道：“洗文身留下的。”

“对，我想起来了，你之前文的是玫瑰吧？你那天文完之后，哭着给我打电话，说你后悔和男朋友去文情侣文身，要是以后分手了怎么办，你看，一语成谶了吧。”邱雅的手指轻轻转动着酒杯，说着说着就笑了。

苏桥突然情绪失控，趴在桌子上，捂住了耳朵：“别说了，我现在觉得自己太丢人了，我真想把以前那个笨笨的自己埋掉。”

“那个男朋友是陈远昭吧，你还兴冲冲地跟我炫耀说找到真爱了。他帅是真的帅，渣也是真的渣。”

“霍燃调查清楚了，散播谣言的人是陈远昭。事实证明，我的眼光不是一般的差，是超级无敌差。”

“你终于有自知之明了。”

“有你这么损人的吗？”苏桥又给自己倒了一杯酒，突然她想到了什么，赶紧打开所谓的裸照，放大了照片，唇角的笑意渐渐浓郁，“邱雅，我知道怎么证明自己的清白了，这张照片上有破绽。”

她指着照片上人的手臂：“这张比较清晰，你看，她手臂上干干净净的，我原来的文身挺明显的，应该能照得出来才对。”

“是。”邱雅十分惊喜，但很快就冷静下来，“但是别人会说，这是PS的呀。”

“这些偷拍的照片为什么要PS呢？这么明显的特征，P掉不是更让人怀疑吗？”苏桥将杯中的酒一口饮尽，匆匆起身抓起了外套和包，朝邱雅挥了挥手，“我去找霍燃。”

她急忙离开，砰地拉上了门。

邱雅望着门口，忍不住笑了：“臭丫头，还说不喜欢人家，第一个想到的人就是他。”

苏桥打了车赶往星海公司，在车上拨打霍燃的电话，却怎么也打不通，大概是有事在忙，她也就放弃了。

果然是冤家路窄，刚进公司大厅，她就撞到了最不想见到的人——云曼琳。

苏桥并不想打招呼，但对方特意停了下来，摘下墨镜跟她打招呼："苏小姐，好巧啊，来找霍总裁吗？我刚从他的办公室出来，现在他的心情应该挺糟糕的。"

苏桥瞥了她一眼，没好气地应了一声："哦。"

云曼琳并不满意苏桥的反应，便更进一步，唇角含笑道："苏小姐一点也不好奇吗？"

"没什么的，他心情不好，我会哄他，用不着你操心。"苏桥反唇相讥，边说边往前台走去，对方却仍是不依不饶。

云曼琳也没有更多的耐心了，直接上去挡住了她的去路，切入了正题："我和公司的合同到期了，今天我是来谈解约的，虽然霍先生极力挽留我……"

"我对云小姐的事情不感兴趣。"苏桥打断了云曼琳的话，但心里却忍不住担心起了霍燃。苏桥讨厌云曼琳，但不得不承认她在星海的地位，霍燃很捧她，甚至愿意跟她捆绑炒作。

"看来你什么都不明白。"

"云小姐太把自己当回事儿了。在你粉丝的眼里，你是女神；在我眼里，你只是一个路人呀，我什么都不需要明白。"苏桥冷笑了一声，走到前台敲了敲大理石台面，朝前台姑娘莞尔一笑，"不好意思，问一下，我——苏桥去找霍总裁，需要提前预约吗？"

前台站起身来，非常有眼力见地比了一个手势："当然不用，以您的身份，可以直接上去。"

"好，谢谢。"苏桥高傲地一仰头，轻哼了一声，往电梯方向走去。

云曼琳咬牙切齿地朝着助理轻吼了一声："看什么看，还不走。"

苏桥站在电梯口，假模假样地按下了上楼的按键，过了一会儿回头，看到没人了才小跑着回到了前台，不好意思地说："我忘了霍燃的办公室在哪儿了。”

“要我让总裁助理下来接您吗？”前台恭敬地问。

“不……不用了，你告诉我怎么走就行了。”苏桥摆了摆手。

得到前台的手绘示意图后，她欢喜地走开，看到自动售货机，便动了小心思，花十块钱买了一瓶果汁，准备当慰问品。

在去霍燃办公室的路上，不少公司职员用异样又谨慎的目光悄悄打量她。她低头看了一眼自己的着装，才意识到似乎过于随意了。不过她一向如此，霍燃也从未对她该穿什么做出过特别要求，这点倒是让她觉得挺舒服的。

苏桥来到办公室外，酝酿了一下情绪才敲门，没有得到回应，她又不敢贸然闯入。

一旁的秘书走了过来，一眼就认出了苏桥：“苏小姐，总裁去参加临时会议了，要不您到里面去等吧？”说着便帮她开了门。

“谢谢。”苏桥点头致谢，在她的引导下，来到办公室套间的休息室里坐了下来。

“我去给您泡杯咖啡。”

“不用了，你去忙吧，也不用通知霍燃我来了，让他好好开会。”

秘书一走，就只剩下苏桥一人。她无聊地在办公室里晃荡了一下，想象着霍燃平时在这里办公的样子，总觉得那样的他有点陌生。

看着桌上一堆文件，她忍不住感慨当总裁也不容易啊，刚谈完解约合同，就跑去开会，可够忙的。

苏桥看着空无一人的办公室，心里有些空荡荡的。

刚才的酒劲还未消退，她有些犯困，便回到了休息室想关灯睡觉，却摁了好几次开关才摁对。她在沙发上舒舒服服地躺了下来，没一会儿就睡得迷迷糊糊，却越睡越冷，恍惚间蜷缩起了身子。

一小时后，屋子里有了另外的动静。

霍燃一开灯，便看到床上躺着一个人。女秘书匆匆赶来，报告说：“苏小姐来了。”

“怎么不通知我？”他的眉头微微皱起，却在眼神触及她的脸庞时，所有的表情都化为柔情。

秘书：“是苏小姐不让我打扰您。”

“这屋子怎么这么冷？”霍燃觉察到温度不对。

秘书听到了一些声响，转过头看向开关，意识到问题后，赶紧上去关掉了开关，狐疑道：“冷气怎么开了？”

“你去泡一杯热茶来。”霍燃一边吩咐秘书，一边脱下外套。

他走到苏桥身边，把外套往她身上一盖，推搡了一下，说道：“喂，醒醒。”

苏桥不满地闷哼着，慢慢转醒，直到霍燃那张脸映入眼帘，她才终于清醒，想起自己现在所处的环境。

“你开完会啦？”她慌忙擦了擦嘴角，庆幸没有流口水出洋相。她坐了起来，外套顺势从她身上滑落，她本来就穿得偏单薄，此时才真实地感受到屋子里的温度，哆嗦了一下抱住自己，“怎么这么冷？”

“这么冷还睡得着，你连冷气开着都不知道？”霍燃板着脸，“你一直都这么不爱惜身体？”

苏桥打了个哈欠：“我困嘛，就是不想醒。”

“你是猪，这么贪睡？说说来找我做什么。”霍燃板着脸问完，将还热乎着的外套重新盖在她身上。

苏桥嘿嘿傻笑了一声，拿起果汁给他递了过去：“我来慰问你。”

霍燃瞧了一眼，便知道这是自家公司自动贩卖机里仅售十元的色素饮料：“你这慰问未免太大方了吧。”

“其实，我是来告诉你，我知道怎么证明那些照片是伪造的了，那个女人根本不是我。”苏桥解开外套，伸出白白嫩嫩的手臂，上面那块疤痕显得很是突兀，“照片上的女人胳膊上没有文身。”

“你这道疤不是受伤造成的？”

“不是，这里原本是一个文身，我和陈远昭一起文的情侣文身。后来我们俩分了之后，我就去洗了，疼得让我痛彻心扉。”一想起这事儿，苏桥就来气。

霍燃横眉一挑:“你还和他文了情侣文身?”

“嗯,是啊。”苏桥点头,又打开手机照片,赶紧把话题拉回来,“先别说这个,你看这照片……”

霍燃推开她的手,脸又阴沉了下来:“你身上还有其他情侣文身留下的伤疤吗?”

苏桥不耐烦地摇头:“没了没了,这不是重点。我来是想跟你商量一下,我把以前有文身的照片和伪造的照片做下对比,是不是可以证明我的清白了?”

他没说话,苏桥也不知道他在别扭什么,良久之后,他才终于有了动作,帮她把手臂套进了袖子,嘴里说着:“看着就来气。”

“确实挺让人生气的。”苏桥点头表示同意。

看她傻得一愣一愣的,霍燃无奈地扶额:“苏桥,我被你打败了。你把以前有文身的照片给我,我会找专家做下对比鉴定,然后找公关做公告,应该不会有问题。”

“那就好,我终于安心了。”苏桥拍了拍胸脯,深吸了一口气。

“但是还不够。”霍燃又添了一句话,他的双手重重按住她的肩膀,表情渐渐变得暧昧起来,“即使可以证明你的清白,这件事情造成的恶劣影响短期之内也不会消除,我霍燃不允许自己的婚姻遭受质疑。”

苏桥没有理解他富有深意的话:“什么意思?”

“我要你配合我,挽回我和星海集团的声誉。简单来说,就是秀恩爱。”霍燃略带宠溺地弹了一下她的额头,“笨蛋,做好准备吧。”

苏桥:“……”

第五章

心脏你要听话呀

1

苏桥愣住了，还没来得及向他抗议，他却盯着她的眼睛笑了。

苏桥瞥了他一眼：“你笑什么？”

霍燃突然伸手过来，食指指尖挑起她的下巴，端详片刻后才说：“我当然是觉得你好玩才笑。”

“我长得很好笑吗？”苏桥不满地摸了摸自己的脸，抱怨道，“和你一起待着，真打击自信心。”

“你看我长得太好看，自惭形秽了？”霍燃撩起她额头上飘下来的发丝，帮她夹在了耳后。

苏桥的心脏不可抑制地剧烈跳动着，别开脸：“你别那么自恋好吗？我是想说，你不损人是不是会死。”

她嘴上虽然这么说着，目光却忍不住偷偷打量起了他的脸。

她不得不承认，霍燃确实很帅气，有骄傲的资本。以前她就知道，霍燃是高岭之花，暗恋他的女生多如天上的繁星，但谁会想到，是自己这只丑小鸭把这朵鲜花摘了下来，在别人眼里，这简直就是韩国偶像剧里的桥段，但现实并没有这么美好。

当年，她和霍燃的婚讯一曝光，她就被推上了风口浪尖，质疑声如潮

水般涌来，吓得她一个礼拜都不敢上网。还好，霍燃提前做好了保密工作，她的现实生活并没有受到多大的困扰，主要是卸了妆的她走在大街上，根本不会有人相信她这种人能搞定男神！这就是现实。

当两人斗嘴的时候，秘书走了进来，目光在两人之间游移了一会儿，随后了然一笑，放下热茶转身离开。

霍燃喊住了她："等等，吴秘书，你跟《V+》杂志的邱雅编辑联系一下，尽快确定下采访时间。"

吴秘书停下了脚步，稍微犹豫了一下，但还是开了口："霍先生，我觉得《V+》只是一家小杂志社，并不入流，您不用放在心上。倒是今天《回答》的崔主编联系我，想问您有没有时间见一面。"

霍燃有些不耐烦地叹了一口气："吴秘书，不要让我一句话重复两次，我让你先联系一下《V+》的邱编。至于崔主编那里，你帮我预订一下周五晚上的餐厅，我和他见一面再说。"

"好。"吴秘书点头。

她一走，屋子里又安静了下来。

苏桥伸出双手，像小哈巴狗似的抓住他的袖子："霍燃，你真的不用看在我的面子上去接受不喜欢的采访，《回答》这种档次的杂志才配得上你的身份。"

"不是说要秀恩爱吗，能上财经杂志秀恩爱吗？"霍燃当然知道她心里在盘算什么，自然不想让她如愿。

苏桥的目光落在他眉间，突然玩味地一笑："霍燃，你就这么想秀恩爱？那我有个条件，你答应我，我就陪你玩。"

"什么？"一看她的表情，他就知道她的要求不会太简单。

"说你爱我，现在就说，还要在记者、编辑、主持人的面前大声告诉他们，你爱我。"

霍燃："……"

苏桥笃定他绝对不会开口，便故意捉弄他。她就像一只调皮的小猫，两只小爪子扒着他的衣服，慢慢往上爬，两人之间的距离越来越近。

霍燃凝视着她的眼睛，时间仿佛定格了一般。

“你果然不敢吧，你从来都不会说‘我爱你’。”她讪笑着说道。

苏桥正准备撤退，没料到霍燃突然捏住她的下巴。他靠过来闻了闻，瞬间眉头紧蹙：“你喝酒了？”

苏桥被他突如其来的动作吓了一跳，连说话都变得结巴起来：“是啊，心情不太好。”

“和谁喝的？”

他继续追问，他进一寸，苏桥也跟着退一寸。

她笑着回答：“和男人喝的。”

“那我就放心了。”霍燃松了一口气，松开了手，戳了一下她的脑门，“我已经知道你说话的套路了，别想蒙我。”

办公室外传来了敲门声，霍燃起身准备去开门：“你在这里休息一下，大概半个小时后，我谈完事，就跟你一起去吃饭。”

苏桥抿了一下嘴唇，磕磕巴巴地提醒他，道：“你还没说爱我呢，不作数。”

“我说过了，可能是你耳朵不好使，没听到吧。”霍燃说完，急匆匆地掩上休息室的门，很快，外面就传来了谈话声。

苏桥咬着唇，捶了一下沙发：“这个家伙还真是不要脸啊，说谎都不打草稿。”再这样跟他瞎扯下去，她觉得自己早晚都会心率失调。

苏桥在休息室里隐隐约约听到霍燃在跟艺人部总监刘靖谈论云曼琳的事，没一会儿就听到了关门声和开门声。刘靖前脚刚走，公关部经理李灿后脚便进来了。

“真忙啊，我已经饿了。”苏桥无奈地抬头看了一眼紧闭的门，继续捂着肚子靠在沙发上玩游戏。

当快要通关的时候，她收到了邱雅发来的微信消息。

邱雅：看微博了吗？你老公公司的股价跌了。之前星海斥巨资投资的电影《翻转世界》出问题了，好像是导演和演员在国外拍摄时出事了，现在被全网抵制，看来损失不小。

苏桥：什么问题？

邱雅：你老公还好吧？

苏桥：我想大概不太好。

苏桥有些头疼地按着额头，掀开霍燃盖在身上的外套，走到玻璃窗前，拨了一下百叶窗。透过缝隙，她看到霍燃正在抽烟，但没抽完就把烟掐灭了。正如云曼琳所说的那样，霍燃的心情并不好，当红艺人离开，加上投资项目失败，他一定承受着巨大的压力，只是没有在自己面前表现出来罢了。

对他稍微好点吧，苏桥叹了一口气。

又过了十几分钟，霍燃和公关部经理终于谈完了。他转过头来，朝她喊了声："出来吧，去吃饭。"

苏桥出来的时候，他已经整理好了情绪，仿佛一切都没有发生一样，起身来牵她的手。

"真好。"手指触碰的瞬间，霍燃没头没尾地说了一句。

"什么真好？"苏桥忙着问，忘记甩开他黏上来的手。

"吃饭真好。"他一本正经地说。他看到她的时候，躁动不安的心缓和了下来，能看到她，真好。但是这句话，他始终无法说出口。

"没想到你还是一个吃货呀。"苏桥稍微安心了点，轻轻地掐了掐他的手。

"近朱者赤，近墨者黑。"

走出办公室的瞬间，霍燃手上的力道突然加重，仿佛要将她牢牢地掌握在自己手里。她抬头，映入眼帘的是他完美帅气的侧脸。

两个人在大庭广众之下手牵着手，毫不避讳。

她已经习惯了他掌心的温度，也忘记去拒绝。这一切如果是真的，也不赖，她的脑子里突然蹦出了这个念头，但很快她就觉得自己疯了，把这个念头赶了出去。

她不断地在脑海里重复，保持理智，不能被男色所诱惑！

电梯前，霍燃俯下身来，凑在她耳边小声地问："时间不够，今天就在员工餐厅解决吧。"

"嗯，我听说你们公司的餐厅超级棒。"苏桥点头。

"纠正一下，是我们公司。"霍燃强调了一遍。

电梯门打开，员工们见到是自家老板，慌忙挤作一团，给他让了一个位置。霍燃拉着她进去，依旧没有松开手，而是继续跟她咬耳朵。

“我推荐咕咾肉和八宝饭，绝对合你的口味。”

苏桥踮起脚，才勉强可以凑到他耳边，小声道：“好的，别说话了。”话刚说完，她重心不稳，顺势倒在了霍燃身上，嘴唇磕在了霍燃的下巴上。

在后面的人看来，就好像是她主动献吻一样。

电梯里的气氛变得诡异起来，小声的惊呼之后，又再次陷入死一般的沉寂中。苏桥捂着脸，自觉无比丢脸，透过指缝悄悄打量霍燃的神情，却见他神色如常，毫无反应。

她目光下移，落在他的下巴上，最终停留在他的唇上，以前怎么没发现他的嘴唇这么性感呢？意识到自己开始胡思乱想后，她慌忙别开脸，平复了一下心情。

电梯终于停在了顶层餐厅，霍燃揽过苏桥退到一边，让其他员工先出电梯。

狭小的空间里，霍燃指了指自己的下巴，上面还有口红印，逼着她想起刚才有多丢脸。

“这是什么意思？”

苏桥红着脸掏出纸巾给他擦干净：“误会，我只是没站稳，绝对不是在实行你的秀恩爱计划。”

“嗯，那走吧。”他的语气略显平淡。

苏桥跟着他走了出去，目光时不时地打量着他，内心期待着他能做出点反应，但最终还是失望了。

两人来到拿餐盘的地方，都忘了松开彼此的手，各自一只手托着托盘，取菜有着诸多不便。

看着滑稽的两个人，在他们后面的刘靖终于忍不住开口说话了：“老板，你们俩打算牵手到永远，做连体夫妻吗？”

听到这句揶揄的话，两人几乎同时松开了手，尴尬地继续取菜。两人找了位置坐下，没吃多久，霍燃的手机就响了，接完电话便慌忙起身说：

“抱歉，我现在去机场接个人，你乖乖吃饭，我安排司机送你回家。”

“哦。”她回答得冷冷淡淡，不情不愿。她分明听到了女人的声音，还很亲密地叫他阿燃，能让他这么着急亲自去接的女人，一定不简单。

看着他离开的背影，苏桥将筷子狠狠地插进了炸猪排中。

霍燃一走，本来就在一旁默默观察的刘靖便端着餐盘坐了过来，喊了声：“老板娘。”

苏桥被这个称谓吓了一跳，却不能反驳，只能回以敷衍的一笑。

他继续说道：“谢谢你来得这么及时，解救我于危难之中。”

“我什么时候救你了？”

“本来云曼琳的合同是能拿下的，但她突然来这么一招，老板要被气死了，我差点以为活不过今天。不过你来了之后，他的心情好了很多，我只是被稍微骂了一下，就被放出来了。”刘靖十分庆幸地拍了拍胸脯，脸上挂着劫后余生的笑容。

“我记得你是霍燃大学的前辈，他连你的面子都不给吗？”

“他一向如此，公私分明。”

苏桥一时找不到话题，埋下头去扒拉了两口饭，还是有点在意那个电话，她开口问了：“刘总监，你知道霍燃去接谁吗？”

“他没告诉你？”刘靖讶然，不过好似想到了什么，了然地点点头，自言自语了一声，“也对，好像确实有点不太方便。”

“为什么不方便，他在外面有女人？”苏桥狠狠地戳了一下盘子。

刘靖被这声震得虎躯一震，生怕得罪了未来老板娘，慌忙摆手，凑上来小声解释：“嘘，他去挖人的。”

“哦，这样啊。”她的心弦陡然一松，声音不自觉地变得轻快起来。

手机铃声适时响起，霍燃发了短信过来：公关部那边已经在整理公告，和新的律师函一起发布。

苏桥编辑短信，删删改改，几番犹豫之后只简单地回复了一个“嗯”字。

2

星海公关部的办事效率果然够快，下午就把公告和律师函一起放上微博了，但正如之前所预料的那般，网友们并没有因此便放弃对苏桥的人身攻击。

今天霍燃分手了吗：说实话，我自认为比苏桥长得好看多了，如果她都能嫁给霍燃，那是不是代表我也有戏？

咸鱼不做梦：俗话说得好，空穴来风，未必无因。我有朋友和苏桥是一个大学的，听说苏桥很有名，交往过很多男朋友，只要跟她告白，她都来者不拒，一看就不是什么正经人。不知道霍燃是不是眼瞎，怎么会看上这种女人，我的心好痛。

我要跟龙龙告白：你们不觉得苏桥很励志吗？连她这种条件都能嫁给男神，我是不是明天就能嫁给居老师了？

……

看到这些微博，苏桥气得差点把手机砸了。

她站在穿衣镜前，不停地摆着pose，指着镜子里的自己自言自语：“我长得很差吗？不是很好看吗，仔细看，眼睛像刘亦菲，鼻子像石原里美……”

“你不会真的这么觉得吧？”苏莞突然出声，不知什么时候站在了门口，嫌弃地上下打量着她，“苏桥，你要有点自知之明，连自己都要欺骗的女人到底有多惨啊。”

苏桥一屁股坐在床上，别过脸去，她怕看到姐姐的脸会自惭形秽。

她气呼呼地说：“姐姐，像你这么完美的人根本不懂我的心情，你从来没被人责备过吧。”

苏莞冷笑了一声，说：“我初中时被同龄的女生孤立，她们总在背地里说我的坏话，说我只是脸长得好看。连大人也说，我长得太好看了，就算成绩烂一点，以后也不会吃苦，做一个花瓶也好。难道长得好看也有错吗？”

苏桥一脸震惊，赶紧摇头。

“从那个时候开始，我就发誓我一定要赢，我要让他们知道，我除了

脸好看，其他地方也不输给任何人。”

“姐姐，我怎么以前没有听你提起过？”

这是苏桥第一次听苏莞讲这段往事，很是惊讶。在苏桥心里，姐姐是无所不能的，没人能伤及姐姐分毫，自己居然现在才知道姐姐承受过校园暴力。

“我完全不在乎他们，不光如此，我还得谢谢他们成就了今天的我。”苏莞无所谓地摊了摊手，“别人想要诋毁你，总是能找到理由的。长得好看，就说你只靠脸；长得丑，就说你有心机。所以最重要的是怎么看待自己，当你尊重自己的时候，别人也会尊重你。”

“哇，姐姐，真理！”苏桥崇拜地注视着苏莞，朝她竖起了大拇指，十分赞同地点头，“姐姐，你是看到网上的流言，特地过来鼓励我的吗？”

当苏桥即将被治愈的时候，苏莞脸色一变，盯着苏桥的目光突然变得犀利起来。她立刻意识到不妙，本能地想躲开，但还是没有逃过姐姐的魔爪。

“你别想太多，我没这么无聊，只是对你的观点表示否定并阐述理由罢了。”苏莞两步上来，重重地拎着她的耳朵，“我来是问你，今天是不是偷用我的唇膏了？我说过的吧，不准动我的东西！”

“啊，好痛啊，姐姐。”苏桥嗷嗷惨叫，开始考虑老爸的建议，这个家真的太小了，是该搬出去了。

被姐姐这么一闹腾，她心里居然舒服多了，对于网上的不良言论也看开了。

客厅里，听到房间里的惨叫声，二老依然十分淡定，一个戴着眼镜读报纸，一个自顾自吃着橘子看电视剧。

紧接着，多个黑过苏桥的大V在收到霍燃发出的律师函之后，纷纷发了道歉声明，关于苏桥的绯闻也渐渐被其他的八卦代替。狗仔队们依然每天都在忘我地工作，为吃瓜群众贡献八卦。在虚拟的网络世界里，网友们很执着，但也很健忘，但对于当事人产生的负面影响却很难消除。

照片事件让苏桥的知名度变得很高，出门都不得不伪装一下，也没敢投简历，她甚至起了去派出所改名字的念头，最后考虑到太麻烦便作罢了。

大半夜的，她躺在床上越想越气，一想到自己差点就踏进了道具公司，她就想叹气。

毫无睡意的她打开微信朋友圈，看到周深两个小时前发了一条最新动态，贴了几张道具的照片，附了一句话“新的开始”，看样子道具工作室是准备开起来了，她竟有些羡慕。

苏桥赶忙从床上坐起来，飞速地打着字，问他：你真不回锦城了？

那边居然回复得很快：我确定留在北城了，先在朋友的工作室帮忙，以后再出去单干，累积点经验再说。不过这边主要是做Cosplay道具的，规模不大，大部分都是业余学起的年轻人，你要是有兴趣也可以过来。

苏桥叹了一口气，重新躺回床上，慢吞吞地回复：算了，我还是想再找找影视道具公司，一定会有人发现我的才华，不介意我的身份。

周深：你为什么不拜托霍燃？

苏桥用手指画着圈圈，无奈地回复道：我不想麻烦他，这是我自己的梦想，我不想靠别人。

周深：我支持你。你在锦城还留着一些东西吧，下周有时间一起回去吗？要跟大家吃顿饭再散吗？

苏桥：嗯，我知道了，确定下时间再联系。

她叹着气扔掉了手机，脑袋一歪，看向从窗帘缝隙里钻进来的白光，一时间更加没有睡意。辗转反侧了好一会儿，她重新点亮了屏幕，手指停在微博上，却始终没有勇气按下去，最后还是选择打开次元站视频软件，动态消息里显示她关注的UP主“欧拉公式”正在直播。

他很少直播，只是偶尔更新一下做题的视频。别人在做稀奇古怪的主题时，他却沉迷于做题，严肃的风格与这个软件格格不入，因此人气很低，不过他似乎根本不在乎，只回复跟自己讨论题目的弹幕和评论，一点也不讨好粉丝。

苏桥其实最讨厌做数学题，这个UP主是她无意之间刷到的，但意外发

现他的视频催眠效果极好。

UP主没出过声，但从手来看，应该是男生。他的手很好看，骨节分明，修长有力，和她熟悉的某人有几分相似，这也是吸引她的一个点。

直播间里，他的手握着笔，笔尖轻轻划过纸张，发出微微的沙沙声，苏桥听着很舒服。她盯着看了一会儿，一时间忘记了所有的烦躁，只专注于他的手和手下的数字，睡意渐渐席卷而来。

她边打哈欠，边发弹幕：UP主的手真好看。那边没有回应，她怀疑他根本就沉浸在自己的世界里，根本就不看观众的弹幕。

她又发了一条弹幕：UP主真是有闲情雅致，凌晨一点做数学题，是准备考研吗？

发完这条，她已经困得眼睛都要睁不开了，正准备退出直播间，画面上的那双手突然停了下来。他停顿了一会儿，才在纸张的边缘写下了一句话：我在想一个人，想得睡不着，做题让我觉得平静。

苏桥看到他居然回应了自己，顿时起了兴致，弹幕回复：是喜欢的人吗？想她就给她发消息、打电话嘛。

她发完这句话没一会儿，直播就断了。她也兴致索然地放下手机，脑袋一歪，瞬间就沉入了梦乡。

苏桥是被电话铃声吵醒的，一看来电显示，是本地的陌生号码，她第一次没接，但那边锲而不舍地又打了两次，她生怕有什么急事，还是接了。

“您好，请问是苏桥小姐吗？”电话里传来陌生女人的声音。

苏桥满心疑惑：“您是谁？”

“我是《爆周刊》的记者，请问您和霍先生的关系已经走向终点的消息是不是真的？”

“你怎么会有我的电话号码？”苏桥第一次一个人面对八卦记者，一时间有些手足无措。

对方没有回答，反而抛出了新的问题，问道：“霍先生前几天去机场接前女友并送她回家，昨夜还在女方家里逗留了三个小时，请问您对这件事知情吗？”

前女友？她想起那天霍燃匆匆离开去机场接人了，莫非说的是那件事？但刘靖分明说是去挖人的，怎么突然就变成了前女友？难道霍燃后来还去接了其他人？

苏桥不擅长面对八卦记者，此刻有些招架不住。她稳了稳心神，学着明星们回应的方法，冷声回答：“不好意思，无可奉告，我先挂了。”说完，她立马挂断了电话，并打开了陌生人免打扰模式。

苏桥正打算上微博看看什么情况，却看到有两条未读短信。一条是昨天她睡下不久后收到的，一条是早上八点发来的。

1:30AM

你睡了吗？周五晚上的饭局，你陪我一起去，我去接你。

8:30AM

你醒了给我打一个电话。

她刚刚被八卦记者骚扰，气还没消，现在看到他的短信十分来火，拨通了他的电话，第一句便是：“霍燃，你是不是有病？凌晨一点半发短信跟我说吃饭的事，你以为我不要睡觉吗？”

那边的人似乎被她吓到了，愣了一会儿，才小心翼翼地出声，是吴秘书：“苏小姐，不好意思，霍先生正在开会，怕您找他，就把手机留在我这儿了。”

苏桥的气焰一下子熄灭了：“好，这样啊，那你跟他说，我没时间，不约。”

她也没等那边回复，抢先把电话挂了。心里的气还没消，她打开微博查看消息。

果不其然，霍燃去接机的照片又被传得沸沸扬扬，还上了热搜，这次又是狗仔帅的工作室的独家爆料。

照片上的女人穿着时尚，一头波浪卷长发，戴着墨镜，十分妩媚动人，霍燃下车帮她将行李搬到后备厢，从神态上来看，两人确实比较亲密，不过也没什么出格的动作。

苏桥并不认识那个女人，翻阅了网友的评论才知道，那个女的身份不

简单，是霍燃的学妹，叫秦素。她毕业于国内高等学府，在星海以经纪人的身份工作过半年，后来去韩国留学，加入了韩国知名经纪公司，捧出了不少新人。以她的资历，想回国发展，绝对是不缺机会的，霍燃想要挖她也非常合理。

但是他们什么时候是前男女朋友关系？她突然想起刘靖昨天说过的话，不方便告诉的关系难道就是这个？

她看到评论有人指路了秦素的微博，好奇之下，便点了进去。秦素最新的一条微博是早上七点四十发的，就在狗仔队爆料完的十分钟后。

一开始狗仔队的说法是，霍燃疑似与未婚妻分手，另结新欢。秦素转发反驳道："国内的狗仔队还是很厉害的嘛，像我这样的小人物也有幸被八卦。澄清一下，我不是霍燃的新欢，应该算是旧爱吧，请各位吃瓜群众谨慎吃瓜。"这也算是证实了两人的亲密关系。

与苏桥的情况截然相反，评论区的吃瓜群众对她表示了同情和可惜。

好好学习天天向上：哇，小姐姐超酷的，连偷拍的照片都超级好看，三百六十度无死角，真美人！不知道霍燃的眼睛是不是瞎了，放着这样优秀的小姐姐不要。

有猫饼鸭：小姐姐超棒的，是我偶像的经纪人呀，这是要回国发展了吗？欢迎欢迎！

苏桥越看越气，索性退出了秦素的微博。

看着照片上的霍燃，苏桥气不打一处来，但她很快就意识到自己为什么会这么生气，霍燃和前女友重修旧好，把自己甩了，不是一个很好的结局吗？

她惊恐地从床上坐了起来，狠狠地捶了捶胸口，警告自己的心脏："你乱跳什么？霍燃和谁在一起又不关你的事，你不要生出什么怪念头，你对霍燃绝对没有什么非分之想，记住啊。"

房门突然被敲响了，正在做自我暗示的苏桥心脏扑通扑通地跳得更凶了。

"桥桥，你醒了吗？你快出来，我要打扫房间。"是爸爸的声音。

"不用了，我待会儿自己打扫。"苏桥捂着胸口，瘫软在床上。

“你会自己打扫才怪，快点出来！”

听着外面的催促声，苏桥只能认命地起床，心里再度把搬家提上了行程。她换好衣服走进卫生间，看着镜子里颓废的自己，再次捂住胸口，连说了三遍：“心脏，你要听话。”

在门外提着扫把的苏爸爸看着女儿站在盥洗盆前，神经兮兮地自言自语，忍不住蹙起了眉头。

3

星海公司里，刚开完会的霍燃从秘书手里接过了手机。

吴秘书：“苏小姐来电话了。”

霍燃神色陡然一变，一边点着屏幕，一边问：“她说什么？”

“她说没空，不约。”吴秘书说完，立马察觉到霍燃的情绪不妙，赶紧往后退了一步。

霍燃压制着即将点燃的怒火，问：“跟崔主编确认好行程了吗？”

“已经通知了，那边没问题。”

“下午的会议延后一小时，你做下安排。”霍燃长腿一迈，径自走向自己的办公室，拉开门的瞬间，拨出了苏桥的电话，不过嘟嘟声响了很久，那边都没人接。

他刚准备起身，办公室的门被人敲响，他又坐了回去。

门打开，秦素着一身优雅的碎花长裙款款而来，她一进这个屋子，连空气都被她的香水味熏得甜腻腻的。

“阿燃，一起吃个午饭吧，”她在霍燃面前落座，纤细的手指摆弄着桌子上的钢笔，笑着说，“你还真是念旧的人，这支笔你还在用啊。”

“我不去了，省得被人拍到，又误会我们的关系。”

“有什么可误会的吗？我们俩本来就是前男女朋友关系，用不着避讳什么吧。”

“这就是你发布那条澄清微博的理由？”霍燃的目光落在她脸上，有些不悦。

“怎么了，这都是事实，我又没瞎写什么。如果你担心媒体乱写，那把你的未婚妻一起约上，怎么样？我就想和你一起吃个饭，你要我回星海工作，总得表示一下诚意吧。”

霍燃仿佛看穿了她的心思，唇角微微上扬：“很抱歉，比起和你吃饭，我有更重要的事情要做，下次约吧。”

“你还真是无情呢，和以前一样，一点都不给我留情面。有时候我都怀疑那个时候我们究竟算不算谈恋爱？你是不是根本就没有喜欢我？”秦素的表情有些落寞。

“随便你怎么理解吧。”霍燃满脑子装的都是苏桥，并没有耐心听她继续废话下去。

看霍燃着急的模样，秦素立马就明白霍燃的心思，一只手支着下巴，一只手曲着食指轻轻敲击着办公桌面，说道：“一个月前，宗政联系了我，想让我去盛和。他半路出家搞了一个娱乐公司，做得还不错，我有点想去那边帮忙。大学的时候，他追了我好久，还真觉得有点对不起他。如果那个时候我答应他的话，现在就是宗家的少奶奶了，真可惜。”

她微眯着双眼，慵懒地看着霍燃。

霍燃只有听到“盛和”这两个字时，眼皮子稍微抬了抬，之后又恢复了冷漠：“我不会拦着你，不过去了盛和，就是我的竞争对手了。”

“你说句挽留的话会死吗？”秦素敛去笑意，别过脸去，双手紧紧握成了拳头。

霍燃起身：“我就是为了挽留你，才去接你，还送你回家。如果不是因为有其他同学在，我也不会在晚上去你家逗留三个小时。我不介意外面的流言蜚语，但我不能让苏桥误会。”

他一边往外走，一边拨出了电话。

“刘总监，让你发的澄清微博，你发了吗？”

“我翻了一圈，都没找到有你正脸的照片。我刚刚联系上孙娜，从她那边要来了照片，我马上就发。”

“用不着你了，你把照片传给我，我自己发。刘总监，你这种办事速度，是不是想被炒鱿鱼？”

“不要啊！虽然你挖来了秦素，但你也不能没有我啊。我们这么多年的交情，友谊的小船不能说翻就翻呀！你要慎重考虑！”刘靖在电话那头鬼哭狼嚎。

他没再听刘靖废话，直接挂断了电话。很快，那边的人就把照片发了过来，速度比之前快多了。

霍燃长腿迈进电梯，靠在一边打开了许久未动的微博，发了一条澄清的声明。

秦素在他之后追了出来，看着他走进了电梯，却没有跟上去。旁边的吴秘书正在跟餐厅做最后的确认，声音落在秦素的耳朵里，唇角不自觉地上扬。

苏桥并不是故意不接霍燃的电话，只是在记者的第一通电话之后，又有好几个陌生电话打了过来，也不知道他们是怎么知道自己的手机号的。为了避免被骚扰，她索性开了飞行模式。

没有什么地方比家里更安全了，她跟着苏爸爸一起收拾起了屋子。

“你这样闲着也不是什么事啊，你去考一个教师资格证吧，我帮你打听一下，哪里在招美术老师。”

听到爸爸又提起了这事，她有些不耐烦：“我很有能力，马上就能工作了。”

“你不会还想做什么道具师吧？那工作不适合你们女孩子干。”

“哦，我知道了。”苏桥敷衍了一声，她暂时并不想跟爸爸起争执。

苏爸爸的语气突然变得意味深长：“桥桥，就算是成为别人的妻子，也要有自己的人生，所以你不要想着成为少奶奶什么都不干，女人必须要有自己的工作。”

“我不会放弃自己的。”苏桥点了点头，心里又多了几分坚定。

工作的话题结束，又是老生常谈的婚姻问题。

“你啊，别任性了，阿燃等你两年了。当初我确实有点担心他和菀菀的关系，但时间证明，他确实是真心待你。你别等失去了才后悔。”

苏桥说：“你们看到的只是他的表面。”

“阿燃是我看着长大的，人品我清楚。如果不是接了他父亲的班，他现在应该是一个很优秀的数学家。你们俩别闹别扭了，不要在乎外面的风雨，只要互相信任，什么都能挺过去。”

“爸，能别提他吗？”苏桥有些无奈了，她现在最不想听到的就是霍燃这个名字。

“好啦，不说就不说，你的脸都红了。”苏爸爸哈哈笑了一声，往她怀里塞了一个垃圾袋，“你看看这里有没有什么东西是不能扔的，其他的都扔掉。”

“哦。”她应了一声，蹲下来翻了一会儿，当看到一本旧记事本时，表情突然起了变化。

她拿出本子，也不嫌脏，小心翼翼地翻开来。

“有用吗？”

苏桥连连点头。

“在你床底下找到的，是宝贝就好好放着呀。”老爸抱怨了一句。

苏桥用纸巾擦了一下封面，把它塞进了书桌的抽屉里。

大扫除结束后，她才有空坐下来，拿出了藏起的本子一页页翻阅起来。这是她初中时写的日记，直到发生某事之后，她才停止了这个习惯。

翻到最后——

2007年10月2日，天气晴。

昨天，我去参加霍阿姨的婚礼，洁白的婚纱好美啊。

阿姨问我，以后想不想做新娘子呀？我说想做公主，嫁给白马王子。

阿姨又问我，谁像白马王子呢？我摇摇头，其实我心里想的是霍燃叔叔，我更想叫他霍燃哥哥。如果世界上真的有白马王子，应该就是霍燃哥哥那样的吧。

如果我能成为他的公主就好了。

苏桥的目光移向最后一排红字，瞬间羞红了脸。

谁没有一个白马王子的梦呢？虽然十二岁还沉浸在童话世界里，确实是她比较幼稚，但是霍燃有必要做得这么绝吗？

往昔的记忆如同潮水一般涌来，还记得那天，霍燃被姐姐逼着给她辅导。为了尽地主之谊，她去给他倒茶。之后一切如常，直到晚上她准备写日记的时候，才发现桌子上的日记本被人动过，打开来，最后一篇日记下面多了一行红字——少做梦，多读书，好好学习，天天向上。

苏桥羞愧地把本子藏到了床底的箱子里，一藏就是好些年，连她自己都快忘了。

这件事过去没多久，霍燃就变成了姐姐的白马王子，她那时终于明白姐姐才是他的公主，而她只是衬托公主的小绿叶罢了。

黑历史啊！

苏桥捂脸，忍住了撕本子的冲动，好歹也是一份回忆。

当她合上日记本时，后面传来房门打开的声音，回头一看，竟然是霍燃，她慌忙藏起了日记本。

霍燃喘着粗气走了上来，抓住了她的肩膀，手指的力气很大，像是要嵌进她的骨肉里一般。

“你为什么不接我的电话？”他焦急地问着。

他的声音在她耳边嗡的一下子炸开，就在目光触及的瞬间，她的心脏又开始剧烈地跳动着。眼前的脸庞和曾经仰慕过的少年重叠在了一起。

她曾经想成为他的公主，只是梦碎了。她是什么时候将这个梦深埋起来的呢？

苏桥低下头去，不再与他对视，磕磕巴巴地回答：“我开了飞行模式。我的手机号好像被人泄露了，老是有记者打电话来。”

“对不起，都是我的错。”他眉头紧蹙，满脸都是关心，伸手轻轻撩开她的刘海，捧着她的脸，逼迫她看着自己，“你看微博没有，我确实去接过秦素，但只是出于工作需要。”

“霍先生真是热爱工作，以前是配合公司艺人炒绯闻，现在又为了工作需要照顾前女友，这种牺牲精神非常值得我学习。”苏桥微微扬起唇角，说着违心话。

“昨天，秦素家有个同学聚会，我也是去了才知道的，后来刘靖也去了，不信你可以打电话问他细节。如果只有我和秦素两个人，我是不会留下的。”

被他灼灼的目光注视着，苏桥的脸又开始变红了，她想别过脸去，却又被他摆正了。

“我来就是跟你解释这些的。”霍燃的脸又凑近了些，目光渐渐下移，落在她樱红的唇瓣上，喉结不经意地动了一下。

苏桥感受到他的手掌温度渐渐升高，彼此之间的距离正在缩短，当还差十厘米的时候，他突然停止侵犯她的领域。两人都有些尴尬，进退不得，停滞了几秒后，门口传来苏爸爸的声音。

“阿燃，留下来吃午饭吧。”

三个人都愣在了原地。

怔了一秒后，霍燃赶紧松开了手，与苏桥拉开了距离。苏爸爸也赶紧转过身去，不好意思地说道：“你们俩以后别忘了关门。”

霍燃干咳了一声，从口袋里掏出了手机，塞到她手里：“你用这部手机吧，这是我的备用电话。明天六点，我来接你，陪我一起跟崔主编吃饭。”

提到这个，苏桥想起了心中未解的疑惑：“你为什么凌晨一点半给我发短信？我早就睡了。”

“我突然想到就发了。”霍燃回答得简单干脆。

“哦。”她也不明白，自己究竟在期待什么答案。

“我走了。”他望了她一眼，随即转身离开。

看着他离开的背影，苏桥跌坐在椅子上，捂住了发烫的脸。她缓缓地拉开抽屉，日记本安静地躺着。它就像潘多拉的魔盒一般，一旦打开，有种感情就再也捂不住了。

她知道自己的心脏注定要继续躁动不安。

第六章

口是心非的女人

1

第二天晚上六点，霍燃果然准时来接苏桥。

入眼是一条绿色复古风连衣裙，很有初夏的气息，他一眼就认出这条裙子是自己两年前买来送她的。

霍燃对她的品位很满意，唇角忍不住微微上扬。

“你干吗这么笑，我这么穿是不是很土？”苏桥低下头，扯了扯裙摆，有些不大自信，“我要不要回去换一件？”

其实，一下午苏桥都躲在房间里准备赴宴的衣服。但她回北城回得急，好多衣服都留在了锦城，她实在是挑不出一件比较正式的衣服的。毕竟是见《回答》杂志的主编，她总得给霍燃一点面子。最后她挑了两年前霍燃给她买的裙子，复古风不容易过时，最重要的是这件衣服是衣橱里最贵的一件。

“我觉得挺好，不用换了。不过，鞋跟是不是太高了？”

“我只有这双撑门面的高跟鞋，其他的就剩休闲运动鞋了。”

“那就上车吧。”

霍燃给她拉开车门，看她还有点犹豫，干脆直接将她塞到了副驾驶的位置上。

就在关门的时候，他突然想到了什么，扶着车窗俯下身来，问她：“订婚戒指带了吗？”

“嗯，带是带了，我现在是不是应该戴上？”苏桥小心翼翼地问道。本来戒指她已经戴上了，避免被八卦记者乱写，但下楼的时候，她想到自己提前戴好戒指可能会让霍燃觉得自己特别想做他的新娘，便又故作矜持地摘了下来。

“这种事还需要问我吗？”听到她随身携带着戒指，霍燃的心情大好，晒了一下右手，“我可是一直戴着的。”

苏桥“哦”了一声，掏出戒指准备戴上，却被霍燃抢了过去。

“戴戒指这种事，让男人来做吧。”他利落地打开戒指盒，取出戒指，亦如当年那般，小心翼翼地为她戴上。戒指套入后，他没舍得放开，而是牵起她的手，欣赏了好一会儿。

“喂，你看够了没有？”苏桥挣扎了一下，愣是没能从他掌心逃走。

霍燃无比自恋地说：“我的眼光还不错，戒指好看吧，以后你不许摘下来。”

“这么贵，能不好看吗？我都不敢随便扔。”

闻言，他收敛笑容，曲着手指在她脑门上弹了一下：“你还敢扔？”

苏桥吃痛地摸着额头，服软地摇摇头：“不敢不敢，扔了这戒指我可赔不起。”

霍燃余光一瞄，见她还没系上安全带，便倾身上去帮忙。面对他突如其来的举动，她下意识地向后靠，惊得脊背都僵住了。

他的头发轻轻摩擦着她的下巴，有些痒痒的，洗发水的味道和上次一样很好闻。

“你又在闻我头发。”

他猛然回头，手下动作没停。只听咔的一声，安全扣成功卡了进去。

“是你自己主动凑上来的，我才没兴趣闻你的头发。”苏桥慌忙转过脸去，用手挡着脸。

等到他上了车，她又把头转向窗户，抬起相对冰凉的手往微微发烫的脸颊上一贴。

车子行驶出了小区，在夕阳的余晖下，平稳前行。

车里放着一首歌，是苏桥最近最喜欢的一首歌，由泰星Sing唱的泰剧主题曲。一首甜腻腻的情歌，即使听不懂歌词，也会被它轻松欢快的曲调所感染。第一次听的时候，她就很喜欢，还分享到了微信朋友圈。

她有些意外，霍燃居然是会听这种歌曲的人："这首歌好听吧。"

"我知道某人喜欢，特地下载的。"他缓缓开口。

苏桥眼神一变，仿佛发现了新大陆，目光从他的眉间一直扫到他握着方向盘的手。

被她的目光锁定着，霍燃觉得有些不自在，趁着红绿灯停车的空当，他伸手将她的脸转了过去。

"别影响司机开车。"

"我就是看看你，看你也会影响开车吗？"

见霍燃不吭声，苏桥撑着下巴，又打量起了他："霍燃，你现在身体里是不是装了另一人呀，为什么你和以前不一样了呢？"

"哪方面？"

"情商方面，以前你是超级大直男，现在算是有点进步了吧。你一定要感谢爸妈给了你超凡的智商和容貌，否则你早就被打死了。"苏桥一想到霍燃在偷看完自己的日记本后写下的那段话，真是又生气又好笑。

"你给我闭嘴吧。"霍燃瞥了她一眼。

苏桥往椅背上一靠，突然想起了之前霍燃跟姐姐在阳台上的那段对话，又忍不住笑了起来。自从和姐姐敞开心扉后，她已经能正视霍燃和苏莞之前的关系了，现在想来，反倒觉得好笑。

"我想起你和姐姐互拼做题……"

"你是笑个没完了吧，不许提苏莞。"霍燃喝止她。

苏桥干咳了几声，总算是压下了笑声，转念又想到他的前女友秦素："我在你前女友秦素的微博上看到你和她的恋爱史了。"她低下头去，对着手指，声音有些没底气，"你和她谈恋爱的时候，是不是也更喜欢做题？"

"那个时候，我刚刚接手星海，忙着工作，也就谈了一个月。与其说是恋爱，不如说是持续了一个月所谓的‘恋爱’关系。”霍燃突然打了个方向盘。

虽然她有点听不太懂，但看上去霍燃对秦素并没有什么留恋，她居然有点安心。

“她好像挺厉害的，已经确定要来星海了吗？”

“她还在犹豫，盛和想跟我抢人。”

“我看资料说你和盛和公司的老板宗政明明是大学校友，怎么两家关系弄得那么僵？我刚刚还看到云曼琳那边已经发布了公告，她也加入了盛和。”

“正是因为是同期校友，才会有竞争关系。”霍燃淡淡地回答。

“最近的事情好多，怎么一窝蜂都赶上了呢？陈远昭诬陷我、云曼琳解约转投对家、《翻转世界》剧组出事、星海股价下跌，现在盛和还要跑出来跟你抢秦素，好奇怪啊。”

红绿灯前，霍燃踩下刹车，车子稳稳地停在了线内。他刚刚还舒展着的眉头已经深锁，修长有力的手指轻轻敲击着方向盘，停顿了好一会儿，才说：“你真的觉得这一切都是巧合吗？”

苏桥的脸色也变了：“难道是有人故意针对星海？”

话音刚落，车子再度起步，油门的声音此时听来让人觉得心头发颤。

“我会配合警方，把陈远昭抓回来。”霍燃咬牙切齿道。

“的确，陈远昭是一个突破口。”一提到这个名字，苏桥就来气，握起拳头，气愤地说道，“如果让我再看到这个浑蛋，我一定要朝他的脸狠狠地揍一顿。”

“为什么只打脸？”

“你不知道，这小子最重视自己的脸了，敷面膜比我敷得还勤快。”

霍燃：“……”

二十分钟后，车子终于开到了餐厅附近的停车场。苏桥正准备下手，却被他拉住了手，又给拽了回去。

“等等。”他靠了过来，将她凌乱的发丝理好，“头发打结了。”

最近霍燃的突然袭击越来越多了，苏桥时时刻刻觉得自己的心理防线

要崩溃。

“你还记得我们的秀恩爱战略吧？”霍燃说。

苏桥点头，眸子转了几圈，冥想了一会儿，说道：“要我配合你也没问题，但我的条件要改改。一，你要对外宣称，是你追的我。二，如果哪天我们俩分开了，你必须承认是我甩的你。”

霍燃一动不动地盯着她，盯得她直发毛。突然，他抓起她的手，感知着她掌心的温度，嘴里缓缓吐出四个字：“冷血动物。”

他的脸又冷了下来，扯了安全带便下车了。

苏桥一脸莫名其妙，赶紧跟着下车。他大长腿走得快，她只好小跑着追上去，抱住了他的胳膊，见他不是很抗拒，便撒起娇来：“霍燃哥哥，你就满足一下我的虚荣心吧。”

“反正迟早会分手的，你不用讨好我。”霍燃将她的手指头一根根掰开，冷声说道。

“那个以后再说。你一定要说，是你追的我，不然传出去，那些网民又要讨伐我了。”

霍燃不说话，任由她抱着自己的胳膊，走出了停车场。认出霍燃的人越来越多，还有人驻足拍照。刚刚还胆气十足的她一下子变得蔫蔫的，把头低了下去。

霍燃低头看了她一眼，换了一个姿势，紧握住她的手，十指相扣。刚刚还低到零度以下的脸突然有了温度，笑容渐暖。她原本有些冰冷的手，慢慢被他掌心的温度焐热了。

吃瓜群众议论纷纷。

“那不是霍燃和苏桥吗？还以为只是逢场作戏，这情况看上去好像是真爱。”

“好羡慕苏桥啊，霍燃超帅的，腿比照片上还要长，他是吃竹子长高的吗？”

苏桥听到这个比喻，忍不住笑了，朝他靠了过去，小声说道：“你的迷妹说你是吃竹子长高的，你是大熊猫吗？”

霍燃利用自己的身高优势，居高临下狠狠地蹂躏了一番她的头发。

“好甜，简直是现实版韩剧，我觉得我要爱屋及乌，粉上苏桥了。”

“之前那些传言，应该是假的吧？”

苏桥没想到，和霍燃当众秀一下恩爱，居然有这么大的效果，比在网上无力地澄清一百次都有用。

霍燃说：“你回去重新申请一个微博号，关注我。”

“干什么？”

“线下不够，线上来凑，那些八卦的网民会很喜欢的。”

苏桥还是有点担心：“如果我靠你吸粉，等我们俩分手的时候，他们会不会粉转黑？”

霍燃抬手轻轻劈了一下她的脑袋：“你不会说话，就千万别说话。”

苏桥发现，一提分手霍燃就极度暴躁。但是，他们这种关系真的能一直持续下去吗？她没有信心，也很不安，这段跟自己完全不匹配的恋爱故事就像梦一样，随时都会醒。

他们到餐厅的时候，《回答》的主编和助理已经到了。对方一直打量着苏桥，直到他们落座，崔主编才开口，恭维地赞美她：“苏小姐真是落落大方，和霍先生真是绝配。”

苏桥抬起眼皮，看清了对方的表情，敷衍地道了谢谢，这种一听话就知道是阿谀奉承，她当然不会当真。

霍燃和崔主编商谈着采访事宜，谈的都是生意场上的事，苏桥没什么兴趣，便一直在旁边吃东西。这家西餐厅的菜品花样倒是好看，就是量太少了，她实在是吃不饱。霍燃瞧她食欲不错，便将自己那份移到了她面前，怕她不够，又点了好几道菜，全部堆在她面前。

崔主编看着苏桥呵呵地笑着，弄得她都有些尴尬了。

“不好意思，见笑了，桥桥她最近食欲比较好。”霍燃说着，还伸出了咸猪手摸了摸她的肚子。

苏桥侧过脸，朝他瞪了一眼。

“能吃是福。”崔主编连连点头，眼神突然变得暧昧不明起来。

饭局即将结束，崔主编把话题转移到了苏桥身上：“两位真的很恩爱，霍先生对苏小姐真是体贴。”

“当然，自己追的女人，当然得好好宠着。”霍燃伸手揽过苏桥的肩膀，侧过脸来看她，那双漆黑的眸子里笑意正浓。

苏桥没想到，刚才还默不作声的他，居然真的承认了，而且他还加重了音量，附近的顾客都能听得清清楚楚。

2

突然，餐厅里响起酒杯摔碎的声音，众人的目光都下意识地寻找声音的来源。只见不远处的座位上，黑西装男人朝着侍应生招了招手。

“这里换一个酒杯。”

而摔碎酒杯的女人惊慌地站了起来，转身朝苏桥的方向走来。苏桥看到她的裙子上染了一片红酒渍，裙子挺好看的，有些可惜。

因为对方是一个美人，又觉得面熟，她不由得多瞧了两眼，隔了一会儿才想起美人是谁，不就是霍燃的前女友秦素吗？她这才想到去看和秦素一桌的男伴，男人坐得笔直，手指夹着酒杯，晃了晃杯中红色的液体，从气质上来看，也是一个有钱人。他一抬头，两人的目光瞬间撞上，她想到了一个人，怀着好奇心打开手机上网搜了一下，对比了一下照片和本人。

果然……

她用手肘蹭了蹭霍燃，小声道：“秦素和盛和的老板也在这里。”

霍燃刚抬起头，目光就撞上了来到餐桌旁的秦素，脸上依然维持着刚才的微笑。

秦素与他目光相对，讶然出声：“霍先生也在这里啊，真巧。”

霍燃移开目光，落在宗政身上，一边说着“是挺巧的”，一边举起酒杯，隔着几米远与他碰杯。那边的人举起杯子，表情略带挑衅意味。

秦素看向苏桥，脸上挂着标准的微笑：“这位就是您的未婚妻苏桥小姐吧，苏小姐比我想象的要……”她故意停顿了下来，不再继续，转向崔主编，“崔伯伯，好久不见。”

“听你爸爸说你打算回国发展了，如果不想待娱乐圈，要不要试试进杂志社？你大学学的财经吧，别浪费了。”

“好，如果我失业了，就去投靠您。”秦素点点头，目光又移向霍燃，“我去下洗手间。”

苏桥转过头，看着她的背影，脑子里还回荡着她刚刚没有说完的话。女人的胜负欲一旦起来，就很难再压制住了。苏桥抓起包包，说：“我也去趟洗手间。”

“你认得路吗？”霍燃像老妈子一样不放心。

“我问侍应生就行。”苏桥踩着八厘米的高跟鞋，深吸一口气，抬头挺胸慢慢往前走。俗话说得好，输人不输阵，她要拿出点气势来。

她真不太适应穿高跟鞋，才走到卫生间，脚底板就开始疼了。她刚刚目测了一下秦素的高跟鞋，应该有十厘米，踩得非常稳，在气势上，自己好像输了，于是有些不甘心。

盥洗台前，正在用纸巾擦拭污渍的秦素听到开门声，停下了动作抬头看镜子，看到是苏桥，便关上了水龙头。她的目光从苏桥的头顶一直扫到高跟鞋，仿佛找回了自信似的，唇角一扬：“苏小姐，又见面了。”

“是啊。”苏桥走上前，佯作镇定，在她旁边的位置洗手。

秦素侧过脸来，笑道：“其实，我今天是知道你们在这里吃饭才特地来的。”

没想到对方如此直白，苏桥反问了一句：“来见霍燃？”

秦素摇摇头：“我想见见霍燃的未婚妻现实里是什么模样，真的很好奇。毕竟你和苏莞是姐妹，我还以为现实里会比照片好看点呢，有点让人失望。”

“真不好意思，待在霍燃身边的人是完全比不上你的我。”

“确实，稍微有点可惜。”

苏桥本能地不喜欢秦素，现在更加确信她对自己抱着敌意。

她没有立刻反击，而是掏出唇膏，补好了口红，正红色一上嘴，气场立刻秒变御姐，她学着姐姐的口吻怼了回去：“秦小姐，我虽然长得不好看，可是霍燃喜欢我呀。别人长得再好看，他都不看一眼，你知道这是为什么吗？”

秦素居然真的傻愣愣地问了一句：“为什么？”

苏桥指了指自己的心口，得意地笑："因为我有内在美啊。"说完，她一个潇洒的转身，幅度十分夸张地迈着腿出了卫生间的门，可还没走出几步，就崴了脚。她吃痛地咬着唇，重新站了起来，故作轻松地继续走了回去。

秦素望着她背影消失的方向，眉头不由得紧锁，失笑道："这人莫不是傻瓜吧，霍燃他的眼神真的有毛病？"

苏桥回来的时候崔主编已经离开了，她总算不用假装是淑女，转过头朝着霍燃狠狠地瞪了一眼。

"怎么了，你没吃好？要不要再来点？"他并没有领会她眼神里的意思，正准备按铃，却被她拦住了。

"霍燃，我虽然很爱吃，但你也不用把我当成猪养吧，太丢人了。"苏桥压低了声音，"我不吃了，现在马上就走。"

"好。"霍燃招来了侍应生，想要结账，却被告知宗政给他们这桌结了账。

苏桥和霍燃同时朝宗政那边看去，只见他朝这边举了举杯，然后一饮而尽。霍燃没吭声，只是回敬了一杯。苏桥完全看不懂这种虚伪的交际，明明私下关系差得要死，表面上还要装腔作势。

霍燃说了声"走吧"，她主动抓住他的手臂站了起来："霍燃，你要好好扶着我。"

霍燃对她的主动有点惊讶，反过来紧紧地抓住她的手。

苏桥小心翼翼地走出位置，下意识地低头看了一眼自己的脚。刚崴到的时候还不是很疼，她勉强走回来后，反倒是疼得厉害。她刚想说声疼，便听见后面传来高跟鞋的声音，她顾不上疼，咬紧牙关，挺直了脊背。

秦素特意拦下了两人，不过她连看都没看苏桥一眼，满眼装的全是霍燃。

"霍先生，没什么要跟我说的吗？"

"有。"霍燃冷冷说道，"你好好和宗政聚聚吧。"

闻言，秦素的脸瞬时就拉了下来，但她很会控制表情，很快就恢复了笑容，语气也十分坦然："我知道了，下次有空一起吃饭，带上您的未婚妻。”

霍燃点下头：“不打扰你们了，我们先走了。”

苏桥扯起唇角，皮笑肉不笑地朝她挥了挥手，忍着痛跟他走出了餐厅。直到来到了安全地带，她才卸下了伪装，蹲下去揉了揉脚踝。

他也跟着蹲了下来：“你崴到脚了，刚才怎么不说？”

“那是你没有眼力见。”苏桥回头看了一眼餐厅的大门，又将目光转向霍燃，狠狠地打了他的肩膀一巴掌，“那些网民说得对，你真的很没有眼光。长得好看、智商高有什么用，又不懂得尊重别人！”

“你在骂我？”霍燃没有生气，反倒帮她轻轻地揉了揉脚踝，“把鞋脱了吧。”

苏桥脱鞋子时，他换了姿势，背对着她半蹲着。

“没多少路，我自己走过去。”苏桥用鞋子打了一下霍燃的背，“不要瞎学韩剧的男主人公，你又不锻炼，背不动我的。”

“你选择吧，是主动上我的背，还是我抱你？”他问得认真。

“我选择背。”苏桥毫不犹豫地回答，一只手拎着一只高跟鞋，爬上了他的背，圈住了他的脖子，她晃着鞋子，宣泄着自己的不满，“霍燃，我以后绝对不会再穿超过五厘米的高跟鞋！绝对不穿！”

“嗯，不穿就不穿吧。”他的声音里带着宠溺的笑意。

苏桥的手无意间触碰到他的胸口，怔住了，见他没什么反应，又轻轻按了按，脸上的表情瞬间变得兴奋：“霍燃，你居然有胸肌，是真的胸肌吧？”

“要验货吗？”霍燃回头问她。

“已经确定是真的了，就不验了。”

两人一路上吵吵闹闹，在外人眼里，确实像一对恩爱的情侣。

果然两人的行动起到了很好的效果，网上出现了很多霍燃和苏桥在一起的照片和视频，霍燃又被取了一个新称呼“最甜男友”。

网友一致好评：原本以为国民前男友霍燃先生是一个高冷男神，没想到和喜欢的人在一起居然这么甜！

苏桥翻了一圈微博，大部分都在夸霍燃，有点不大乐意了。

“为什么大家只夸霍燃，不夸我？明明我还是能看的嘛。”苏桥滑动着鼠标，看到一张自己侧脸的照片，突然自恋起来，“这张偷拍得太好看了吧，我还是第一次知道我和陈冰这么像，快点保存下来！”

手机铃声响起，看到来电显示，她故意没有马上接，想晾一下这位最甜男友。正当她想接电话的时候，那边却挂断了。霍燃转而发了一条短信：注册新微博，就用我给你的备用手机的号码注册，然后把微博名告诉我，限你三分钟，否则我亲自上门帮你弄。

苏桥飞快地注册了新ID，在关注霍燃后，发了第一条微博。霍燃在收到她的消息后，立刻回粉并转发了微博。

霍燃：大家好，这是我未来的妻子//@小桥流水：大家好，我是苏桥，一个普通人。

没过多久，她的小号粉丝就破万了，相比之下，她的大号只有几百粉丝，实在是寒碜。果然，霍燃的影响力不是一般的大。她惊叹之余，又有些忐忑，疯涨的粉丝和评论数量让她觉得自己被人监视着，她不喜欢这种感觉。

她又有些犹豫，移动着鼠标，光标停在删除键上时，霍燃的短信又发过来了。

“你想把微博删了吗？”

苏桥吓得丢掉了鼠标，环顾房间，难以置信地自言自语：“这个家伙在监视我吗？怎么会知道我在做什么？”

他的短信再次发来：“我没有装监视器，你不用找了。我都说了，我已经掌握了你的脑回路。”

苏桥捶了一下桌子，一时之间无话可说。

手机铃声响起，她暴躁地抓起手机，以为还是霍燃，刚想发泄一下，才注意到来电显示是邱雅，赶紧平复了一下心情。

“前两天你的电话怎么打不通？”

“我的手机号泄露了，有很多记者给我打电话，我干脆就关机了。这几天我一直用的霍燃的备用机，反正平时也就他给我打电话比较多。今天看情况好多了，我就开机了。”

“你们俩也太甜蜜了吧。现实里秀就算了，还要上微博秀，你们俩发展得不错嘛。”

苏桥摇了摇头，连忙否认：“这只是缓兵之计，和他秀秀恩爱，好像对我也没什么坏处。就算以后我们俩分了，霍燃看在两家的交情上，应该不会对我太绝情。”

邱雅说：“喂，苏桥，从局外人的角度来看，绝情的根本就不是霍燃，而是你。”

“我就是因为多情，才会被那么多男人骗。”一想到那些男人，苏桥就生气，她捧着一颗真心，最后还不是被摔得粉碎，她玩着手指，用无所谓的口气说道，“女人还是绝情一点比较幸福。”

“你这个笨蛋，懒得跟你说了。”邱雅不想再跟她废话，转移了话题，“对了，我给你老公的采访题你已经看过了吧，马上就要采访了，你要给我好好表现。杂志销量好的话，我大概就要升职了。”

苏桥点了点头：“嗯，我都看过了，你放心吧。霍燃让我少说话，只要负责微笑就好。”

“霍先生还是非常有先见之明的嘛。我很忙，先挂了，跟你老公说一声，现在我们全办公室都是你们俩的CP粉，加油哦。”邱雅抢在她发飙之前先挂断了电话。

CP粉？这种词汇居然会落到自己身上！苏桥蹭了蹭胳膊，抖落一层鸡皮疙瘩。

她扔掉手机，支着下巴，忍不住回想那天晚上发生的一切，竟不自觉地笑出了声。

她傻愣愣地笑了一会儿，又刷起了微博，突然，她的指尖和目光同时停在了一条长微博上。

美丽人生：最近微博热搜都被霍燃承包了啊，简直就像是看了一出三流狗血言情剧，但总算进行到甜蜜的阶段了，我觉得他们应该是真爱吧。我朋友是娱乐新闻编辑，我听她说，照片事件出了之后，霍燃亲自一个个打电话去拜托每一家报纸、网站的负责人，给媒体施加了很大的压力，事

情才被压制下来。我其实挺佩服苏桥小姐姐的，没有被舆论压力压垮，乐观积极、为人低调，说不定这就是吸引霍先生的点吧。比起前女友故意出来蹭热度，我觉得苏桥小姐姐可爱多了，我都想成为这对真人CP的粉了。祝福他们吧，少去打扰，人家又不是明星，不需要娱乐大众。

是霍燃打的电话吗？他那样骄傲的人，为了自己，居然会亲自去拜托别人。

一想到这个，苏桥的心脏瞬间揪了起来，她编辑了很久的短信，删删改改，最后给霍燃发送了简单的一句话：谢谢你，这段时间辛苦了。

间隔不过两三分钟，那边的人便回复了过来：谢谢你，这么坚强地挺过来了，辛苦了。

不过短短的几句话，却让她的心跳跃不止。

她坚强吗？她从来没有想过自己会跟这个词语联系在一起，非要说的话，那只是她比普通人更会忍耐。

如果说这段时间没有受到一点舆论伤害，那当然是假的。从小到大，她没少受姐姐的气，网上说的那些话，她听很多现实里的人说过。正是因为习惯了，她才学会了忍耐，学会接受自己不讨人喜欢的事实。

记忆里的声音再次袭来——

“苏桥的男朋友被苏莞抢了吗？那不是很正常的事吗，是男人都会选漂亮的那个嘛。”

“你真的是苏莞的妹妹吗？你姐姐可是以市状元的身份被最高学府录取了！她的脑子分十分之一给你，你都不至于考这么差啊。”

……

正如秦素说的那样，她输得很彻底，事实是她现在只是一个没什么优点的家里蹲罢了。她在秦素面前唯一能拿得出手的，只有霍燃未婚妻的身份。最后还是拼的男人，可她根本不想成为这样的女人。

原本的好心情消失殆尽，她狠狠地抓了几把头发，一脑袋磕在书桌上，才叹了一口气：“想工作了。”

她翻了个身，找了一个舒服的姿势打开手机微信，找到了周深的名字，发了消息过去：你把工作室的地址发给我，我去找你。

3

采访地点选在了星海集团投资的五星级酒店，虽然是自己的好朋友来采访，但她还是不由自主地紧张。她提前搭配好了衣服，不过霍燃还是贴心地让吴秘书也做了准备。

一大早，吴秘书身后跟着两个黑衣保镖来到了苏家，每个人手里都拎着大包小包，看得苏桥目瞪口呆。

“按照霍先生的意思，我在商场里挑了这些东西，苏小姐看着用吧。”吴秘书打开纸箱，展示着她扫荡来的战利品。

苏桥数了一下鞋盒，惊讶地出声：“为什么要买五双鞋子？”

“霍先生说，苏小姐您从此以后再也不穿高跟鞋了，让我多买几双舒适一点的平底鞋给您。他还让我转告您，走路的时候要当心，别再崴到了，他会心疼的。”

这种时候，她是不是该特别开心地收下呢？

苏桥一时之间不知道该用什么样的表情接受这些礼物，正在犹豫之际，苏莞突然走了过来，扫了一眼地上的购物袋，指着最边上丝巾的包装袋说：“眼光不错嘛，那条丝巾我要了。苏桥，你快把东西收下，人家还要回去上班，别耽误别人工作。”

吴秘书向苏莞点头致意，又从她手里接过了名片，这才离开。

“姐姐，你怎么什么场合都忘不了发名片呢？”苏桥朝她翻了一个白眼。

“拓展人脉是很重要的，说不定哪天他们就成了我的客户。”苏莞蹲下身，抢走了丝巾，心满意足地晃了晃购物袋，笑道，“我拿走啦，你帮我谢谢霍燃。”

苏桥看着一地的购物袋，有些纠结：“这么多东西，得花多少钱呀，应该让他们退一部分回去的，现在该怎么处理好呢？”

苏莞走到咖啡机前泡起了咖啡，满不在乎地说：“这是你和霍燃之间的问题，那些职员只是听霍燃的吩咐而已，你用不着为难他们，反而浪费大家的时间。你想要解决的话，就自己去找霍燃，告诉他，你不想收他的礼物。”

“他超自我的，如果我还回去，绝对又要忍受他的白眼，还是算了吧。”一想到霍燃的冷脸，她还是决定做一个贪慕虚荣的女人。

她刚把东西搬进房间，霍燃的电话就打来了。

“东西收到了吧，喜欢吗？”

“喜欢，哪个女人不喜欢好看的东西。这次我就收下了，以后别送了，我用不着。你知道我不是那种追求精致的女人。”

她嘴上说着不要，手却已经开始动了。

苏桥轻轻拉开购物袋，取出一件衣服，蒙了一会儿，才出声：“你给我送运动服干吗？”

“已经拆了吗？”霍燃笑了，隔着电话都能听得出来他笑得有多开心，“我并没有想过要你成为什么精致的女人，你穿得舒服就好，待会儿舒舒服服地去接受采访就可以。不过我中午有个跨国视频会议，你到公司来吧，待会儿一起去酒店。”

“霍燃，你真够可以的。”她说得咬牙切齿。

“你不是说不想要吗？可现在听你的语气，好像很失望。苏桥，你还真是一个口是心非的女人。找找看，说不定里面会有惊喜。”说完这句，霍燃便挂断了电话。

苏桥听着一长串的嘟嘟声，气得直跺脚。不过，她还是好奇地把所有购物袋都打开了。原来，里面还藏着一条蓝白色的裙子，是她在微博上点赞过的一位日本独立设计师的牌子，并不贵，但国内没有专柜，不太方便买。

“这个家伙，总是喜欢给人一巴掌，再给一颗糖，以为我会很开心吗？”口是心非的苏桥利落地拆了包装袋，开始试穿衣服。

按照霍燃的指示，苏桥换了新裙子，做了一番打扮，来到公司等他。在大厅里经过自动贩卖机时，她又停下买了一瓶果汁。

霍燃的会议还没结束，她便先进他的办公室里等他。看他的椅子很舒适，便在他的位置上坐下，无聊地转起了椅子。看到他桌子上的名片，脑内想象了一下如何跟别人自我介绍。

随后，她理好领口，挺直了后背，清了清嗓子，故作姿态地对着空气说话:“您好，我是苏桥，霍总的太太。”

“太太”两个字一出口，她忍不住脸红了，果然脑子里想和现实里说出来还是不一样的。她赶紧拿起桌子上的文件夹扇了扇脸，给自己降温。

“我这是疯了吗？”

她摸着脸，很烫。

“你好呀，霍太太。”

伴随着开门的声音，霍燃的声音在办公室门口响起，室内温度瞬间降到了冰点。

苏桥手里的文件夹脱了手，她无比尴尬地想要找一个洞钻进去。她假装捡东西，扶着桌子慢慢蹲下。

霍燃见她迟迟不站起来，便知道她是害羞得躲了起来，走上来像拎小鸡一样把她拎了起来。她不敢看他的眼睛，慌忙把脸别开。

“霍太太，该走了，得去酒店提前做下准备。”霍燃唇角噙着笑，并不想放过她，目光一直追逐着她的眼睛。

她有气无力地应了一声，为自己解释了一句：“我刚刚就是好玩。”

“嗯，我知道。”霍燃连连点头。

苏桥萎靡的状态一直持续到进了酒店套房，采访前喧闹紧张的气氛让她暂时忘记了刚才发生的尴尬事。

采访开始，一切按部就班地进行着。

邱雅问：“对方有没有做过什么特别让你印象深刻的事？”

苏桥的回答很中规中矩，感谢霍燃给她澄清绯闻、信任自己之类的。她本以为霍燃也会敷衍过去，没想到他一本正经地回忆了起来。

“两年前，我在一场酒宴上喝了太多酒，回家后突发急性胰腺炎。当时我家人都不在家，只有苏桥借住在我家里，是她及时发现倒下的我，把我送进了医院，一直陪在我身边，否则我应该早就死了。那时我接近昏迷，但一直听得到她的声音，她在为我哭泣，喊着我的名字，又是骂我，又说让我别死，真是太聒噪了。”说到这里，他停顿了一下，忍不住笑出了声，“我醒来的时候，她还守在我的床边，顶着乌糟糟的头发，眼睛红

红的，像兔子一样，很狼狈，却很可爱。我挺想夸夸她，话到嘴边，却说了一句玩笑话……”

霍燃转过脸深情地望着苏桥，紧紧握住她的手。

苏桥的心脏漏跳了一拍，她没想到霍燃会记得这么清楚，因为当时他醒来第一句话就是嫌弃自己没洗头。她一直以为他是真觉得自己丑，还偷偷骂过他，没想到他是这么看待自己的。

采访结束后，摄影师给大家拍了合影。一个年轻的小姑娘拿了本子请霍燃签名，满脸崇拜：“霍先生，祝你们幸福。我有个问题想问，不知道你们方不方便回答？”

霍燃从容地签着名，说：“你先问，我再选择回不回答。”

小姑娘瞧了瞧苏桥，目光慢慢下移到她的肚子：“听说苏小姐怀孕了，是真的吗？你们打算什么时候办婚礼？”

苏桥愣住了，刚想否认，却被霍燃抢先回答，他一脸淡定，接道：“应该还没有，我们会努力的。婚礼的话，我已经做好了准备，就等准新娘答应了。”

霍燃把话题甩给了苏桥，她不知道怎么回答，只好说道：“快了，快了。”

回去的路上，苏桥抱着胳膊，气呼呼地鼓着腮帮子，很不爽地瞥了一眼正在专心致志开车的霍燃：“你刚才那样回答多让人误解，就不能直接否认吗？”

“误解什么？”霍燃语气轻快，俨然心情大好。

“误会我们俩那个……多影响我的声誉啊。”苏桥的声音越来越低，又不自觉地害羞起来。

“我不那么说，人家会以为我不是一个正常男人。”

苏桥的脸又红了，转过脸假装看窗外的风景，霍燃拉着她的手，深情款款地讲述回忆的样子再度浮现在她眼前。她偷偷转过头看他，做了一番心理挣扎之后，咬了一下指甲，问他：“霍燃，你那次醒来之后看到我没洗头的样子，真的觉得可爱吗？”

霍燃余光瞥过她，轻笑出声：“你觉得会可爱吗？”

“你果然是在耍我，对吧？”

他叹了一口气，伸手过来揉乱了她的头发：“我不喜欢留一个太笨的女人在身边，你是一个例外。”

“谢谢你这么手下留情。”

她还以为他变了呢，没想到还是这么毒舌。她抱着胳膊，哼了一声，别过脸去背对着他。

万万没想到，和采访一起登上热搜的关键词还有——“霍苏CP生娃”“霍苏CP婚期将至”。

苏桥气呼呼地打电话给邱雅抗议：“明明是私下问的问题，你们怎么放上网了？”

“我们只是私下讨论了一下，不知道被哪个路人听到就传了出去。”

“你们杂志社真是八卦集中营啊。”苏桥哼了一声，又问，“那你知道，我疑似怀孕的假消息是从哪里传出来的吗？”

“好像是《回答》杂志的崔主编无意间透露的。”

崔主编？苏桥的脑子转得缓慢，那天吃饭的时候，她还觉得奇怪，为什么霍燃要摸自己的肚子，难道是故意的？

她赶紧挂了电话，给霍燃发了消息：霍燃，你是故意让崔主编误会我怀孕的吧，传我的绯闻很好玩吗？

霍燃正在会客，手机屏幕突然亮起，他原本是打算无视的，看到苏桥的名字，才喊了停：“不好意思，我看一条消息。”

看完短信，他笑着回复了过去：未来霍太太，我们之间怎么可以叫传绯闻呢？

客人看到原本严肃的霍燃居然笑了，原本紧绷的心弦也松了下来：“霍先生的心情很好啊，是发生了什么好事吗？”

霍燃简单地“嗯”了一声，放下手机，继续和他讨论合作事宜。

手机那头，看到“霍太太”三个字的苏桥脸唰地又红了，烦躁地把手机扔到一边，跑去画图纸了。

第七章

我老公找不到了

1

艳阳高照，北城的暑气渐浓。

苏桥已经做好了打算，先去周深朋友的工作室里帮帮忙。正好两人订了飞机票准备一起回锦城，她索性顺便去工作室那边跟他会合，没想到地方还挺难找的，司机师傅也不太认得。她便在没有人的公交站台停了下来，打电话让周深来接。

苏桥戴着墨镜拖着行李箱，在阴凉处等着。她环顾四周，颇为荒凉，她看没人便摘下了墨镜，给自己扇了扇风。等了一会儿人没来，她又给周深打了个电话，确认地点无误后，在行李箱上坐下来休息。

天气太好，让苏桥有些昏昏欲睡。她刚闭了闭眼睛，一声快门声就将她惊醒。

她本能地戴上墨镜，挡住了自己的脸，连连说着："我不是苏桥，我不是苏桥……"

举着相机的男人被她浮夸的举动惊到了，瞧了她一眼后，挪了一下位置，继续拍照。

苏桥看他没有要离开的意思，还在朝自己的方向拍照，有些生气了，跑上去抢走了他的相机，斥责道："你怎么这样，我都说我不是苏桥了，

你怎么还拍，你这是侵犯别人的隐私，我可以告你的。”

男人这才看清她的脸，愣了一下之后立马回过神笑了：“是你啊。”

“我都说不是了。”苏桥无力地辩驳，最后还是承认了，“好吧，我就是苏桥。我总得有自己的私人空间吧，你干吗老追着我？”

“我追着你？”男人有些莫名其妙，“你是不是误会什么了？我没有拍你，我在拍那个公交站台，那是二十世纪八十年代的老站台了，很有意思吧。”

他看着站台上的指示牌，眼里满是惊喜，那是装不出来的。苏桥打开相机看到站台的照片，才明白自己的确是怪错了人，赶紧鞠躬道歉。

“不好意思，我以为你是狗仔队。”苏桥小心翼翼地擦了擦相机上的指纹，还给他，“那你继续拍吧，我先走了。”

见她要走，男人喊住了她，问：“你不认识我了吗？”

被他这么一问，苏桥才好好地打量起他的脸，脑海里浮现出了一个人，立马变得兴奋：“仔细看看，你和傅沉舟有点像。”

听到这个名字，男人的脸立马阴沉了下来。

“除此之外，你就没想起什么吗？”

苏桥搜索了一下记忆，表情突然一变：“之前在道具公司门口碰到过的，是你吧？”

他有点不满意，但还是点了点头：“就是我。”

“真巧啊，居然会在这里再碰到你，你也是道具师吗？”

“不是，”男人摇摇头，向她伸出了手，“就当是重新认识吧。我叫沉歌，一个不太入流的拍片子的。”

苏桥并不讨厌长得好看的人，尤其是跟大明星傅沉舟长得那么像的人。她握住他的手：“我就不自我介绍啦。”

“怎么？刚才就很奇怪，你怎么会以为我是狗仔，你是明星吗？”沉歌一脸疑惑。

“你真的不知道？”

“我应该知道吗？我其实刚从国外回来没几个月，国内娱乐圈不是很熟，也没怎么上网。不好意思，我回去会搜一下你的作品看看。”他一本正经地回答，反倒让苏桥有些尴尬了。

她生怕他误会，赶紧摇头，解释着：“我不是明星，算了，你不知道最好。我叫苏桥，暂时是一个社会闲散人员。”

两人相视一笑，竟生出了几分熟悉感。两人聊了一会儿天，十几分钟就过去了。

苏桥看了看时间，有些无奈地捂着肚子，抱怨着：“好慢啊，怎么还不来？”

“你饿了吗？”沉歌看她捂着肚子，猜她是饿了，“刚刚我过来的时候看到一家小卖铺，要不要一起去吃碗泡面？”

“好啊，去那边等吧。”

苏桥跟着他沿着小路走，来到了一家小卖铺前。她以道歉的名义买了两碗泡面加卤蛋请沉歌吃，老板还帮忙泡好了。没有桌子，两人就站在一边吃，看上去有点凄凉。

苏桥一边喝着面汤，一边给周深发小卖铺的照片，告诉他，自己在这里等他。

过了十来分钟，周深总算来了，气喘吁吁地说：“有点事耽搁了，走吧，我带你去工作室。”说着，便上来帮她拖行李箱。

苏桥把吃完的泡面扔进了垃圾桶，朝沉歌挥了挥手：“我先走啦，你继续拍照吧，下次有机会再见。”

沉歌回以微微一笑，等到她走远了，才想起来又忘记要电话号码了。

周深一路上对她谆谆教导：“你怎么一点戒心都没有，跟一个不认识的男人靠这么近，你怎么知道他不是来套话的，要是他对你心怀不轨怎么办？”

“人家长得挺帅的，怎么会饥不择食。”苏桥有些委屈。

“你倒是挺有自知之明的。不管怎么样，以后不许你跟陌生人靠这么近！”他重重地戳了戳她的脑门，生怕她没记性，“你没给对方留联系方式吧？你的身份现在可不一般啊。”

“你这么一说，我才想起来没给。”

周深这才松了一口气。

两人来到一幢略显破旧的厂房前，苏桥问他：“你朋友怎么会选择在这里开工作室？”

“以前工作室开在居民区，因为气味太难闻被投诉了，就搬到这里来了。租金便宜，地方又大，还没人骚扰，就是远了点。”

苏桥算了一下时间：“如果我要来上班的话，总不能坐出租车吧，坐地铁转公交，一天来回得四五个小时。”

“是啊，你家控制欲极强的霍大总裁会同意你来吗？”说到这里，周深的眸子黯淡了下去。

她一脸无所谓：“我跟他提了，他说随便我。”

“那你跟他说你会跟我一起做事吗？还有我们俩一起回锦城的事。”

苏桥摇头，她就是怕霍燃不同意才没说。

周深叹了一口气，有些拿她没办法：“我的机票出了点问题，不能跟你一起走了，我赶晚上七点的飞机。”

“那你不早说，害我那么早起来，我还来不来得及改签呢？”说着，她掏出了手机。

周深：“我忘记跟你说了。我们俩分开走比较好，看完工作室，你先走吧。”他实在说不出口，其实很想见她，但理性上他明白保持距离是最好的。

“那行吧。”苏桥点点头，没去追究其中的深意。她一蹦一跳地跟在周深身后，哼着轻快曲调，像一个没心没肺的女孩。

看过工作室的环境以后，她感觉很满意，看得出老板是一个很有情调的人，把废旧工厂改成了蒸汽朋克风。

工作室里，大家都是Cosplay（角色扮演）爱好者，气氛很融洽，苏桥不由得想起那段在大学动漫社里荒废的青春时光。她在现场看到很多熟悉的角色道具和服装，最吸引她的还是电脑上的一个3D模型图，她一眼就认出是游戏《灵域》的武器——千机匣，她可是这款游戏的老玩家了，现在还时不时上线。

“你们接了《灵域》的单子？”苏桥有些兴奋，工作能和爱好合体是一件非常令人愉悦的事。

工作室老板郑超拿起一边的半成品，眉间染上了一丝焦虑："是啊，要赶着参加暑假的漫展，时间比较着急。"

"我能不能加入这个项目？我以前做过游戏COS的道具。"苏桥毛遂自荐。

郑超眉头舒展，又笑了："那真是太好了，欢迎你的加入。"

敲定之后，苏桥又在工作室逗留了一会儿。有人认出她是霍燃的未婚妻，问了一些八卦的问题，她做了简单的回答，最后补充了一句："其实我更希望大家记得我是做道具的苏桥，不是霍燃的妻子。"

瞬间，气氛变冷了。

苏桥离开了工作室，独自踏上回锦城的路途。

上飞机前，霍燃打了电话过来："到了锦城，你给我打电话。到了住所，你再给我打电话。"

"你好啰唆，我吃完饭、临睡前要不要都给你打一个电话？"苏桥拖着行李箱准备登机，有些手忙脚乱，语气变得暴躁，可心里却有股难以言明的喜悦。

"如果你能做到，当然最好。不能的话，就做到我说的那两个，别让我担心。"

听着他的声音，她的唇角不知何时已微微翘起。

飞机抵达锦城时，已经是晚上了。

苏桥打了车回到住了两年的公寓，一开门，发现家里闹哄哄的，沙发上坐着四五个之前工作室的同事，他们正在斗地主。

听到开门声，大家齐刷刷地抬头，热情地跟她打招呼。

"大家都在啊。"苏桥有些意外。

从他们的眼神里，她嗅到了八卦的气息。

前同事兼室友孙乐一听到她的声音，忙提着锅铲从厨房里跑了出来："我就在工作室说了声你今天回来，他们都非要来给你接风洗尘。"

正在洗牌的李满瞧了瞧她后面的门，疑惑地问："周深没跟你一起回来吗？"

“他的机票出了点问题，我们分开走了，他明天过来。”虽然是共处了两年的同事，但她总觉得今天大家有些生分，她朝大家招了招手，“我先去把东西放好，你们先玩。”

苏桥迅速在门关处换好了鞋子，拖着行李箱进了房间，深吸了一口气，掏出了手机，看着电话簿里“霍燃”的名字，她心里突然空荡荡的。

明明是熟悉的房间，只不过一个多月没住，就变得如此陌生。

她拨通了霍燃的电话，听着他的声音，居然有些想念。

“嗯，我已经到住所了。报完平安了，那我挂了。”她不敢说太多，怕泄露真实的想法。

霍燃喊了声：“等等，你大后天回来，是吗？”

“嗯，飞机票买好了。”

“那我们三天见不了面。”他的声音很温柔，如同夏夜的风，轻柔地拂过她脸颊的肌肤。

“嗯，在北城的时候我们也不是每天见面，你现在怎么这么入戏？”苏桥讪笑着说。

那边的人停顿了片刻，才开口：“等你回到北城，就搬到我家这边来吧。”

听到这句话，她当场石化，脑子宕机片刻之后，终于重新恢复了运作：“这是什么意思？”

“为结婚做准备，同居的意思。是你说的，快了快了。都快结婚了，不先同居试试合不合得来，以后真结婚了，可就不能退货了。”那边已经笑出了声。

她以前一直以为霍燃是一个不食人间烟火的谪仙，现在看来，也不过是一介凡人，脑子里装的也不是什么好东西。

苏桥脸憋得通红，一时之间说不出话来：“你……”

“你不会是想过河拆桥吧，得了利益，就想散伙？”

“当然没有，在星海没有完全度过危机之前，我会好好配合你的。”

“好，我也答应你，在你没做好准备前，我不会做出格的事。”霍燃收敛了笑声，顿了一下，又补充了一句，“要做的话，两年前就可以生米煮成熟饭了，何必等到现在。”

苏桥气急败坏：“霍燃，你够了啊！”

“不够，你不在我身边，我觉得一点都不够，我……”说到这里，霍燃停住了。

苏桥总觉得后面他会说“想你”，但等了一会儿，那边都没声音，他像断了片似的，切断了话题，说了声再见就挂掉了电话。

她走到窗边，打开了窗子，晚风轻轻拂过脸颊，却吹不走三千烦恼。她趴在窗台上，看着万家灯火，心情莫名低落。

2

苏桥正兀自伤感时，门被人敲响了，是孙乐。

“苏桥，菜都做好了，快出来吃饭。”

她应了一声，整理好心情，换了一张笑脸走了出去。

不大的餐桌都坐满了人，大家一边吃着饭一边聊天，不可避免地将话题扯到了苏桥身上。

孙乐哪壶不开提哪壶，问道：“苏桥，我记得当时你说是为了逃婚才来的锦城，难道你是为了躲霍燃？”

话一出，所有人的目光都齐刷刷地看向她，她的脑子飞速运转着，拼凑着最佳答案。

“你们不觉得说逃婚的话，特别有偶像剧的感觉吗？”

大家半信半疑地点点头，表情十分勉强。

苏桥又说：“其实当时我是和霍燃吵架了。”

瞬间，所有人的情绪又高涨了起来，八卦的目光全部聚集在她身上。她只好硬着头皮继续说：“喜欢霍燃的女人实在是太多了，因为工作，他又不能完全避免和那些女人接触。我很生气，就跑出来了，想给他一个教训，这两年时间算是给他一个考验吧，算是通过了吧，我们现在很好。”

“就是说，你们俩从来都没有分手？”李满表情有些奇怪。

他旁边的徐家成拍了拍他的肩膀，打趣道：“你这么关心苏桥，难道

是对人家有意思？别痴心妄想啦，人家未来的老公可是星海集团的总裁，身家上千亿的。”

李满皱着眉头，拍掉他的手，亟亟撇清关系：“你别乱说，我是有女朋友的人。”

孙乐在一旁张大了嘴巴，戳了戳苏桥的手臂，小声说：“你老公这么有钱吗？我以前只知道他很有钱，但不知道这么有钱！”

“我不清楚他多有钱，他也不会跟我说。而且星海集团不是他一个人的，他父母健在，还有两个姐姐，他们都有股份。”苏桥夹起一块肉往嘴里塞，满不在乎地回答。

大家虽然有些八卦，但并没有什么坏心，苏桥能说的也就说了。

孙乐又抓着她的胳膊问：“豪门生活是不是特别难过，恶婆婆还有多事的小姑，她们狠狠地折磨你，不给你好脸色……”

苏桥连忙喊停：“打住打住，哪有那么多破事。我们两家几十年前就是故交了，霍燃的姐姐结婚的时候，我还去做了花童呢。他奶奶特别喜欢我，小时候就说要我给霍燃做媳妇。我和霍燃父母的交集少一点，他们挺亲切的，这两年一直在国外旅行，经常不见人，不怎么管我和霍燃。”

“这种生活太安逸了吧！”众人纷纷感慨。

安逸吗？苏桥摸了摸下巴，不由得陷入了沉思。大概是和霍家走得比较近，她从来没有觉得霍家是那么高高在上、遥不可及。她和霍燃相处时，除了有点怕他生气外，大多数时候还是很轻松、舒适的。

李满察觉到苏桥有些心不在焉，便主动招呼大家吃菜：“苏桥赶了一天路都累了，你们别吵了，想了解什么自己百度去。先吃饭，别浪费乐乐的厨艺！”

众人总算安静了。

时间过得飞快，吃完饭时针已指向了九点，苏桥和孙乐开始赶人，毕竟明天还是工作日，不能留他们太晚。

苏桥懒得再换被褥，洗完澡便和孙乐睡一屋了。

两人躺在床上聊了一会儿天，聊着聊着，孙乐脑袋一歪，先睡了过去。苏桥在家里熬夜熬成了习惯，这个点还早，迟迟没有睡意，她干脆打开了手机，脑子里霍燃的声音再次响起，想到“同居”两字，脸又发烫了。

他们又不是没住在一起过，干吗这么矜持？

苏桥甩了甩脑袋，竭力赶走脑子里的声音。她又翻了几次身，心里始终放不下。

她不明白，为什么霍燃总是能轻易地装出要和她共度余生的样子，而她却怎么也做不到呢？

苏桥想起刚来锦城的时候，她人生地不熟，一个人住在酒店里，像一个逃兵，狼狈不堪，到了晚上就哭得稀里哗啦。尤其是看到电视里，霍燃又跟哪个女明星卿卿我我了，她就更生气，不想回家。她已经舍弃一切逃走了，再回去也太打脸了。霍燃和姐姐也都不会放过她，凭着这股子气，她愣是在锦城生活了下来，还成为一名道具师。可一想到霍燃，她的心底还是会涌出别样的情绪，说不清也道不明，只知道胸口闷闷的，揪心的疼。但随着时间流逝，这种痛渐渐变得不那么疼了。

回想起那段时间，她又忍不住长叹了一口气。手机屏幕突然亮起，瞬间照亮了半块天花板，把她吓了一跳。

她慌忙钻进被子，看到霍燃的名字。

晚安。只有简单的两个字，却已经让她瞬间安心了下来。不知何时开始，她习惯了霍燃的问候，也习惯去回应他。

因为早就做好了安排，苏桥并不打算在锦城逗留太久，一大早起来便抓紧时间收拾了屋子。虽然有些舍不得，但人生终有团聚与分别，她很看得开。

两年时间，说长不长，说短也不短。一收拾才知道，自己居然囤了这么多东西，她终于明白自己为什么会变成月光族了，手办、裙子、动漫周边，这些可都价值不菲。为了打包这些东西，她花了不少时间。

临近中午，苏桥擦了擦头上的汗，进厨房煮了一碗面犒劳自己。正吃着呢，邱雅的电话打了过来，她在那头激动坏了。

“桥桥，这次杂志销量超好，我们官微发了视频版，转发量超过

三十万了，三十万啊！你老公真是太棒了！”

苏桥差点被她的嗓门震聋了，把手机挪远了些，不满地说：“只有他很棒吗？”

“当然，你们俩在一起也很棒，就是有点让人嫉妒。”邱雅沉浸在成功的喜悦中，丝毫不理会快要爹毛的苏桥，“你们俩都快火出圈子了，还有人给你们俩画了小条漫，超甜。”

苏桥万万没想到，有一天自己还会被人炒CP。

“这届网友脑补过度了吧。”苏桥并没有太在意，拌匀了酱料，吸溜了一口，最后一坨面下肚。

“俗话说不识庐山真面目，只缘身在此山中。你啊，没心没肺，什么都看不到。”邱雅实在是恨铁不成钢，“我发誓，霍燃绝对不是因为面子而想和你结婚。”

苏桥哼了一声：“那还能是为什么？难不成他还会真喜欢我？”

“难道你觉得他不喜欢你吗？明眼人都看得出来，他喜欢你，而且是非常喜欢。”

邱雅的话语如同霹雳一般击中了她的心脏，怔了一会儿，她拍了拍自己的脑袋，笑道：“怎么可能，你想太多了。”

“你是真傻还是装傻？”

“我这是有自知之明。”

“那你想想看，如果他真的是为了面子结婚，以他的条件，可以找比你强很多的女人。他要你付赔偿金，一千万都不够他塞牙缝的，你一个照片事件，就让他损失了不止一千万了吧。那天采访，我看得清清楚楚，他看你的眼神那么温柔，只有你什么都看不到。”

苏桥被邱雅说得哑口无言，回想起和他之间的点点滴滴，从求婚到订婚，再到这一个多月的相处。如果他真的不喜欢她的话，真的能做到这一切吗？她想起那天他喝醉了酒，拎着她喜欢的甜品，徘徊在她家的门口，他明明很生气却没责备她。她有机会问他为什么，可是怎么也问不出口，因为她一直告诉自己，他是不会喜欢自己的。

而现在，她动摇了。

她的心脏又开始剧烈地跳动，一想到霍燃可能喜欢自己，她感觉都要喘不过气来了。她没有注意到，自己的唇角已经不经意地上扬了。

她忐忑地咬着手指甲，小声问：“你觉得他真的喜欢我吗？”

邱雅打趣道：“一说他喜欢你，你就这么乐，还说你不喜欢他？”

“有人喜欢我，我当然开心啦，和是不是霍燃无关。”

“你就嘴硬吧。”邱雅啧啧两声，“我午休快结束了，先挂了啊。你记得在你老公面前多夸夸我。”

“夸你做什么？”

“我们主编交代了我一个新任务，采访傅沉舟，如果成功的话，我就真的能升职啦！”

“你们主编是在遛你玩吧？”苏桥狠心地戳破了她的幻想，“霍燃我还能帮你搞定，傅沉舟就算是霍燃出马都未必搞得定，你就死心吧。我就知道你打电话给我没好事，再见！”

苏桥挂掉电话，双手撑着下巴。想到霍燃可能喜欢自己，心情没来由的大好。

下午干活的时候，她也乐在其中，等全部打包完，已经是傍晚了。她拿出手机预约快递上门取件服务，填地址的时候突然想到一件重要的事。

她扫了一眼地上的一大堆箱子，咽了一口唾沫。家人本来就对她沉迷二次元很不满意，责备她乱花钱，如果这么多东西寄到家里，自己怕是要被揍死。她第一时间想到了霍燃，犹豫了一下，还是给他打了电话。

霍燃一接起电话，就开始调侃她：“今天很乖嘛，还知道主动给我报告行程。”听得出来，他的心情很是不错。

本来以为自己已经平复好心情了，没想到一听到他的声音，她的心脏又开始加速。她以前不知道自己居然是这么容易害羞的人，可在面对他的时候，她都快变得不像自己了。

苏桥干咳了一声，问：“霍燃，我有些东西想拜托你签收一下，我可以寄到你们公司吗？”

“不如寄到我家吧。”

“啊，这个……”苏桥很犹豫。

“反正等你回北城，要搬过来一起住，你可以亲自签收。”

苏桥咬了一下指甲，憋红了脸，“嗯”了一声。

电话那头的霍燃没想到她这次答应得这么爽快，反而有些不太适应，压低了声音，仿佛在掩饰着什么：“好，那就这样吧。”

“嗯，那我挂了。”苏桥赶紧掐断了电话，做了一下深呼吸，调整好情绪之后，返回寄件页面，写上了自己的名字和霍燃家的地址。

3

远在千里之外的北城。

装修精致的日料店包间里，霍燃挂断电话，沉默了一会儿，端起酒杯一饮而尽。

坐在他对面的男人正是他的发小兼损友谢辞，此时见他这副失魂落魄的模样，忍不住嘲笑他：“霍燃，你也有今天啊。看你那模样，脸都红了，是苏桥吧。真没想到，你会喜欢苏桥那种类型的。”

霍燃有些慌乱，摸了一下自己的脸，并不烫，就知道谢辞是故意捉弄自己。

“谢辞，你有时候真的很烦。”

“等苏桥回来，我一定要请她吃饭。我真想知道，她身上到底有什么魅力，居然让你变得都不像我认识的霍燃了，我很好奇。”谢辞满脸期待，说道。

霍燃警觉起来，抬了抬眼皮：“你别多事。”

“我得好好感谢她，三十年的大仇，今日终于得报。我有生之年居然能看到你因为一个女人惊慌失措，简直就是一个奇迹啊。”谢辞一脸释怀的表情，拿起酒杯给自己满上，“今天心情真好，我得多喝两杯。”

“谢辞，你跟我有什么仇？”霍燃一本正经地问他。

谢辞听他这么问，立马把酒杯放下，开始罗列他的罪状：“小学有一次考试，我终于靠作弊考了九十九分，我妈奖励了我一款限量版遥控飞机，你却跑去跟老师告状，说我抄了你的答案。我的飞机还没焐热，就被我妈给砸了，她说就是砸了也不给我！”

谢辞说得一把辛酸泪。

“你说那次啊。”霍燃回忆了一下当时的情况，“是你把我错误的答案一起抄了，老师怀疑我帮你作弊，我当然要诚实地回答，和你撇清关系。”

谢辞端起酒杯，一口饮尽，继续数落：“还有大学时期，有一次我被女人甩了，找你和苏莞喝酒诉苦，你们俩就每人抱着一摞讲义坐在我对面，做了一晚上的题！我在瓷砖地上睡了一夜，第二天还发高烧了，那个女人还发短信说我不像一个男人，分个手就装病不上课，你说气人不气人？”

“你当时就不应该找同班的女生谈恋爱。”

“重点是这个吗？重点是我都失恋了，你和苏莞对我不闻不问，只知道学习，生怕别人不知道你们俩是书呆子。我那个时候才明白，你和苏莞真是同一种人。”谢辞又饮了一杯酒，犹豫了一会儿，还是问了，“你们俩这么配，怎么最后分了？苏莞为了出国留学就把你甩了，你也像一个没事人一样欣然接受了，你们真的很奇怪。”

“你是不是醉了，废话怎么那么多？”霍燃的脸阴沉了下来，抢走了他的酒杯，给他换了一杯茶。

“日本酒，度数低，哪有那么容易喝醉。”

“你找我来不只是为了跟我喝这醉不了人的酒吧？”

谢辞的表情变得正经了些，说道：“当然是为了《翻转世界》的事，这是我第一次和你一起投资电影，扔了不少钱，真不想被某些人破坏，不甘心。”

“我知道。”霍燃也有些无奈。

谢辞说道：“我打听到一些事，郭导的老婆跟某个男人有点暧昧关系，我正在调查那个男人。如果证明是郭太太先出轨的话，郭导说不定能得到大众的谅解。但是我跟他提起这件事，他却非常抵触，不想让我们把他太太拉下水。”

“郭导有自己的考虑，你先别逼他。”霍燃的眉头紧锁，低下头沉

思着。

“眼看数亿的投资就要打水漂了，郭导居然还这个态度。现在他躲在新西兰，谁都不见，真是被他气死了。一个已婚男跟酒吧女郎一夜情，还被狗仔队拍到，他有什么资格摆架子，不就是得过几个奖吗？另一个更气人，在国外找人约，一个一线男演员，还做出这种事，真不嫌丢人。”谢辞气得捶了几下桌子，连喝了好几杯酒，等心情平复得差不多了，他的画风一变，“话虽这么说，但是那个女人真的很漂亮，看上去像混血儿。”

他还十分兴奋地给霍燃看照片，霍燃余光一瞥，冷冷地说道：“一般般吧。”

“都说你品位不行。这种长相，做模特、演员都绰绰有余了。我真想不通，长这么好看怎么会干这事？”谢辞惋惜道。

霍燃抄起筷子，往他脑门上狠狠一戳。

“别想有的没的，这件事你多费点心，最近我有点忙。”

“你忙着谈恋爱吧。男人啊……”谢辞对上他冷冰冰的目光，赶忙闭嘴，埋下头去。

两人打了一会儿岔，又开始聊正事，谢辞也不敢再触碰霍燃的雷点。

第二天，苏桥寄走快递，便去了一趟之前工作的镜像工作室。因为是周末，公司里没有多少人，她将自己办公桌上的东西打包后，便直接下楼寄了出去。

她掏出手机看了一下时间，才九点半，还不到午餐时间，便找了一个店坐下，玩起了手游打发时间。直到快十一点，她才从虚拟世界里走出来，赶紧起身离开。

今天，她约了工作室的同事，准备请他们吃饭，地点就在附近。虽然他们嘴上说要让她大出血一次，但最后还是选择了便宜、实惠的自助烤肉，她当然感激涕零。

在去烤肉店的途中，她经过一家婚纱店，竟不自觉地停下了脚步，脑子里浮现出某人的脸。仿佛心有灵犀似的，手机也在这个时候响了起来，打电话来的正是霍燃。

苏桥略显慌张，平复了一下心情，接起电话，说道：“你用得着每天查岗吗？”

“今天有什么安排？”

“和同事聚餐，吃自助烤肉。”

“挑好点的地方吃，别让人觉得我霍燃的未婚妻那么寒碜。”

苏桥反驳道：“刘记烤肉在我们这儿可有名了，味道好还不贵，超级赞，比那些连锁店好吃多了。”

“好，都依你，你开心就好。我挂了。”

她连忙说道：“霍燃，你也要记得按时吃饭，别老是忙着工作，注意身体。”

“转性了？”霍燃笑了，“好，我知道了。”

挂断手中的电话，苏桥深吸了一口气，心情如同六月锦城的阳光，灿烂如花。

她甩着手里的包包，一边走一边喃喃自语：“这小子是真的喜欢我吧？不喜欢的话是做不到这一点的。”都怪邱雅说那么奇怪的话，她现在满脑子都是这个念头，不能再以平常心看待霍燃了。

对于霍燃可能喜欢自己这件事，她的喜悦早已超出了想象。

当她晃悠着来到刘记烤肉店门口时，却看到上面挂着牌子——店主儿子相亲成功，今天关门回家操办婚事，欢迎下次光临。

苏桥失望地打开手机，在群里报告了一下这件伤心事，最后大家一致决定，既然是老天相助，那就选一家贵的吃。她上美团查看了一下另一家店的价格，心不由得滴血。

二十多人从锦城四面八方赶到店里，聚在一起，闹哄哄的。

苏桥和孙乐、李满、周深坐在一桌。李满瞧了周深一眼，又看了看苏桥，话到嘴边又咽了回去，反复几次后，才打趣地说了句：“苏桥，我还以为你把周深拐跑了呢，在北城修成了正果都不想回来了。”

“人家有未婚夫的，你别开玩笑！”

周深忍着怒气，在桌子底下踹了一下李满，用眼神示意他不要继续说话。

苏桥被周深的脚波及，狐疑地看了两人一眼，问：“你们俩干吗呢？又是踹脚又是眉目传情的。”

她一出声，全场都笑了。

突然，苏桥响起一声惊呼，说道：“喂，你们快看微博，刘记烤肉店爆炸了。”

众人纷纷打开了手机，苏桥这才发现手机不知什么时候没电了，应该是玩游戏用掉了。她借了孙乐的手机，看到视频里的场景忍不住脊背发凉。

孙乐后怕地拍了拍胸脯，深吸了一口气：“看新闻好像是店主走得太急，忘记关煤气了。今天我们是躲过一劫啊。”

“爆炸的时候有几个无辜的路人经过，有一个重伤，送进抢救室了，情况不太好，太惨了。”

大家议论纷纷，还有人去拿了酒，说要庆祝一下劫后余生。

苏桥也去倒了一杯热水，压了压惊，她很庆幸自己幸运地躲过了一劫，但心里还是有点毛毛的。看着没电的手机，她有些不太放心，便向孙乐借来了充电宝。

电话刚一开机，她就看到了好几个未接来电，吴秘书焦急的声音从电话那头传了过来。

“苏小姐，您没事吧，太好了，霍先生有没有跟您在一起？我看到新闻说你那边爆炸了，我刚才给他打电话的时候，突然中断了，现在怎么也联系不上，不知道会不会有事？”

“我这边爆炸和霍燃有什么关系？他不是应该在北城吗？”苏桥隐约觉得不妙，连忙追问道。

“我和霍先生昨天就到锦城了，他今天特地想给您一个惊喜，就去了您说的那家店。我联系他的时候，他已经从出租车上下来了，应该快到了。”

苏桥一下子蒙了，她努力找回理智，从位置上站了起来，说：“吴秘书，我不在原本的店里吃饭，不过离现场不远，我这就过去。我试试联系一下霍燃，你那边有消息的话，也尽快通知我。对了，你帮我联系一下爆炸地点附近的医院，看看有没有收治叫霍燃的伤者。”

“好，我马上联系。”

苏桥抖着手摁下了挂断键，红着眼睛冲大家鞠了一躬：“这两年，谢谢大家的照顾，我很开心。不能好好陪大家吃这顿饭，真的很遗憾。我现在有重要的事得离开一下，你们继续吧。”

她跑了出去，满脑子都是霍燃，担心他出事又不敢往坏处想。

“霍燃，你千万不要有事啊。”她嘴里念念有词，反复拨打着霍燃的电话，但始终无人接听，那一刻，她终于明白绝望的滋味。

这里离刘记烤肉店不过几站公交的距离，救护车的声音还没有远离。听着那声音，她腿都要软了。

周深匆匆从店里追了出来，见她跌跌撞撞的样子，快步上来一把捞住她的手臂。

“我骑电瓶车来的，你会开吧？”他指了指停车的地方，把钥匙交给她，又细心安慰，“霍燃不会有事的，先过去确认一下。”

他刚刚隐隐约约听到电话里传出“霍燃”二字，再看她惊慌失措的样子，便猜到了七七八八。

苏桥说了声“谢谢”，便跑过去骑上了电瓶车。周深看她骑得歪歪扭扭的，刚想关心一句，她却连个眼神都没有施舍给他，直接开走了。

等她到了刘记烤肉店附近，消防队已经把火扑灭了，现场的惨状让人触目惊心。围观群众被拦在了安全线外，苏桥四处查找了一下，没有看到熟悉的人。

有个热心的老太太看她似乎在找什么人，便主动上来搭讪：“小姑娘，你是不是在找伤员，人都被救护车拉走了。”

苏桥急得哭了出来，拽了一下老太太的衣服，抽噎着问：“老奶奶，那你有没有看到有个男的，长得特别帅，跟电影明星似的，一米八几的个头……”

她边哭边比画。

“人的脸上都是血啊，哪里看得清帅不帅。”

“谢谢你，我再去打听一下吧。”苏桥哭丧着脸，抹了抹眼泪，拿出

手机喊了一辆出租车。

上了车，司机师傅看到她哭得跟一个泪人似的，给她递了纸巾："小姑娘，出什么事了？"

"我找不到我老公了。"

"我刚刚听到新闻了，是爆炸那件事吧。别着急，先去医院看看，还没确定就哭，好运气都要哭没的。"

苏桥听他这么一说，赶紧憋住了眼泪，她要留着幸运值见到活得好好的霍燃。

她再次拿出手机，反复拨打霍燃的电话，但还是一直处于无人接听的状态。

她觉得自己都快要疯掉了，手脚都止不住地发抖。她从未意识到，他在自己心里是如此重要。

第八章

同居生活开始了

1

苏桥赶到最近的一家医院，付钱下车，踉踉跄跄地跑到导医台，眼睛忙着环顾四周：“请问，有爆炸事故的伤者被送到这里吗？有没有一个叫霍燃的伤者？”

“有的，不过暂时还不清楚病人的信息。”护士回答。

苏桥双手撑在导医台上，焦急万分：“请告诉我伤者在哪里，我自己去找找看吧。”

护士刚想开口，熟悉的声音在医院大厅响起。瞬间，所有的嘈杂声都如同泡沫一般消失了。她猛然回头，映入眼帘的是霍燃如释重负的表情。

他喊着她的名字，向她走来。

苏桥脚上的重量也消失了，轻飘飘地朝他飞奔了过去，想要拥抱的瞬间，却还是忍住了，千言万语只化成了简单的一句：“你没事真是太好了。”

“这句话应该我说，谢谢你，安然无恙地出现在我面前。”他眉眼之间展现出无限的温柔，没等到她的拥抱，只好主动将她拉入怀中，手臂渐渐收紧，仿佛要将她捏碎了似的。

苏桥心甘情愿地埋在他的胸口，鼻尖是他熟悉的气息，躁动不安的心渐渐安定下来。

那一刻，她觉得什么都不重要了，她愿意承认自己爱霍燃。不管霍燃爱不爱她，她都爱这个男人。在知道他有危险的那一刻，她的心都要破碎了。

一直以来，是她在欺骗所有人，也欺骗了自己。

她的确对霍燃动心了，不管怎么欺骗自己，心还是会因为他的举动跳跃不止。

就在日记本打开的那天，她就明白了自己从来没有讨厌过霍燃，甚至喜欢他，就像崇拜神明一样把他放在心里。这种喜欢夹杂了太多的情愫，慢慢变成了身体的一部分，习惯成自然，渐渐就被她遗忘了。

直到此刻，她才醒悟，这种喜欢已经变成了爱。

当两人沉浸在忘我境界的时候，大厅里有人认出了霍燃和苏桥，不少人往他们这边看，还拿出手机来拍照。

苏桥赶紧推开霍燃，擦了擦眼泪，声音里带着哭腔："太丢脸了，我们走吧。"

霍燃抬起手，为她抹去眼角的泪："不用，就让他们拍吧。苏桥丢脸的样子还挺有趣的，网友们在取笑你的时候，还会夸我是最甜男友。"

"你还真把网上的话当真啊。"苏桥哼了一声，正当她打算拉着霍燃离开的时候，才注意到他手上有擦伤，手臂上的衣服也破了，"你受伤了吗？伤得重不重？"

看她焦急的样子，他却有些得意："嗯，我伤到了。躲过了爆炸攻击，没躲过车祸。"

"你出车祸了？"苏桥的心又揪了起来，急忙拉着他往挂号窗口走，"快去做个检查，看看有没有撞到脑子。"

霍燃笑了，揽住她的肩膀安抚道："没事，只有手臂不小心被车子擦到了。"

"就算是这样，还是去处理一下擦伤吧。"

霍燃这次终于听话地点了点头，挂了号。医生帮他检查了一下手臂，说了声没什么大碍，稍作处理就让他们走了。

一出医院，苏桥才想起来要跟吴秘书联系一下，赶忙给她打电话报平安。挂掉电话，苏桥才有时间问霍燃不接电话的原因。

霍燃的眼神瞬间温柔了下来，又蹂躏了一下她的脑袋：“我过马路的时候，不小心把手机摔了，想捡起来的时候被过路的车碾碎了。”

苏桥看向他伤了的手，有些心疼：“这是为了捡手机擦到的吗？那个人怎么开车的，你有没有记下车牌号？让你的律师团队好好教他做人！”她又是担心，又是生气。

“我哪有时间记车牌。我也有过错，没能及时过马路。一听到吴秘书说你可能出事了，我……”霍燃注视着她，喉结动了动，顿了一下才说，“我很担心，忙着去确认你有没有事，也就没顾得上手机了。”

那一刻他才明白，他有多害怕失去她，怕到忘记一切，忘记自己是霍燃。

路过她喜欢的一家连锁甜品店时，他本想买点东西带过去分给她的同事，感谢他们好好照顾了她两年。但他刚从店里出来的时候，就听到了剧烈的爆炸声。他还没来得及多想，在过马路的时候，接到了吴秘书的电话，一听到她待的烤肉店爆炸，他整个人都蒙了。他傻愣愣地呆住了，手机从手心滑落，摔了出去，还没来得及捡起来就被过往的车辆撵得粉碎。即使自己受了伤，他也顾不得那一点点的疼痛，他唯一想确定的事，就是她是否安然无恙。

现在，她好好站在自己面前，他总算安心了。他舒了一口气，紧紧抓住她的手，生怕她又一个不小心丢了。

苏桥也紧紧地握住他的手，感知他的温度，舒心地笑了：“我也是，我好怕你会出事。”

“明天一起回北城吧。”他低头注视着她的眼睛说。

苏桥点头，这样好的气氛却还是忍不住想开他的玩笑：“才分开几天，霍总裁就想我想得睡不着吗？”

看她得意的模样，霍燃也想逗她，表情突然变得一本正经：“苏小姐也太自作多情了吧，我是来锦城开会的。”

“你怎么有那么多会要开？”苏桥见他又找借口，不悦地甩开他的手。她生气他总是不肯直面自己，拐弯抹角的，让人无法捉摸。

“你难道不知道，锦城有星海的子公司吗？”

苏桥眨了眨眼睛：“所以你真的不是找借口，而是真的来开会？”

“否则我为什么要带秘书来呢？”霍燃戳了一下她的额头，表情十分愉悦，“下次我得好好跟你科普一下我们公司的情况了，老板娘也不能稀里糊涂地当啊。”

一听到老板娘三个字，苏桥刚刚吃瘪的心情顿时烟消云散。

“霍燃，我饿了，为了找你，我撇下一帮同事，连饭都没好好吃。”

“好，我请你，你想吃什么？”

“锦城最贵的！我要吃穷你。”

“在吃穷我之前，陪我去买部新手机。”

“这里我熟，我带你去。”苏桥已经习惯性地去牵他的手了，拉着他小心翼翼地过马路，“你快跟紧我，别再愣住了。”

霍燃又笑了。

这一切都映在了周深的眼里。他不放心苏桥，也赶了过来，本来只是碰碰运气，没想到会在医院门口看到这一幕，看到他们这样要好，这次他彻底死心了。

事实并不像苏桥所说的那样，这桩婚姻不是被强迫的，其实他们是两情相悦的。可是什么时候这别扭的两个人能坦诚相待呢？他既希望苏桥幸福，又忍不住期待他们分手，这样也许自己就有机会了吧。面对深爱的人，人总是矛盾的。

晚上，趁着孙乐洗澡的时间，苏桥锁上了自己卧室的门给邱雅打了一个电话。

“邱雅，我承认自己喜欢霍燃，不对，不是一般的喜欢，是爱。经过今天这件事以后，我终于明白那种惴惴不安的心情了。”苏桥傻笑着说完，又觉得害羞，“你不许取笑我。”

“我不嘲笑你，反正你不是我第一个见过说爱霍燃的女人，我见过更疯狂的。”

苏桥脸色一变，顿时警铃大响："谁？"

"就是上次那个要霍燃签名的小妹妹，每天都在说，我好爱霍燃，但是我更爱霍苏这对CP啊。"

"那我就放心了。"

"这你就放心了。觊觎霍燃的女人可不是一两个，走了一个云曼琳，现在来了一个秦素，人家那叫一个漂亮，有修养有内涵，你确定能放心得下？"

苏桥顿时说不出话来，她确实没那么大的信心，她现在连霍燃真实的想法都无法确认。如果要披荆斩棘地和别的女人争宠，她也不知道自己能坚持到什么时候。

"你觉得霍燃真的喜欢我？"

邱雅被她问烦了："你这句话要问多少遍才停止？你这么没信心，就亲自向他去确认啊。"

"我才不要呢，多丢人啊，绝对不要！"苏桥一想到要去跟他告白，就觉得很丢脸，日记的阴影还在脑中挥之不去。

"霍燃从来没有对你表露过心迹吗？"

"要他说一句我爱你，比登天都难。我姐姐跟他谈了那么多年，他都没有说过这三个字。我还能指望什么？我姐姐都搞定不了的男人，我更加没戏。"苏桥完全想象不出霍燃说这三个字时会是什么表情。

"我现在看出来了，谁说你们俩不配了？你们简直就是天生绝配。"

"反正我是绝对不会说的，要说也得他先说。"苏桥握紧了拳头，给自己加油打气，"再怎么样我也得赢他一次，看谁熬得过谁。"

邱雅无奈地笑了，摊上这样的朋友，简直是降低智商的打击啊。

"要不我们做个计划吧。"

"什么？"

"霍燃告白计划，我们逼他告白，一定要让他说出那三个字。"

苏桥摸了摸下巴，沉思片刻后，点了点头："作战开始，靠你了，好姐妹。"

"放心，我看了这么多年言情小说，玩了那么多少女游戏，就是为了今天。”邱雅信心十足的声音从电话那头传了过来，让苏桥安心了不少。

当天晚上，苏桥就做了一个美梦。

她梦见霍燃一只手捧着鲜花，一只手捧着戒指盒，单膝跪地，深情款款地向她告白求婚：“我爱你，苏桥，嫁给我吧。”

醒了之后，她才醒悟这只是一个梦啊。现实是残酷的，两年前，霍燃随随便便就在房间门口求婚了，递戒指的时候还一副爱要不要的样子，着实让人生气。

自己为了他心里七上八下，他却还是一副游刃有余、淡定自若的样子。这更加让她坚定，她绝对不能认输。

2

因为霍燃还有朋友要见，所以飞机票订的是晚上七点的。苏桥为了配合他，也改签了机票，换了七点的商务舱。她没想到，临行前，镜像工作室的老板陈真会来。

昨天会餐的时候，他正在外地谈合作，所以没来，没想到今天会主动上门来送她。

在工作室的时候，苏桥很受陈真的帮助，他愿意教她东西，在她心里，他是一个年轻又体恤同事的好老板，所以准备留在北城的时候，她还是觉得有点对不起他。

他送了一份礼物给苏桥，拍了拍她的肩膀，鼓励她：“回了北城，好好干。”

“陈哥，你一点都不生气吗？”苏桥没有推却他的好意，不过因为不好意思，还是把头低了下去，小声问他。

“我当然生气啦，你把我们工作室里最好的道具师拐跑了。”陈真故意板起了脸，顺着她的话说了下去，但很快就装不下去了，又变回了不太正经的样子，“我这么大度，才不会因为这点小事生气。最重要的是，你们都有好的前程，以后飞黄腾达了，千万别忘了我。我以后看电影电视剧的时候，就可以跟别人吹牛，看这一流的道具是谁做的，都是我培养出来

的道具师做的！那样我也能沾沾光嘛。”

他说得一板一眼，把她成功逗笑了。

苏桥总算放下心理包袱，点点头：“谢谢陈哥，我会努力的。”

“嗯，那我走了啊。对了，你帮我跟霍先生说一声，谢谢他这么肯给我们机会。”

“关霍燃什么事？”苏桥收敛了笑意。

“你不知道一直跟我们合作的致梦影业是星海的子公司吗？”陈真看她好像真不知道，又继续说，“这家致梦影业是两年前你来锦城的时候才成立的新公司，他家出品的好几部电影的道具都是我们工作室负责的。我问过他们的负责人，说是霍先生交代的，要给我们这样的独立工作室一点机会。以前我还不太明白，现在才知道，原来是你和霍先生的关系。”

苏桥的脑子嗡地响了一下，宕机了。

她原本就猜测霍燃是不是早就知道自己在锦城，但没想到，他离自己居然这么近。他明明知道自己在哪里，却没有过来找她回去，而是默默等待了两年，才用那么极端的方法把自己逼了回去。

这是为什么呢？苏桥实在是想不通。

陈真离开后，苏桥坐在沙发上，握着手机，不知道是不是该给霍燃打个电话问清楚，但最后还是放弃了，她决定当面问他。

霍燃搞定一切后，来公寓接她。

孙乐第一次见到大活人，小心翼翼地朝他伸出了手：“霍先生，你好，本人比镜头上帅多了。你和苏桥的采访我都看了，祝你们幸福。”

霍燃握手回应，说了声“谢谢”，又道：“结婚的时候，我会让苏桥给你送请柬的。”

孙乐仿佛受到了无上的肯定，幸福得蒙了，连连点头：“谢谢霍先生，我一定会去的，就算是腿断了，我爬也会爬过去的。”

苏桥瞥了一眼毫无志气的孙乐，鄙视道：“你可千万别乱说话，到时候可有你哭的。”

霍燃见她难得没有反驳自己的话，唇角一勾，笑道：“不会让你们等太久的。”

苏桥埋下了头，也不说话。孙乐主动抱了抱她，这时候她的眼泪才跟断了线似的止不住地流了下来。之前她还没什么感觉，真到了分别的时候，眼睛酸酸的，愣是没忍住。

“傻丫头，回去之后也别忘了我们，要记得常联系。”孙乐原本是不想哭的，看她这么一闹，情绪也上来了。两个人彼此抹着眼泪，说着再见。

站在一旁的霍燃没有急着催促她们，只是静静等待着。

两人从小区出来时，一辆黑色轿车已经静静等待在路边了。苏桥注意到车子上有致梦影业公司的标志，便猜到是怎么回事了。

苏桥拽着霍燃的胳膊，把他拉到了没人的角落：“等等，我有话要问你。”

“快问，”霍燃看了一下时间，“我们已经浪费了太多时间，得赶紧去机场。”

她犹豫了一会儿，终于还是问出了纠结已久的问题：“霍燃，和镜像工作室有合作关系的致梦影业是星海的子公司吧？听说是两年前才设立的新公司。”

霍燃转过脸来，表情并没有多大的变化。苏桥对上他漆黑的眸子，那一刻她明白，他并没有打算瞒着自己。

“是，致梦影业两年前设立的新公司，虽然在三四年前就已经有了准备，但直到两年前才确定选在锦城，你知道为什么吗？”

“因为你知道我在锦城？”苏桥试探性地问道。

他没有否认，直截了当地点头：“是，镜像工作室和我们有过合作，我在人员名单里看到了你的名字。后来我来过锦城，发现这个城市很有趣，经济和文化都在迅速发展，是一个潜力城市，才决定将致梦开在这里。”

苏桥庆幸自己没有问出“是不是因为我才开了公司”这种自恋的问题，否则又要被他嘲笑了。

“你明明知道我在哪里，为什么没有找我，而是等了两年？”

“对，我等了你两年，让你好好玩好好闹。后来，我等不及了。”霍燃伸手过来，给了她一个栗暴，朝她摇了摇头，“你太笨了，我的耐心都快被你磨没了。”

“我确实挺笨的，被你耍得团团转，我居然没发现致梦和星海的关系，我真笨！”苏桥愤愤不平地敲了一下自己的榆木脑袋。

霍燃没时间再跟她磨蹭下去，一把拉住她的手，拽到车边，将她塞了进去。

车子缓缓发动，疾驰奔向机场。

在晚点一个小时后，他们终于顺利登上了飞机。眺望着锦城的夜景，苏桥脑子里闪现着这两年的记忆片段，不由得感慨万千。

“再见，锦城。”她轻轻地告别。

霍燃放下手中的杂志，摸了摸她的后脑勺。她愣了一下，回头与他对视，她没想到他会问：“当时你离开北城的时候是什么心情呢？和现在一样吗？”

苏桥老实地摇摇头：“当然不一样，我知道我迟早有一天会回北城，那里有我的根，所以并没有那么不舍和伤感。”

霍燃的语气难得温柔：“是，那里有你的家，也有我的。”突然他换了一个话题，“回去的时候应该很晚了，今天和我一起回家吧，你要是想回自己家也行，我可以留宿。”

苏桥咬了咬嘴唇，扭捏了一下，才点点头：“好吧，就住你家吧。”

说完话，她赶紧转过头去，用背对着他。他看了一眼她的后背，忍不住笑了。

回到北城，苏桥还在犹豫要怎么跟父母提自己要搬去和霍燃住的事，没想到霍燃直接登门拜访。

餐桌上，苏妈妈一直热情地给霍燃夹菜，让他别客气。

霍燃看上去胃口不大好，吃了几口就停下了。他搁下碗筷，瞧了一眼苏桥后，郑重其事地看向苏父苏母。

“老师、师母，我和苏桥决定了，她搬到我那里去住。”

苏桥正咬着排骨呢，听他这么一说，吓得一口咬到了口腔壁，她赶紧跑到厨房去漱了漱口。

苏爸爸愣了一会儿，半晌后才缓过神来，他看了看妻子的眼色，像下定决心似的：“这是你们俩的事情，既然已经决定了，就按照你们的想法做吧。”

苏妈妈也顺着他的话点点头：“是啊，按理说，你们俩订婚这么久，早就该结婚了。”

“我们会好好安排的。”霍燃抬头看向从厨房出来的苏桥，抿唇一笑，用眼神告诉她一切都搞定了。

苏桥气得牙痒痒，自己那么难以启齿，他却在大庭广众之下说要和自己同居。这种话悄悄地说不行吗？她觉得快丢脸死了。虽然只是纯洁的借住关系，但现在气氛太微妙了，她竟无从解释。

她刚在椅子上坐下，屁股还没焐热，一直埋着头的苏莞猛地抬起头，说：“我也有事要宣布，我买了一个二手公寓，就在公司附近，近期就会搬过去。”

“怎么这么突然？”苏妈妈有些不舍，小女儿眼看着跟人跑了，大女儿也闹着要独立，家里只剩下两个老人，未免太过寂寞。

苏莞摇摇头：“我想恋爱了。家里离公司太远了，每天要花三个小时在路上，如果住在附近的话，就能省下时间去恋爱。”

听她这么一说，苏桥松了一口气，她原本以为姐姐还心存芥蒂，看来是自己想多了，姐姐比她想象得更加潇洒。

苏妈妈听到她说想要恋爱，立马容光焕发：“你不要担心家里，去痛痛快快地恋爱吧。”

苏爸爸看她激动得眼泪都要流下来了，赶紧抽了纸巾递给她：“你用不着这么激动吧？连女婿的影子都没看到呢。”

“只要她有一点点想恋爱的意思，我就心满意足了。”苏妈妈一边说一边擦拭着眼角的泪水。

苏桥深有感触，她盯着神色如常的姐姐，完全不能想象一心只读圣贤书的姐姐真的陷入恋爱的话，会是什么样的场景。她又看向霍燃，霍燃似

乎读懂了她眼睛里的意思，手一推，把她的脸别了过去。

“别看我。”他小声抗议，重新拿起了筷子吃饭，这一次胃口很好。

吃过晚饭，霍燃就离开了。苏桥跟着姐姐一起坐在沙发上看电视，听到厨房里传来哗啦啦的水声，她才放心大胆地问：“姐，你是不是有男朋友了？”

苏莞拿起一片薯片塞进嘴里，边咀嚼边说：“没有，我对恋爱完全没兴趣，还不如多加个班。”

“所以，你买公寓的目的是？”

“我们公司研发的两款新保健品马上就要上市了，我很有信心，它们一定会畅销。我想住得离公司近点，方便和市场部的同事一起加班。”

苏桥转过头，看向厨房门上映出的影子，老妈手舞足蹈的样子，现在在她看来非常的悲伤。

3

第二天，霍燃就让人过来帮她搬东西，她只收了一些日常衣物和生活用品。

她还没到别墅，霍家奶奶和看护就已经等在门口了。她从车上下来，看到她们翘首以盼的样子，原本不安的情绪消了大半。

苏桥从看护手里接过轮椅，把霍家奶奶推进了别墅。

“奶奶，外面多热啊，你在里面等多好呀。”

“奶奶想你呀，听阿燃说你要来住，我太开心了。不过，我过两天就要回乡下啦，在大城市里住着太不方便了。我那个小花园还要人照顾呢，春天满庭的花开得姹紫嫣红，别提多好看了，比你们年轻人喜欢的网红景点好看多了，不过今年算是错过了。”霍奶奶抓着她的手，始终不肯放开，温柔地摩挲着，好生欢喜，“明年呀，你就跟阿燃过来，来看看我，还有我的花。”

苏桥弯着腰点点头：“奶奶，明年我们一定会去的。”

“好咧，我要摘了花瓣给你们泡花茶喝。”老人家脸上的皱纹很深，一笑起来，就皱得更厉害了，但掩不住她心中的喜悦之情。

“奶奶，我先上去把东西收拾好，待会儿再下来陪您。”

苏桥正想走开，霍奶奶突然开口问道：“我看到阿燃给你另外准备了房间，你们俩打算分房睡吗？”

“这个……”苏桥一时间想不出解释的理由，只好把锅甩在霍燃身上，“霍燃没跟您说吗？”

一提到这个，霍奶奶更加来气，脸一板：“他跟我说你们不想奉子成婚，不想这么早就要孩子。这说的是什么傻话，趁年轻多要两个孩子，人多热闹啊。”

苏桥的脸唰地红了，她抿了抿唇，尴尬地站在原地，不知道该说些什么，只能“嗯嗯”两声应付着。随后，她跟着保姆王姨来到了楼上，推开客房的门，里面已经布置妥帖，连她寄过来的手办都用玻璃柜收纳得很整齐。

“这屋子前几天就已经收拾好了，你的那些小玩意儿都是阿燃收拾的。”保姆阿姨上去移开衣柜的门，里面一件件小洋装都用防尘袋装着，按照颜色和季节分开排列，简直就是强迫症的福音。

苏桥忍不住感叹：“霍燃这耐心，不做家务真是可惜了。”

王姨笑道：“看到你们俩又回到了从前，王姨高兴。今天晚上想吃什么，阿姨都给你做。”

“就王姨最拿手的京酱肉丝、锅包肉，我想吃得快要疯了，我妈做得没您好吃。”

“那你是比较想吃我的锅包肉，还是想霍燃呢？”

“当然是您的锅包肉啦。”

“哈哈，你的小嘴甜得跟吃了蜜似的，阿姨高兴，再给你做一道小鸡炖蘑菇。”

一听到这个，苏桥的口水都要流下来了，连连点头：“好。”

苏桥送走王姨，关上了门，蹲下身去将行李箱里的东西整理出来，还把笔记本电脑搬到了桌子上。

昨天，她已经收到了COS工作室发来的设计图，查好了游戏资料，在

原有的基础上进行了一些修改，不过还没有完全确定下来所需的材料。她对着制图软件上的图看了许久，才拿出了纸，把材料和一些新的想法写了下来。

当她打开手机想看时间的时候，霍燃的短信发了过来。

霍燃：到家了吗？

苏桥放下手中的笔，回复道：到了，已经在我的房间里了，没想到你还挺擅长整理的。

霍燃：本能罢了。

苏桥突然想到了什么，撇了撇嘴，飞快地编辑完短信发过去：你为什么要跟奶奶乱说，就不能找一个其他理由吗？

霍燃：那请聪明绝顶的苏小姐教我该怎么说。其实我是不介意你跟我同床共枕的，你考虑一下。

苏桥回了一个“滚”字。

她的脑门磕在了桌子上，好生无奈，实在是怼不过霍燃。他轻轻一撩，她就心动不已，真是太没出息了。她也好想看他因为自己失魂落魄的样子，就一次也好啊。

她重新振作起来，给邱雅发了微信：喂，说好的告白作战呢，怎么没声了？

邱雅：你就放心吧，我已经做好准备了，等晚上的时候细聊，我先写稿子。

晚上，霍燃难得准时下班，六点半就坐在了餐桌前，卷了卷袖子，扫了一眼桌子上的菜，说：“看来今天我失宠了，全是你喜欢吃的菜啊。”

他抬头看向苏桥，唇角带着几分玩味的笑意。

苏桥转过身，夹起一块锅包肉往嘴里送，并不理他，反而一边咬着肉一边向忙活了好久的王姨道谢。

王姨瞧了瞧小两口，还以为闹别扭呢，也不怕火上浇油，目光越过苏桥，笑着对霍燃说：“阿燃，刚刚桥桥对我说，想念我做的菜比想念你还多，你要好好加油。”

王姨在霍家待了三十年了，看着霍燃长大的，两人之间并不生分，偶尔也会开开玩笑，他也不会真的生气。

霍燃闻言，扳过她的脸，眼眉一挑：“是真的吗？”

苏桥鼓着腮帮子咀嚼着肉，嘴边流着酱汁，样子看上去丑哭了。他看到她这副馋嘴的模样，实在是不想再逗她，放开手，指着桌上的菜说：“吃吧，都吃光，不许剩。”

苏桥哼了一声，继续大口大口地吃肉。

霍奶奶坐在对面笑得合不拢嘴，目光转向霍燃，问道：“阿燃，你爸妈什么时候回来啊。他们俩真是胡来，说离婚就离婚，说复婚就复婚，还跑去全球旅行，说什么度蜜月，年纪不小了，还像小孩子一样任性。”

提到父母，霍燃的脸色微微一变，语气也冷淡了下来：“前几天他们联系我了，说近期会回国一趟。”

霍奶奶点点头：“回来好，大人在了才好做主，你们俩找一个日子把婚礼办了吧。”

苏桥被呛了一下，赶紧喝了好几口水，随即转头看向霍燃，用目光示意他好好说话。

但他好像没有接收到她的情报似的，冲着霍奶奶点点头：“好，我知道了。”

苏桥抬脚就往他腿上踹，虽说她已经确定了自己的心意，但结婚这种事还是得明确好双方的感情之后再考虑，说实话，她还没做好准备呢。

洗完澡，苏桥拿起手机一看，邱雅如约发来了消息。

邱雅：桥桥，我已经准备好了策略，我们要给霍燃准备好告白的气氛，让他无意识地说出“我爱你”三个字，效果好的话，还能来一个法式热吻。

苏桥：你别废话，赶紧交出你的计划。

邱雅：我查了一下资料，有一家小型电影院会放深夜电影，我挑了一部超经典的爱情电影，你们看完之后，趁着热乎劲，可以实践一下。

苏桥看着她发来的消息，越发觉得不太靠谱。

苏桥：这就是你的策略？

邱雅：你别看这策略老套，成功率相当高的，我已经推荐了好几个人，全部成功了。为了报答你们让我采访，我已经买好了电影票，现在就发给你。

邱雅将电子票信息截图发给了她，后面还附上了心心表情包。

苏桥盘腿坐在床上，看着电影票发呆。回想起来，她和霍燃好像真的从来没有约过会，别说看电影了，他们俩好像都没有在像样的餐厅单独吃过饭，也没有逛过街。

她从床上坐起来，像是下定了决心似的，郑重地点了点头，自言自语道："霍燃，一起去看电影吧。"

但是她要怎么开口呢？她又陷入了困顿之中，在床上烦躁地打滚。

霍燃端着水杯从她房间门口经过，听到里面的动静，停了下来，敲了敲门："苏桥，你怎么了？"

"没事！"苏桥赶紧捂住了嘴巴。

他表情一变，笑着喝了一口水走开了。

一大早，苏桥匆匆跑下楼梯，喊住正准备离开餐桌的霍燃。

"你今天开车上班吗？"她奔向餐厅，一边狼吞虎咽地喝着粥，一边问他。

"是啊，怎么了？"

"你把我送到附近的地铁站吧，我要去上班。"苏桥意识到自己吃得不太雅观，赶紧用湿纸巾擦了擦唇角和手指，"时间差不多了，我们走吧。"

她见他不动，便扯了扯他的衣服："你怎么不走？"

霍燃抱着胳膊，神情严肃地盯着她看了一会儿，才问她："你找到工作，为什么不跟我说？公司在哪里，名称叫什么，靠不靠谱，还是做道具吗？那里全是男人吗？"

苏桥抿了抿唇，眼珠子转了几圈，组织了一下语言，才说："是一家叫木易的工作室，不是专业的道具工作室，不过那边的气氛还挺好的。我想一边在那里做道具，一边找合适的专业道具公司。那家工作室很靠谱的，我朋友就在那里，没有问题，你完全不用担心。”

霍燃屈指轻轻弹了一下她的额头，有些无奈：“我虽然答应不过问你工作的事，但工作不是什么小事，你是我的未婚妻，代表我霍燃的脸面，总该跟我说一声吧，再不济我可以给你把把关。”

“你怕我给你丢面子吗？”苏桥哼了一声，不悦地瞥了他一眼，“对啊，我没什么能力，只能找到这种工作而已。”

“那里远吗？”霍燃的语气终于缓和了下来，一把拽住她的手腕，“我送你过去。”

苏桥被他拉着出了大门，听他说要送自己过去，赶紧拒绝：“那边很远的，你这么忙，多浪费时间啊，我自己坐地铁过去非常方便的。”

其实不光距离远，还很不方便，坐地铁要转线，还要再坐公交转车，去一趟得两个小时。她就怕霍燃去了，看到地址那么偏僻，之后就不让她再去了，而且那边确实男人比较多。

看她这么抗拒，霍燃知道她肯定有事瞒着自己。在他的眼神威慑下，她的心理防线崩塌了。

“那个工作室确实地址偏了点，男性多了点，不过有周深在那里，他陪着我，你不用担心的。”

一提到周深这个名字，霍燃的脸更加阴沉得可怕。

“是他叫你去的吗？”

苏桥赶紧摇头：“不是，是我看到他在那里挺好的，反正我最近也没什么事干，就主动提出去那边帮忙的。正好有个我特别喜欢的项目，我真的很想做，你就让我干吧。”

她抱着他的胳膊，两只眼睛瞪得圆溜溜水汪汪的，像小鹿一样。他还是心软了，大手轻轻按在她的头顶，告诫道：“你要记住一点，跟周深保持距离。”

“嗯，我知道了。”

“你每天到了那里，都给我发一条消息，让我知道你已经平安到了。我给你的备用手机也带着，里面装了定位系统，以防万一。”

“这么麻烦呀。”

“你要么忍，要么换工作，你选吧。”

苏桥只好点头，向恶势力低头。

霍燃还是坚持送她，不过没有送到厂房门口，她并不想让他出现在未来同事面前，她希望在别人眼里，自己不只是他的未婚妻，而是苏桥，她不想被差别对待。

霍燃目送着她进了厂房，才准备离开。倒车的时候，一个熟悉的身影在他旁边停了下来。

周深骑着山地车，一只脚撑地，敲了敲驾驶室的玻璃窗。

“放心吧，我会看着苏桥的，像看待自己的妹妹一样。”他面无表情地说完，脚一蹬离地，像一阵风似的骑着车逃走了。

霍燃看着他的背影，思忖片刻后了然一笑。

第九章

明天我们约会吧

1

苏桥兢兢业业地在工作室里干了一个礼拜，终于赢得了老板郑超的欢心。

看着穿着防护服喷漆的苏桥，郑超凑到了周深旁边，戳了戳他的手臂，小声说道："我之前还以为她是一个大小姐，没想到挺能干的。"

"是啊，你千万别小瞧她，小心她露出犬牙咬你。"周深像护着小崽似的，拼命地夸奖着他看中的女人。

"她一点都没有女生的扭捏，这种女孩子多讨人喜欢啊。之前你不是说为了喜欢的女孩子来北城吗，不会就是她吧？"

周深的脸色立马黯淡了下来，又怕他看出端倪，赶忙扯起一个夸张的笑容："你说什么呢。你这话千万别让别人听见，小心霍燃找你麻烦。"

一提到霍燃，郑超赶紧闭上嘴。

苏桥干完一天活，身体已经很累了，但是看到自己完成的作品，嘴角又忍不住上扬起一个弧度，那一刻一切努力都变得值得。

"超哥，我完工了，先回家啦。"

苏桥一边说，一边脱掉外面的防护服。她的身体好像咸鱼一样，脱掉了一层保鲜膜，立马散发出了诡异的味道。她嗅了嗅身上的汗味和油漆味，想着得赶紧回家洗澡了。

郑超满意地点点头，朝她挥了挥手：“辛苦了，明天你就好好在家休息吧。”

苏桥跟周深道完别，脚步轻快地离开了工作室。虽然她已经提前从工作室出发了，但因为回程太远，等转到地铁的时候，正逢下班高峰期，她被人一挤，就像一条无助的沙丁鱼。

她挤在一群男人中间，抱着扶手不敢撒手。地铁每到一站，就有人下车，又有一大批人上来。这时候，她就会无比怀念锦城舒适的地铁。

听到手机铃声响起，她挣扎着将手机从包里掏了出来。

“喂，邱雅，我在地铁上呢，有话回去聊。”

“我是想问你，今天晚上的电影准备得怎么样了？”

苏桥这才想起还有这档事，这几天光顾着干活，其他都没放在心上，她说了句：“我尽力试一试吧。”

挂断电话，她打开电子票图片，陷入犹豫中。

总算熬到了终点站，苏桥下定了决心：如果从下车那一步开始计算，到家门口步数是双数的话，就请霍燃去看电影。她屏除一切杂念，专注于数步数。

当到家门口的时候，还差一步的距离，她却纠结了，再迈出一步，就是单数。她停下脚步，做了一番思想斗争，然后迈出了一半的距离，又走完了最后一小步，总算凑成了双数。

她高兴地小跑着进了别墅，四处寻找着霍燃的踪迹，却没有见到人影，这时王姨才告诉她：“阿燃今天还没从公司回来呢，应该是有事要处理吧。”

“周六还这么忙吗，做老板还真是全年无休啊。”

苏桥好不容易鼓起的勇气，立马蔫了。

直到晚饭上桌，霍燃才打了一个电话过来：“抱歉，我还没有习惯有人在家里等我。今天我有事要处理，会晚点回去。”

“哦。”

苏桥不悦地挂断了电话，握着筷子狠狠地戳着盘子里的牛排，嘴里还

念念有词。

她抬头环顾了一下餐桌，只有一个人的晚餐实在是太寂寞了。霍奶奶前两天已经回乡下了，王姨又吃过饭了，只有她一个人孤孤单单的。

苏桥洗完澡就躺在床上玩手机游戏，耳朵却一直注意着外面的声音，一听到什么动静，便起身开门，但每次都失望而归。

她重新躺回床上，看了一下时间，越想越觉得自己没什么出息，为了霍燃居然如此失魂落魄。她干脆把手机扔到了一边，自言自语道："又没有人规定一定要两个人才能看电影，我一个人也能看。"

她起身换好衣服，出门打了车直奔电影院。因为是夜场电影，十一点才开始，她在附近徘徊了一会儿，临近开场才到了检票口。

两双手同时把票递向了检票员，检票员抬头看了一眼，问："你们一起的？"

苏桥转过头看向跟在自己身边的男人，立马就认出了他："沉歌，怎么这么巧，你也来看夜场电影？"

"是啊，不过能不能先检票进去，还有两分钟就开始了。"沉歌指了指苏桥和自己，"算是一起的吧。"

苏桥没有意识到有什么不对劲，也跟着点了点头。

两人一起进了影厅，灯已经黑了，因为没什么人，干脆就选了一个好位置挨着坐下了。

这是一部文艺爱情片，正如邱雅所说的那样，尺度挺大，尤其是在大屏幕上播放，苏桥完全没眼看，尤其是旁边还坐着一个不太熟悉的男人，她总是尴尬地埋着头。

电影放映结束，灯光亮起，两人同时站了起来，转身的时候看到后面的一对情侣正在忘我地接吻，她又开始尴尬了。

她跟在沉歌后面走出了电影院，正想说声"再见"，他却向她提出了邀约。

"看电影有点饿了，要不要吃点东西？"

"是，我也有点饿了，想吃烧烤。"

"好啊，我请你。上次你请我吃泡面，那我就请你吃夜宵。"

口腹之欲占了上风，苏桥点点头。两人有一搭没一搭地聊天，来到了露天烧烤摊。

苏桥一边啃着羊肉串，一边好奇地问他：“你怎么也跟我一样无聊，半夜来看电影？”

“这是我很喜欢的一个外国导演拍的片子，很小众。我在网上查了一下，只有这家小电影院会放一些经典电影，就过来看看。”沉歌给她倒了一杯果汁，跟她碰杯，“这是我们第三次见面，在北城这座大城市，能在短时间里遇见三次，我们是不是很有缘呢？”

“也许这就叫作缘分吧，半夜一起看爱情片的缘分。”苏桥举杯猛喝一口冰镇西瓜汁，顿时凉到了心底。

说到缘分，她一下子想起了霍燃这段孽缘。意识到不早了，她掏出手机看了一下时间，没想到有十几个未接电话，都是来自霍燃的。因为进电影院时开了静音，她没能注意到。

她回拨了过去，嘟嘟几声之后，霍燃的声音在她的耳边爆炸开来。

“这么晚你去哪里了，电话也不接？”

苏桥赶紧把手机拿远些，等到他那边发泄完后，才重新将手机附上耳朵：“我出来看电影了，现在吃夜宵。”

“大晚上的跑出去看什么电影，你跟谁在一起？”霍燃仍是不敢松懈，但语气已经平缓了许多。

“我当然是和男人一起看电影，又不需要你来陪我。”苏桥故意气他，想想自己真窝囊，订婚到现在还没有跟未婚夫看过一场电影，简直就是惨绝人寰。

霍燃以为她又在骗自己，并没有继续追问下去，转移了话题：“现在已经一点多了，你打算怎么回来？”

“打车。”苏桥看了一眼马路上的出租车，淡定地说道，“这里离酒吧街不远，晚上有很多出租车，不怕打不到车。你先睡吧，我待会儿就回去了。”

沉歌放下手里的羊肉串，小声地问她：“这么晚了，要不要我送你回去？”

苏桥捂着手机喇叭，朝他摇摇头，小声说：“不用了，我家住得不远。”她做了一个噤声的动作。

电话那头，霍燃耳尖地捕捉到了陌生男人的声音，腾地从椅子上坐了起来。他在家里惊慌失措，她在外面跟别的男人看电影、吃夜宵，顿时心里不平衡了。

“苏桥，你还真的跟男人在一起啊。”

“不是，就是一个路人。”

苏桥说完这话，沉歌的脸色瞬间就变了，刚刚还说要做朋友呢，现在一下子就降为路人了，能不受打击吗？

霍燃说要来接她，向她拿到地址之后，就匆匆挂了电话。

苏桥深吸了一口气，双手合十，满脸愧疚地向沉歌道歉：“刚刚我也是没办法才那么说的，真的很抱歉。”

“你有男朋友了吗？”沉歌眼眸里渗出一丝失望的情绪，那一瞬间的眼神变化并没有引起苏桥的注意。

她还在考虑怎么回答，究竟算不算男朋友呢？不过她和霍燃的关系，在网上一搜就看得到，如果现在说不是的话，到时候他看到了就穿帮了。

苏桥点点头，迟疑了一下，还是说了：“是未婚夫，我和他已经订婚了。”

“哦，原来是这样啊。”沉歌接受了这个答案，埋下头去，猛喝了一口冰啤，站起身来，说，“那我先走了，不然让他误会就不好了。”

“好。”苏桥打开手机微信，问他，“要不要交换一下联系方式？”

沉歌宛若变了一个人似的，疏离地摇了摇头，说：“不用了，不太方便。”他刚走出几步，又折返了回来，从公文包里掏出一张照片递给她。

苏桥接过一看，原来是她误会他是狗仔队的那天拍的照片。照片上，老式的公交站台旁，她坐在行李箱上，仰望着无边无际的蓝天。

“拍得真好看。”本来偷拍照片，她应该是生气的，可是看到画面那么美，她又不忍心苛责，只能赞叹一句。

沉歌说：“当时我无意中拍下，本来是打算销毁的，不过还是没舍得。放心吧，回去我会把底片删掉。”

“没关系。”

他没再回应，而是跟她挥手告别，拦下一辆出租车，扬尘而去。

留下苏桥一人，感伤着人间的悲欢离合。大概是夜里，人特别容易伤感吧。她哼着小曲，又一杯冰水下肚。她又看了一眼照片，便将它收好了。

霍燃来得够快，看到苏桥一个人举杯，正想苛责她一声，就看清她喝的是西瓜汁。

苏桥指了指桌上没有吃完的东西，可怜巴巴地望着他，请求道：“让我吃完这些再走吧，好不好？”

“吃吧。”霍燃在她对面坐了下来，想要追问刚才的男人是谁，可话到嘴边，又问不出口了。他当然信任苏桥，所以也没必要多问了。

苏桥见他如此好说话，忍不住又得寸进尺：“既然你来了，就让我喝酒吧。”

“苏桥……”

他还没来得及说完，就被她打断了：“我就是很想喝酒嘛，心情不好就想喝酒。”

“为什么？”

“我不想说。”总不能说，我好不容易鼓起勇气想约你看电影，你居然为了工作不回家，都已经订婚了，你也从来不跟我约会，这种话，打死她都说不出口。

霍燃向老板拿了一罐啤酒，摆到她面前：“喝吧，只能喝一罐。”

苏桥气呼呼地开了瓶盖，咕嘟咕嘟没几口就喝完了，看得霍燃目瞪口呆：“你这是想晋升成酒仙吗？”

“不要管我。”苏桥打了个嗝，又起身去拿了两罐啤酒。

霍燃不喜欢苏桥喝酒，因为她酒量很差，连度数低的啤酒都很容易上头。不过今天有他看着，他也就随她去了，反正明天醒了，她会自我反省。

看她吃得差不多了，霍燃起身想把她拉起来，她却一脸赖皮相，朝他展开双臂，红着脸撒着娇：“霍燃，我今天好累呀，走不动了，你背

我吧。”

那一刻，霍燃笑了，他决定以后允许她跟自己喝酒。

苏桥乖巧地爬上他的背，像八爪鱼一样紧紧地箍着他。半醉不醉时的她，是最诚实的。

她拍打着霍燃的背，破口大骂道：“坏蛋，你从来都不跟我看电影，也不请我吃烛光晚餐。我好想看电影、逛街、去动物园……”

终于闹够了，她实在是太累了，脑袋搁在他的肩膀上，没一会儿就睡着了。

霍燃没听到她的动静，侧过脸刚想对她说话，却见她嫣红的嘴唇就在自己脸颊旁边，顿时所有的话都咽了回去。他的心思很乱，但不得不克制。

他把她抱到后座上躺好，俯下身在她额头上轻轻一吻，唇间的笑意更浓：“苏桥，明天我们约会吧。”

2

第二天，苏桥醒来的时候，已经临近中午了。好不容易等来的假期，就被她浪费一半，她坐在床上开始自我反省。

门被敲响，外面传来霍燃的声音。她生怕他闯进来，赶紧用被子捂住了身体。

“下午去不去看电影？”他在门外问。

苏桥惊诧地咬着手指，莫不是这个大直男转性了？这是约会的意思吧？一定是昨天的事情让他有了危机意识。她得意地点头，嘴上还想讨点便宜：“我好累，一点都不想去。”

“那好吧，你继续睡吧。”他竟没有一丝挽留。

苏桥急了，又补充了一句：“好不容易放假休息，下午不出门有点可惜，我就勉勉强强跟你一起看场电影吧。”

“那我等你，你赶紧换好衣服下楼，限你半个小时，过时不候。”

外面很快就没了声音，苏桥赶紧从床上爬了起来，拉开橱门挑衣服。

等到选中心仪的裙子，已经过去十五分钟了，换好衣服，再化妆，眼看时间就要来不及了，她急得骂道："果然是史上无敌大直男，半个小时哪里够啊。"

伴随着一声惨叫，霍燃从楼下追了上来。

苏桥拿着卸妆巾擦着眼线，欲哭无泪地问："我眼线没画好，能不能再延长点时间？"

霍燃松了一口气："别着急，慢慢画，我等你。"

苏桥这才放心，心弦这么一松，让霍燃又足足等了四十分钟。苏桥穿着碎花小裙子，从楼梯上款款走下，落在他眼里，眉间的不耐烦瞬间化成了无限的柔情。

一个女人愿意为一个男人打扮，说明她喜欢他，这还不足以让男人心动吗？

霍燃指了指手表上的时间："大小姐，已经快一点了，等开车到餐厅，再等上菜，等到两点才能吃上饭，人家的营业时间都要结束了。今天我给王姨放假了，你说怎么办？"

苏桥一脸抱歉，指了指厨房："我在厨房里藏着一箱方便面，你不介意的话，我们就吃那个，我给你加个蛋。"

好像别无选择了，于是两个人中午各自吃了一碗泡面。

苏桥打开支付宝，问霍燃想看什么电影，他却说已经买好了票。

"《飞跃沙城》马上要下映了，我想再看一遍。"

"那不是你们公司投资的电影吗？为什么要看两遍？"苏桥知道这部电影口碑不错，而且还是傅沉舟主演的，但和喜欢的人去看动作片，总觉得不太浪漫。

霍燃喝了一口汤说："傅沉舟演得不错，我去捧个场。"

"你干脆喜欢傅沉舟得了。"苏桥扔下了筷子，狠狠地瞪了他一眼，还以为他情商变高了，原来还是这么直男。

不过，最后还是苏桥妥协了，看动作片总比不看强吧。

等从电影院里出来，苏桥紧紧握着霍燃的手，一把鼻涕一把泪："我是傅沉舟的粉了，你能帮我要下他的签名吗？如果能握个手就更好了。太

感人了，不光动作场景棒，连感情戏也是一流，幸亏没有错过！”

霍燃甩开她的手，咬牙切齿道：“我决定讨厌傅沉舟。”

令人意外的是，霍燃还准备了烛光晚餐。餐厅的气氛很好，还有小提琴演奏者过来助兴，一切都在按照苏桥内心的套路走着。她一直都在期待着，霍燃能趁着这美妙的气氛来一场深情的告白，但一直到回家，她都没有等来。

她回到房间，把包往床上一甩，正想宣泄一下，霍燃突然推门而入，吓了她一跳。

“你想见傅沉舟是吗？八月有个酒会，我带你去。”说完，他又把门合上了。

苏桥傻傻地呆坐在床上，捏了捏脸，宽慰自己：“虽然没有告白，但是能见到傅沉舟呢，呵呵……”

她笑得比哭还难看。

眼见告白作战没什么戏，她干脆全身心投入了道具制作，加班加点赶完了《灵域》的单子。

郑超看她做的道具剑，啧啧感慨着：“还原度不错嘛。”

“是啊，这里有机关，按一下，就会有渐变光。”苏桥指着自己剑叶上的小按键，兴奋地说道，“考虑到COSER（角色扮演者）展示的时候要做动作，所以做得比较轻。”

“剑柄用的橡胶啊，做得很细致。”

“考虑到轻便性，我雕刻出木制模型之后，铸成了硅胶模具，再注入的橡胶。工作室的设备挺齐全的，做完效果也很不错。”

“不过，游戏公司给的价钱不高呀。”

“没事，我就是很想做好。”苏桥摇摇头，回头看到桌子上还没完工的头冠，说道，“头冠上的发饰还没有完全做好，我想去一趟批发市场找找材料。”

“嗯，那你去吧。”

苏桥舒了一口气，从工作室里走了出来，呼吸了一口新鲜空气，缓缓走向公交站台。路过小卖铺的时候，她买了一罐汽水。公交车的班次比较少，她每次都需要等上大半个小时。

百无聊赖下，她掏出手机，查看消息。最近有同行的朋友说要帮她介绍道具工作室，可过了这么多天，却一点消息都没有。她能想到的理由无非就两个，二十五岁未婚未育女性往届生，霍燃的未婚妻，这两个身份注定她走这条路十分艰难。

她想进专业的道具公司，参与制作喜欢的电影，把幻想变成现实，这个初衷从未改变过。

她这么多年做道具保留下来了一个习惯，时不时就要去批发市场和旧货市场淘点东西，偶尔能碰到一些好物。这次她看中了一台老式唱片机，可惜太贵了，买不起，她只买到要用的头饰材料就灰溜溜地走了。

等把头冠做完以后，她又跑了一趟旧货市场，又没讲下价钱，她拍了老式唱片机的照片就走了。她下定决心自己回家复制一个，摆着看。

霍家有个空着的地下室，苏桥就恳求霍燃让她改造成工作室，她软磨硬泡了好久，他总算同意了。

苏桥一有空就待在工作室里，琢磨她的小玩意儿。霍燃本来就忙，每次回来还看不见她，不禁郁闷了。

第一次看到满屋子的器械，霍燃差点以为自己走错地方了。

“你收了这么多破烂放在这里？”

苏桥停下手里的活，郑重其事地反驳：“这不是破烂，这些都是我托朋友用低价买来的打磨机、切割机，花了我好多存款呢。”

“你两年前卖车的钱还没花完？”霍燃挑眉问道。

苏桥撇撇嘴，眼神躲闪：“前两天还没花光，今天是彻底没了。”

“还缺什么？”霍燃拿起桌子上做好的老式唱片机，仔细端详着，东西不重，但很逼真。

“不用了，现在已经足够了，再说也没地方放了。”苏桥拒绝了他的好意，她哪里好意思老是去用他的钱，这样显得自己很没用。

霍燃放下唱片机，双手环抱在胸前：“苏桥，我看中了你的能力，决定给你投资，不是白给的，以后赚钱了你得给我分红。”

“你真的觉得我做得好？”这一声肯定，让苏桥的心顿时暖了起来，她拿出了纸笔，连连点头，“那霍总裁决定给我多少投资呢？”

“无限投资，你想要就跟我来拿。”说完，他凑了上来，看到她正在画图纸，好奇地问道，“你在做什么？”

“前两天，我看到有个UP主用螺帽做成了戒指，我觉得很有趣也想试试，拍视频放上网，不知道我会不会火。”苏桥笑得有些荡漾。

霍燃拍拍她的肩膀：“你已经够火了。”

“那还不是因为和你捆绑着。有个画手还画了我们的同人漫画，要放在暑期漫展上做无料发售，我打算去抢一本。”

“无料是什么意思？”

“无料就是免费的周边，用来推广自己喜欢的东西。”

虽然不是自己喜欢的领域，但霍燃还是好学地点头，又问：“你要一个人去漫展吗？”

“我们工作室的同事都会去，还约了网上的好友一起，到时候现场还有我做的道具展出，想想都好兴奋。”

“我也要去。”霍燃突然站得笔直，“你都不知道那些网友是什么人，就敢随便去见面？”

“我们都认识好多年了，都是女孩子，而且漫展上有那么多人，没事的。”

苏桥嫌他太吵了，解释完就把他赶出了地下室。他站在门口，沉思了片刻才离开。

七月的北城进入了盛夏，和锦城的夏天不同，这边又热又干，苏桥用护肤品的量比原来多了一倍，她不由得感慨，自己真的老了啊，水分明显不足了。

暑假第一场大型漫展在七月的第二个周末到来了，此时学生们基本放假了，有的是时间来凑热闹。苏桥这个大龄二次元粉挤在一群小孩里，羡慕着别人的青春。

她今天打着阳伞，为了应付夏日，还特地穿了比较轻薄的洛丽塔裙子。她故意化了夸张的日系甜美妆，饶是熟人见了她，也未必认得出来。即使她已经做足了准备，但在这火辣辣的太阳下，被这么一堆人围着，还是很热。

她好不容易排队挤进了现场，总算松了一口气，去抢自己的无料同人本，没想到早已售空。店主还在和小伙伴讨论霍苏CP，她有些不好意思，赶紧溜了。但想到有人这么喜欢自己和霍燃，她心中还是充满了甜蜜。

她逛了一圈漫展，被《灵域》的展台吸引了，下意识地驻足观看。身材容貌一流的COSER（角色扮演者）穿着她做的盔甲，举着她做的剑，正摆着姿势展示。

听着旁边的人赞美道具的时候，她的内心得到了极大的满足。不管是做COS道具，还是电影道具，只要做喜欢的事，她就很开心。

中午，她的肚子已经很饿了。因为和网友约好在漫展外的自助餐厅见面，她也没再多留恋，拎着满当当的战利品出去了。她一走进餐厅，里面什么奇装异服的都有，简直像进入了异世界。

苏桥按照群里的指示，找到了她们，坐下来四个人分别自我介绍了一番，大家一边吃着美食一边侃大山。

忽然，一个令人不悦的声音在她耳边响起。

“苏桥，好巧啊，餐厅里已经没位置了，不知道你介不介意我跟你拼一桌？”

苏桥抬头，眨了眨眼睛，看着眼前这张浓妆艳抹的脸，愣是没想起她是谁。

“不行，我们四个人满了。”苏桥摇摇头。

“凛凛子，这个是不是你朋友？现在是就餐高峰期，漫展外面餐厅又不多，就让这位神奇女侠拼个桌吧。”依宁小声说道。

凛凛子是苏桥的网名。

苏桥摆摆手，小声解释：“我不认识她。”

柳默突然想起了什么，慌忙问道：“你是秦素吗？我在INS（社交平台）上看过您的COS（角色扮演）照，您不光是一个金牌经纪人，而且还是一个超棒的COSER（角色扮演者）。”

神奇女侠点点头："是，我是漫威迷，偶尔会玩一下。"

柳默瞅了瞅其他人："要不让这位小姐姐坐下吧，我们反正瘦，可以挤一挤。"

其他人都没有意见，苏桥也不好拒绝。她哪里想到，眼前的人居然是自己的情敌！人家不光在现实里是一个人生赢家，在二次元还比自己混得好！一想到这里，她就气得多喝了两口冰水。

3

苏桥每天都要干体力活儿，所以吃得比较多。秦素坐在她对面，只拿了一小块芝士蛋糕和一杯柠檬汁。

她张开樱桃小嘴，优雅地吸了一口柠檬茶，脸上的笑容不辨真假，对着苏桥说："我真羡慕你，不用控制身材，可以毫无顾忌地大吃特吃。"

苏桥看了一眼她的S曲线，默默地放下了手里的肉，冷冷地回应了一句："你这样吃自助是要亏本的，秦小姐。"

"要不是附近的餐厅太少，而且都满了，这种地方我是不来的。"

苏桥总觉得她是故意来找自己不痛快的，上次见面她就针对自己，俨然是从霍燃那边讨不到好处，就把气撒到自己身上。

吃着吃着，琳琳突然神秘兮兮地把头凑了过来，小声说："你们看到对面的蝙蝠侠了吗？那肌肉、那身材、那大长腿，简直太完美了。"

听说有帅哥，苏桥跟着她们的视线一起往那儿看。

那两个人正对着她们的方向吃东西，不过看上去像在吵架。忽然，蝙蝠侠好像感受到了视线，微微抬起头，目光定格在了她们桌上，随之勾起唇角，露出淡然的一笑。一瞬间，四周仿佛安静了下来，那一笑如一颗从树叶上滚落的晨露，缓缓滴落在平静的湖面，让所有人的心中都漾开了一层涟漪。

苏桥总觉得那笑容十分熟悉，但说不上来。她的目光转向蝙蝠侠旁边的蜘蛛侠，因为要吃饭，所以在嘴巴的地方剪了一道口子，他往嘴里塞东西的时候十分滑稽。此情此景，两相对比，她忍不住摇头。

“刚才他是不是在对我们笑？”琳琳小声问着众人。

伊宁疯狂地点着头：“那一笑真是美得惊天地泣鬼神啊，我终于明白蝙蝠侠的帅气了。”

柳默看着有点淡定的苏桥，打趣道：“我记得凛凛子在群里说过，应该更喜欢书生气的类型。”

苏桥想到了霍燃，又想起了他富有弹性的胸肌，摇了摇头：“我的口味已经变了，我喜欢有胸肌的。”

秦素抿了一小口柠檬茶，脸上的笑意更浓了：“不知道他是在看我们桌上的哪一位呢？要不要我们来打个赌？”

“怎么赌？”琳琳问。

除了苏桥，其他人都一脸好奇地盯着秦素，等着她接下来的话语。

“我们每个人拿一样自己觉得他喜欢的食物过去，如果他肯收下并吃掉的话，那不就代表他对那一位有好感？怎么样，要不要试试，反正今天大家都穿着奇装异服，现实里碰到了谁都不认识谁，玩点刺激的。”她扫了一眼众人，看到大家犹豫的样子，继续劝说道，“就算拒绝了的话，就说是和朋友打赌输了就好了。”

苏桥知道她肯定是想在自己面前出风头，证明她就是比自己有魅力，所以自己根本就不想着她的道，苏桥才没有自信以为那位男士会和霍燃一样眼瞎看上自己。

柳默率先举起了手：“好啊，反正大家都不认识，以后也不会见面了，能跟帅哥搭讪一回已经足够啦。”

一听这话，琳琳和伊宁都接连同意了。

苏桥继续一个人默默地切着牛排，被她们满怀期望地盯了一会儿才说：“我就算了吧，你们玩就好了，我给你们加油鼓劲。”她可是有未婚夫的人，这不是红杏出墙吗，上了八卦杂志，霍燃铁定骂死她。

“某人已经认定自己输了吧。”秦素使出了激将法。

苏桥放下刀叉，愤愤地看向秦素，顿了片刻，冷笑着点头：“好啊，谁输谁赢还不一定呢。”说完这话，她偷偷打开手机银行，查看了一下余额，想着大不了到时候花钱收买一下。

柳默胆子大，打头阵，选了牛排端了过去。

大家都紧张兮兮地静观事态发展，没一会儿，她就把东西放了下来，自己走了回来。

“成功了？”她一坐下，伊宁就赶紧追问。

柳默吐了吐舌头，耸了一下肩膀，不过脸上的笑容并没有消散，反而因为激动而红扑扑的：“简直太帅了，跟隔壁那个只知道吃东西的蜘蛛侠比，蝙蝠侠简直帅呆了！”

伊宁受到了鼓舞，捧了一杯布丁故作优雅地走了过去，只说了句：“蝙蝠侠你好，这个布丁请你吃。”

一回来她就有些不好意思地说：“一上去，我什么话都说不出口。”

秦素有些鄙视地晃了晃食指：“你们这样是不行的，这都不算搭讪，接下来去的人必须待满三分钟才行。”

琳琳垂涎美色许久，捧起水果沙拉便鼓足了勇气上去。果然是话痨，在这种情况下发挥了巨大的潜力！她待了三分钟，顺便把之前送过去的牛排和布丁端了回来。

“叛徒。”众人一脸鄙视。

秦素一脸戏谑的表情，双手交叉抱在胸前看着苏桥，说道：“要不你先去吧，我怕我去了你就没机会了。”

苏桥呵呵干笑了两声，端起草莓蛋糕从桌边绕了过去：“说不定我去了，你就没机会了。”

她在秦素看好戏的目光里硬着头皮走了过去，站在旁边，不知道怎么开口，而蝙蝠侠早就觉察到她的到来，却当她是透明人一样，并不抬眼看她。

倒是旁边的蜘蛛侠戳了戳蝙蝠侠的胳膊，说道：“喂，人都来了，你看一眼。”

蝙蝠侠总算抬起头看她，目光慢慢滑落，最终停在她手里的蛋糕上。

“你们那桌在搞什么鬼？”

一听这声音，苏桥就蒙了，这不是霍燃吗？她摸了摸他的脸，的确是熟悉的触感。当她要帮他摘下头套的时候，却被他扣住了手腕。

“你敢拉下就死定了。”

旁边的蜘蛛侠补充道：“弟妹啊，你就放弃吧，就是因为不想见人，我们才打扮成这样的。你比我想象中还要迟钝，我们排队的时候，就在你后面没多远，进场后跟你绕场一周，你都没有发现我们。”

苏桥震惊了：“你是谢辞吧，你跟着霍燃一起疯啊。也就是说，你们俩一直在跟踪我？”

蜘蛛侠点点头，还想说点啥，被霍燃用手肘狠狠地击打了一下肚子，疼得嗷嗷叫。

“我以为你说要一起来是开玩笑的，没想到你还真跑来了。”苏桥盯着头套上的耳朵看，忍不住下手捏了捏，“道具不错呢。”

蜘蛛侠指了指自己，一边咳嗽一边说：“快感谢我，我找道具公司借的。”他还要硬挺着夸一下自己，“霍燃不好意思一个人来漫展，就硬拖着我来，我太够哥们了吧。现在你们俩聊吧，我要走了，再穿这套衣服，我要热疯了。”

他捂着肚子离开，苏桥尴尬地朝他挥挥手：“你当心点啊。”

谢辞一走，话题总算切回了正题。

苏桥指了指草莓蛋糕：“你帮帮我，把这个吃了，吃一口也行。我们在猜你喜欢吃哪种食物，谁猜对了就赢了。”

“你觉得我喜欢吃草莓蛋糕？”

苏桥非常诚实地回答：“不是，因为我拿的东西差不多都吃掉了，只剩下最后这块蛋糕了，你就勉为其难吃一口嘛。”

“我就是不想要，桌子上的食物已经够了，实在不用了，你还是拿回去吧。”霍燃支着下巴，一脸不悦，“一刻不看着，你就瞎胡闹。如果今天不是我，你就跑去跟其他男人搭讪？”

“没有，没有，我哪敢啊，都是那个女人撺掇的。”苏桥求生欲望十分强烈，赶紧摇头，回头指了指神奇女侠，“待会儿那个女人也会过来，你不要收她的东西，把她赶走就行了。”

霍燃看了一眼所谓的神奇女侠，愣是没认出是自己的前女友，点了一下头说：“我待会儿就不跟着你了，你玩完就给我打电话，我们一起

回家。”

苏桥比了一个OK的手势，得意扬扬地转身离开，带着胜利的心情回到了自己桌上，在大家八卦的眼神中点了点头。

秦素哼了一声，表面上虽然还是笑容满面，但语气里还是表示了不屑：“我刚刚看你登录了手机银行，是不是想看看有多少钱，想用红包收买人？这种下三烂的招数，真是可笑。”

被她说中了，苏桥惊叹于她的观察力，竟有些不敢跟她对视。

秦素拿了一盘三文鱼寿司便往霍燃那边走，没一会儿她就踩着高跟鞋，眼圈红红地回来了，抓起椅子上的包包就要走：“我已经吃完了，你们好好玩吧。”

她的日光转向苏桥，笑容比哭还要敷衍：“你知道他是谁了吧，却不跟我说，想看我丢脸，是吗？”

苏桥喝了一口果汁，没吭声。没错，她就是故意的。当面对未婚夫的前女友时，她当然也有卑微的自尊心和求胜心。

秦素一直忍着眼泪，直到出了餐厅才落了下来。她拿出手机，把相册里霍燃的照片全部都删掉。她一直都很明白，自己的爱在他面前一直都很卑微。

她那么渴求着他的爱，他却连一丝机会都不留给她，全部给了别的女人，一个不如自己的女人。

秦素本想在苏桥面前证明自己比她强太多，没想到反被霍燃打了脸。秦素走上去，连声音都没听到，就认出了霍燃，喊出了他的名字，即使他不爱自己，但是看到他，内心还是止不住地开心。可他连正眼都没瞧自己，根本没认出自己，冷漠地问了一句：“你是谁？”

她慌张地逃走了，实在没有勇气说出自己的名字，那个对他而言一文不值的名字。

“一切都结束了，我不需要再有任何留念，霍燃，再见了。”她利落地编辑好短信，发送给盛和的老板宗政。

——我答应加入盛和，不过有个条件，我要和你交往。

苏桥和网友们见完面，便准备回家了，天还没亮，她就出门来排队，现在困得要死。

苏桥边打哈欠边和霍燃打电话，没一会儿，他就开车来到指定地点接她。

霍燃看她手里大包小包的，便下车帮忙打开了后备厢，苏桥一眼就看到了蝙蝠侠的衣服，忍不住笑了，又有些遗憾：“我应该早点发现你的，就可以揪着你跟我合影了。”

“你喜欢？那回家里的空调房拍。”霍燃又警告了一句，“不过，不许上传网络。”

苏桥没想到霍燃会答应，连连点头。她一钻进车子，里面温度适宜，忍不住伸了一个懒腰，舒服得简直就像濒死的鱼遇到了希望之水，又活了过来。

苏桥突然想到刚刚秦素眼睛通红地离开，不由得好奇霍燃究竟是怎么对付她的。

“刚刚秦素去你桌，你骂她了？”

霍燃一愣，这才反应过来：“刚才那是秦素吗？”

“嗯，你一直想挖角的秦素啊，你没认出她来吗？”苏桥大概能明白她的心情了，“看来你挖不来人了。”

她捧着一颗心去，却被狠狠摔碎了，难怪她刚才的表情那么奇怪。虽然自己是胜利的一方，但苏桥怎么也开心不起来。

霍燃一副无所谓的样子，打了一下方向盘，从十字路口进行了一个大左转。

“我不喜欢和对我有其他想法的女人共事，这样也好。”

苏桥的心忍不住又欢欣雀跃起来。

第十章

气氛使然的吻

1

漫展过后没多久，秦素就在微博上发表声明，自己已经加入盛和，准备用韩国公司的造星经验打造属于中国的超级男团。虽然早就料到会这样，但苏桥还是忍不住唏嘘了一番。

微博的吃瓜群众当然不会放过这个瓜，被有心人炒作了一下，秦素也跟着上了热搜。谁不知道星海和盛和不睦，秦素不去前男友的公司，却转投对家，三个人是大学校友，又是学生会骨干成员，最后落得如此下场，这其中不知道藏了多少秘密。大家纷纷展开脑洞，写了一幕幕狗血剧情，霍苏CP粉也不甘示弱。苏桥看得笑也不是，哭也不是。

不过看霍燃心情没受多大影响，她也没提。

她如往常一般，还在地下室里忙活着，完成了最后一道工序，长舒了一口气，将螺帽戒指装进了首饰盒。这是一枚独一无二的戒指，她打算送给霍燃，但是必须要等他告白之后，确定了心意才能送。

当她跟邱雅说了这个安排后，邱雅在电话那头已经无语了。

“你们俩能别闹别扭了吗？干脆一点，挑明不就好了。”邱雅无奈极了，但是自己夸下的海口，现在说结束有点过意不去，脑中又生了一计，“你听说过吊桥效应吗？专家说了，危险或者刺激性的情境可以促进彼此

之间的感情。”

苏桥蒙了，缓过神来问道：“邱雅，你的意思是，让我拉着霍燃去走吊桥？”

“你怎么那么笨啊，你们可以去坐过山车、去蹦极、去鬼屋啊。人在害怕的时候，牵着恋人的手，瞬间就充满了力量，那就是爱情啊。”

“你确定能行？”

“这个方法我也推荐过很多人，成功率相当高。这一次，你千万别傻到和别人去做，我真的都要被你蠢哭了。如果你移情别恋的话，我怕霍燃会打死我。”

“我再相信你一次。”苏桥在小本本上记下了安排。

“如果成功的话，你一定要帮我说服霍先生，让傅沉舟先生接受我的采访。”

“如果真的能成，我不妨一试。”当然不保证成功，苏桥把最后一句话憋了回去。

临近七月末，苏桥算算日子，在新工作室已经待了快一个半月了，她已经渐渐习惯这样忙碌的生活了。没有什么钩心斗角，大家为了所爱的东西努力着，这种感觉真好。

她正戴着手套切割泡沫，郑超走了过来，递给她一张名片。

“有个导演看了你上次给游戏公司做的道具，对你很感兴趣，特地托人来联系了我，让我问问放不放人，挺好的，就是辛苦一点。这位导演刚从国外电影工厂回来，挺有经验的，还拿过奖，跟着他应该能学到不少东西，但是……”

苏桥正襟危坐，摘了手套，恭恭敬敬地接过名片。

“但是什么？”

“这次的电影是盛和投资的，我听说你的未婚夫和盛和的老板好像不太对盘，如果你去的话，不知道会不会影响你们的关系？”

“这样啊，那我考虑一下吧。”苏桥的心情又低沉了下来，等郑超走开，她才低头仔细地看了一下名片，上面写的名字是沉歌，她一下子就联想到了之前有过三面之缘的摄影师，居然同名同姓。

好奇之下，她上网搜索了一下沉歌的信息，看到那张熟悉的脸，才确定这两人是同一个人。她看了沉歌的履历，相当漂亮，他一直在国外留学，拍摄过好几部小众的影片，拿过不少奖。

苏桥打开了视频网站，找到了他的作品，挑了一部奇幻电影，看完瞬间就被俘虏了。她可以确定，只要给他足够的时间成长，未来他一定会在中国电影史上添上浓墨重彩的一笔。她很想和他合作，在他的电影里留下小小的一笔就已足够。

她鼓足了勇气敲了敲书房门，在得到允许后走了进去，准备和霍燃说这事。

霍燃没想到她居然主动过来了，他放下了笔，抬头看她："你是想来问我能不能进沉歌导演的剧组？"

"你怎么知道？"苏桥讶然。

"你的老情人周深告诉我的，他还让我答应你去。"霍燃交握着双手，倚靠在椅背上，一派气定神闲。

苏桥不满地努努嘴："谁是我老情人啊，我们只是普通朋友关系。倒是你们俩，怎么突然变得要好了，私下还有交流？"

"我请他在工作室好好看着你，他偶尔会跟我汇报一下情况。"

苏桥小声嘀咕："叛徒。"她万万没想到，自己的人居然会倒向霍燃那边。

霍燃问："你觉得我会让你去吗？"

"大概不会吧。"

霍燃轻笑出声，摇了摇头："看来我的未婚妻对我一点信心都没有，那我就收回我的决定了。本来我都打算答应了，虽然电影投资方是盛和，但我很认可沉歌导演，以后有机会的话，我也想跟他合作。"

"别呀，霍燃哥哥最好了。"苏桥一蹦一跳地来到他身边，双手伏在他的肩膀上，晃了晃他的身子，"你就让我去吧，好不容易可以进组，机会难得。"

"唉……"霍燃长叹了一口气，侧脸瞥她，"我牺牲这么多，有什么好处吗？"

苏桥沉吟了一会儿，脑袋一歪：“我们去蹦极吧。”

“蹦极？”霍燃脸色一变。

“你工作压力这么大，试试蹦极解放一下压力，或者坐过山车，去鬼屋玩玩也不错。”苏桥把他面前写满数学公式的笔记本合上，“不要再沉迷做题啦，玩点‘成人游戏’吧。”

霍燃惊得干咳了起来，苏桥意识到自己的话有点歧义，连忙改口：“就是震撼心灵一点的游戏。”

看她说得这么兴奋，霍燃眉头深锁，勉勉强强地答应：“如果你想去就去吧。”

“那就这么说定啦。”

苏桥比着OK的手势，倒退着出了书房。门一合上，她立马背过身去，脸上难掩激动的心情，小跑着回到房间，将初步胜利的好消息告诉给了邱雅。

苏桥联系了沉歌的号码，但对方似乎没有认出她的声音，公式化地告诉她到片场报到。她刚把地址记下来，那边的人说了声再见，就挂断了。她有些遗憾，还没有来得及好好打个招呼，上次说他只是一个路人，他好像很生气的样子，她决定见面的时候再好好道歉。

最近一切都变得那么顺利，苏桥的心情也好极了，打电话约邱雅出来聚聚。邱雅一口答应，还说晚上六点亲自来接她。她正想给霍燃打电话说一声自己要出门，他却先打了电话回来说要加班。

最近，霍燃已经养成习惯跟她随时报备行程了，这让她很知足，越来越觉得霍家别墅有家的感觉了。

晚上六点，苏桥准时上了邱雅的车，见她乐呵呵的样子，总觉得春天到了。

“你恋爱了？”苏桥扣上安全带问道。

邱雅摇了摇头：“还没有，单恋中，说不定就快了，超级帅的。”

“你是不是又看上哪家的小帅哥了？”

苏桥对邱雅的恋爱观一向很无语，她简直就是一个颜控代表，什么都不在乎，只看脸，但这种爱情来得快去得也快，最短的一次，只持续了十秒。那次在餐厅吃饭，她爱上了对面桌上的小帅哥，十秒后，小帅哥拿牙签剔了剔牙，她的爱情梦就破碎了。

“这次是酒吧驻唱，人好看，唱歌也好听！”

“等等，你说酒吧？”

“对啊，我们去酒吧。”邱雅一脚油门飙到了时速六十，语气无比欢快，“走啦。”

“你快放我下车！被霍燃知道，我就死定了。”她不想做让霍燃生气的事。

“你还没进他们家门，就要变成夫管严吗？”邱雅对着她失望地摇摇头，“要珍惜最后的单身时光，姐姐我带你去浪。”

苏桥扑哧笑出了声，这时手机短信铃声响起，她以为又被霍燃抓包了，打开手机却发现是一个陌生号码。

短信内容让她的笑容渐渐凝滞——

苏桥，我是陈远昭。我真不是故意把照片卖出去的，原本我只是生气霍燃那么羞辱我，才用假照片匿名敲诈霍燃，我以为在国外，他就不能把我怎么样。但我不知道那些人是怎么知道我的信息的，对方给了我一笔钱，让我以前男友的身份写你的爆料，还把照片买走了。对你造成了伤害，我很抱歉。我求求你，帮我跟他求求情，别告我了。看在我们往昔的情分上，你就放过我吧，我的人生不能这样被毁掉啊，我还很年轻，还有父母要赡养，我爸妈可疼你了，还给你寄过礼物，你就看在他们的面子上，放过我吧，我会真心忏悔。

看到消息的时候，苏桥的手都在抖。

邱雅看到她神色异常，赶忙关心她，问道：“你怎么了，是不是哪里不舒服？”

苏桥平复了一下心情，才说：“陈远昭给我发消息了，求我放过他。我想他一定是被霍燃逼到走投无路了，一定非常可怜。”

“你心疼他？”

苏桥哼了几声，突然放声大笑，指着前方：“向前冲，我们去酒吧好好庆祝一下，今天让人开心的事实在是太多了。”

她的变脸让邱雅措手不及，差点把油门踩成刹车。

2

两人勾肩搭背来到酒吧一条街，进了最贵的一家，选了一个绝佳的好位置坐下。苏桥开了一瓶红酒，打算喝一小杯过过瘾就得了。

苏桥坐了好一会儿，撑着下巴，有点失去耐心了："你的白马王子，怎么还不见人？"

"难道他今天不来？"邱雅也有点失望，拿起酒杯跟她碰杯，"算了，就当是陪你庆祝吧。"

她们没等来那位白马王子，倒是遇到了老熟人。周深一身清爽的打扮，背着吉他走上了台，唱起了一首深情款款的情歌。苏桥和邱雅都愣住了，尤其是邱雅，眼睛都看直了，扯了扯苏桥的衣服："喂，我没看错吧，那是你同事吧。"

"应该是吧。"苏桥转过脸，看向邱雅，继续说道，"我给他发条信息，说我们在这儿。"

在昏暗的灯光下，她歪着脑袋，目光灼灼地盯着台上表演的人，一脸崇拜，听得十分认真："其实仔细看看，他长得挺帅的呀，还会弹吉他唱歌，比之前的小帅哥唱的还要好听。"

苏桥忍不住翻白眼，知道她老毛病又犯了，吐槽道："你这移情别恋也太快了吧。"

邱雅没接她的话，反而问道："他还没有女朋友吧？"

苏桥抿了一口红酒，摇摇头："据我所知，没有。"如果邱雅喜欢周深，她是不会反对的，毕竟周深是她认识的人，人品可以打包票，总比陌生人靠谱多了。

她还想说点什么，余光一瞥，一个熟悉的女人闯入了她的视线。她把本来要说的话吞了回去，戳了戳邱雅："你看看，那个是不是秦素？"

顺着她手指的方向看去，邱雅仔细端详了一会儿，点了点头："好像是，这个酒吧很有名的，好多明星也会来，没什么奇怪的。"

“但是我看她的状态好像不太对劲。”

“你们俩又不熟，你管人家做什么。”她做了一个噤声的动作，“认真点，听歌。”

秦素一身黑色紧身连衣裙，脸上化着烟熏妆，快步走着，并没有留意到苏桥，直接从她们那桌绕了过去，走向吧台。苏桥看她坐下，便收回了目光。

几首歌结束，周深在掌声中下了台。他一下来，就奔向苏桥这一桌，背着吉他坐下。

“没想到你还有这一手啊。”苏桥感觉又认识了新的周深。

周深笑了笑说：“以前我玩过乐队。最近手头有点紧，就出来唱歌赚点钱。”

邱雅倒了一杯酒，双手奉上：“帅哥，你唱得那么好听，我请你喝一杯酒。”

苏桥觉得有必要提醒一下他，指着他手里的酒，说：“这可不是一般的酒……”

邱雅打断了她的话：“对，帅哥，我看上你了，喝了酒就要跟我约会。”邱雅向来直接，所以总让她觉得不够认真。

苏桥打了一下邱雅的手臂，朝周深摆了摆手：“你别听她瞎说，这瓶酒是我开的，和她半毛钱关系都没有。”

“我觉得无所谓，反正男未婚女未嫁。”周深端起酒杯，晃了晃杯中的液体，目光落在苏桥身上，顿了片刻才说，“不过，如果你让我不约，我就不约。”

邱雅在桌子底下踢了一下苏桥，用口型告诫她：你敢说试试。

苏桥无奈地点点头：“随你们便吧。”

邱雅满意地笑了，端起酒杯，主动跟周深碰杯。三个人聊了一会儿，很快就到了九点。苏桥准备先走，邱雅倒是很乐意，还主动帮她在约车软件上叫了车，实力告诉你什么叫有异性没人性。

邱雅喝得比较多，苏桥有点不放心，临走前对周深好一通嘱咐。出了酒吧，她站在指定地点等出租车来，正好看到秦素被两个陌生男人扶着出

来，醉得有点不省人事。她隐约觉得不太对劲，刚刚秦素一直是一个人喝酒，怎么多出了两个男人？虽然她不喜欢秦素，但同为女人，她不能任由秦素被陌生男人带走。

出租车正好到了，苏桥赶紧把司机师傅拉下了车，塞了五十块钱求他帮个忙。两人上去拦住了陌生男人，苏桥指着喝醉酒傻笑的秦素："不好意思，这是我姐姐，我来接她的。"说着，苏桥连忙用眼神示意司机，"大叔，帮我把姐姐搬上车去。"

"她是你姐姐？看着不像啊，我们是她的朋友，怎么可以把人随随便便交给你。"陌生男人狐疑道。

"那你们知道她的名字吗？"这下他们哑口无言了。

苏桥捧着秦素的脸，喊她的名字，她抬起脸，眼神迷离，好一会儿才喊了声："是你啊，苏桥。"然后像一个疯婆子一样挣脱了两个男人的手臂，冲着苏桥来了一套九阴白骨爪，引得吃瓜群众纷纷驻足。

苏桥解释道："不好意思啊，我抢了姐姐的男朋友，所以她对我的误会比较大。"说完，她赶紧招呼司机师傅把秦素抱上了车。

上了车，苏桥就有点后悔了，自己居然还要帮一个要打自己的疯女人。而这个疯女人一上车就开始哭，哭得撕心裂肺，连司机师傅都忍不住指责起了苏桥，真以为她是第三者。

苏桥不知道把秦素送哪儿去，只好给霍燃打电话。一听苏桥去了酒吧，还把秦素捡了回来，霍燃脸都要气绿了。但他总归还是心软的，让她把人带回来得了。

回到家，安置好秦素，苏桥免不了被霍燃一顿苛责，她只好抱着他的胳膊，表示以后再也不敢了。

她给霍燃看了陈远昭的短信，他看了一眼，轻描淡写地说道："你别理会这人，交给我处理就好。"末了，他又问了一句，"你心疼吗？"

"我要看到他受到应有的惩罚。"苏桥一想到自己遭的罪，就恨不得当面扇他两巴掌。

霍燃满意地点点头，看看时间不早了，便赶她回去睡觉。

因为其他客房没有收拾出来，苏桥只好把床让给了秦素，自己打地铺，睡得很不安稳。深夜，她迷迷糊糊地听到床上传来了哭声，她睁开眼睛，确认那是秦素在哭。

不知怎么的，内心有个声音告诉自己，不要管。她没多问，被子一蒙，继续睡着了。

翌日苏桥醒来时，床上已经没有人影了。她问了王姨，才知道天刚亮，秦素就走了。她也没什么不高兴的，秦素悄悄地走最好，见了面也是尴尬，反正也没什么交集。她并不奢求秦素一声谢谢，只求秦素以后别来惹自己就行。

到剧组报到的日子到了，苏桥特地打扮得精神简单一些，按照沉歌给的地址前往片场。听说这次盛和给了一笔巨大的投资，并承诺不会插手拍摄工作，这才把他从国外请回来导戏。光看片场就知道，这钱没少花，租下了一大片场地，搭出了实景。

因为还未正式拍摄，现场都是一些工作人员，大家忙得热火朝天，没有人留意她。她有些慌张，这是她第一次跟组。直到有个小姑娘认出了她，喊出了她的名字："你……你是苏桥？霍燃的未婚妻？"

苏桥没想到这么快就被认了出来，并没有否认。其他人听到她的声音，也都停下了手头的工作，向她投来了好奇的目光。

"苏小姐到这里来有什么事吗？"

"我来找导演的。"苏桥局促不安地回答。

小姑娘指着一个方向说："导演在那个棚里呢，你去那边找他吧。"

苏桥说了声谢谢，埋着头，小跑着走开了。她一进棚就看到沉歌正在指挥布景，刚想上去打个招呼，便看到现场还有一个她不太喜欢的人，盛和的老板宗政，她立马又把脚收了回来。

沉歌一转头，目光瞬间和苏桥对上，表情瞬间一蒙，渐渐化为惊讶："苏桥，你怎么在这儿？"

"是你叫我来的，你难道不知道我是道具师，就把我叫来了吗？"苏桥知道他迷糊，但不知道他这么迷糊。

"道具组缺人手，我在漫展上看到一份作品觉得不错，就托人挖了人过来，却不知道是你。"沉歌挠了挠头，表情还是有点迷茫。

苏桥晃了晃手机：“说明我们有做朋友的缘分啊，这下我们终于交换到联系方式了。”

一旁的宗政也将目光移向苏桥，表情依旧十分淡定，上来打了个招呼：“苏小姐，幸会。”他转过头，问沉歌，“原来，沉导和霍燃的未婚妻这么熟啊。”

“原来你的未婚夫是霍燃。”沉歌又是一愣，陷入了思考，刚想说话，就被苏桥打断了。

她言辞恳切：“请你不要因为这个原因就退货，我就是我，不是霍燃的未婚妻，我只是做道具的而已。”

宗政的目光变得锐利，像飞刀一般射中她的要害，厉声道：“霍先生不是很讨厌我吗？她的未婚妻之后会出现在盛和电影的片尾，不知道他有什么意见？”

虽然霍燃说了没关系，但实际上他怎么想的，她也没多大把握，但这是她自己的选择，她要走的路。

“他不会介意的，我的未婚夫没那么小气。况且这是我的人生，我不想被别人摆布。”她摆出自信的笑容，这是对他最大的反击。

沉歌没再犹豫，坚定地点头：“那你就留下来吧。你的道具刀做得很棒，会雕刻吧？”

“是的，我大学选修过雕塑。”苏桥忍着激动的心情微笑应答。

宗政看了一眼手表，拍了拍沉歌的肩膀：“沉导，时间差不多了，我先走了。今天，我请所有工作人员吃饭，你也一起来吧。”他又看向苏桥，“既然苏小姐是剧组的一员，也一起来吧，好好大十一场吧。”

毕竟是第一次聚会，苏桥考虑还是去比较好，如果不去，她怕被其他工作人员误会。她来这里就是工作的，和所有人一样，她想传达出这样的心情。

3

沉歌带她去了道具组，当着大伙的面介绍了一下她，当然省去了她是霍燃未婚妻的身份，她很是感激。

能让导演带来组里的，地位都不低啊，众人了然，都没吭声。

沉歌把她拉到一边，指了指红衣服的光头大哥，附在她耳边小声说：“看到没，那个人叫刘赞，你叫他赞哥就行。他是道具组的副组长，别看长得凶，人还是不错的。我回去整理一份剧本和道具资料给你，你先在这里适应一下。刚开始会有点难过，不过坚持下来就好了。你干得好，我就介绍你去道具公司，不用跟组，舒服多了。”

如果能受到肯定，她当然开心：“真的？”

“看你的表现了。我要拍最好的电影，所以我的要求不会低，粗制滥造、鱼目混珠的道具，我不要。不要省钱，我要最好的。”

苏桥点点头，道了声谢。

等他一走，她赶忙上去跟刘组长打招呼：“赞哥，有什么事就尽管吩咐我吧。”

正在锯木头的赞哥抬起头，看了一眼她的细胳膊细腿，叹了一口气，指了指旁边的一堆木板，说：“你把这个搬仓库去吧。”

这和想象中的道具师工作完全不同啊，苏桥瞧了一眼地上的木板，“哦”了一声，抱了起来，边走边找人问仓库在哪儿。等折回棚内时，她已经热得满头大汗，听到里面的人在谈论自己，她没急着进去。

“怎么找一个女人过来？细胳膊细腿的，她搬得动吗？”

“灯光组小周告诉我，那个女人不是一般人，她老公是霍燃，你们知道谁是霍燃吗？”

“干我们这行的谁不知道啊，星海的大老板。他老婆跑我们这儿来干什么，有钱日子过久了，来我们这儿体验生活？”

“我可不敢得罪她，以后还得接星海的戏呢，谁跟钱过不去啊。”

苏桥眼睛酸酸的，泪水在眼眶里打转。她伸出手，看着手上被木板擦伤的痕迹，不禁有些委屈。凭什么女人就不能干粗活了，霍燃的老婆又怎么了，靠双手吃饭难道有错吗？

她仰起头，把眼泪逼了回去，装作没事人的样子重新走进棚里。

她扯出一个大大的笑容：“赞哥，我做过道具的，打磨机、切割机都

会用。有没有道具图纸，我想看看，学习一下。”

赞哥沉思了片刻后，猛地抬头：“你会做假血包吗？”

苏桥摇了摇头：“不会，我以前待在工作室里，没接触过。”

赞哥把她招呼到一边，指着架子上的瓶瓶罐罐：“很简单的，平时用食用红色素加温水兑蜂蜜就可以了，拍近景特写的时候会用进口血浆，你试试看吧。”

苏桥无奈地应了一声，一直到中午，她都在调血浆。

下午，她跟着道具组的男生一起去市场淘货，俨然成了一个搬运工。

沉歌这次导演的是一部奇幻片，所以需要一些富有年代感的道具。这次，她又碰到了那台没买下的唱片机，同行的男生也很喜欢，可是那价格让人望而却步。

“其实有个假的模型就行，摆着看也好啊。”男生发出了和她同样的感慨。

苏桥没说，她已经把它做出来了。

晚上，苏桥跟着大伙去了酒店聚餐，本想和工作人员坐一桌，却被宗政喊到了他们那桌去。苏桥推脱了几次，没能如愿，只好心不甘情不愿地坐下。

看着同事们的眼神，苏桥明白，完了，她又要被当成异类了。

宗政给她倒了一杯果汁：“你刚才坐的那桌都是男人，喝酒很凶的，你不适合。”

苏桥小声地说了句谢谢，偷偷地在桌子底下给霍燃发短信：我今天和新同事聚餐，晚点回家。

“你在跟霍燃报备吗？霍燃好福气啊，有这么乖巧、独立的未婚妻，我都羡慕了。”宗政端起酒杯，抿了一口，唇角的笑意不知有几分真假。

桌子上有人笑道：“宗先生何必羡慕呢，听说您和秦素小姐的好事将近了？”

“哦，是吗？看来流言传得很快嘛。”宗政既不承认也不否认，不知打的是什么主意。

苏桥本能地不喜欢他，所以并没多搭理他。她并不喜欢这桌上的气氛，幸亏旁边还有沉歌撑着，她不至于太尴尬。她干脆在底下玩起了手机，发了一条微信朋友圈：好无聊，想逃走。

“你怎么了，是不是不舒服？”沉歌看出她不太对劲，扶着她的背，关切地询问。

苏桥顺着他的话说了下去：“我有点闷，想出去透透气。”

沉歌朝她使了个眼色：“那你快去吧。”

她赶紧逃之夭夭，在酒店外的花坛上坐了下来，晚风拂在脸上，像温柔的抚摸一般。她没打算先走，想等着里面的人吃完，打完招呼再离开。

没过多久，沉歌也出来了，拿了一支烟还没来得及点燃，余光就瞄到了苏桥。见她还没走，他便小跑着上来，问道：“你怎么没走？”

“我想至少打个招呼再走，你们都在呢，我一个人走不太好。”苏桥荡着双腿，少女气十足。

“沉导，我要跟你道歉，上次说你是路人，只是随口胡说的，其实在我心里，已经把你当成朋友了，你别生气。”

沉歌在她旁边坐了下来，忍不住笑出了声，声音里带着几分自嘲：“你以为我是因为那个才生气的？”

“不是这个吗？”苏桥陷入了迷茫。

“好了，算啦，就算我们和好吧。你不觉得我们很有缘分吗？兜兜转转，还是见面了。这是我们第几次见面？”他转头看她。灯光下，他的侧脸越发像傅沉舟了。

苏桥数了数：“第四次吧。”

“是第十一次。”他注视着她，漆黑的眼眸里有她读不懂的情绪。

苏桥掰着手指头，数来数去，都只有四次。

“看来你是真的忘了啊。高中之前，我家在百盛花苑小区附近，那边有个篮球场，我经常去打球。有一天，我遇到了很生气的事，就去打球，却看到一个女孩也在投篮，可是怎么也投不进。”

“百盛花苑，是我家啊，我们住得那么近吗？”

沉歌点头继续：“那个女孩一边投篮一边哭，我也很想哭，但是不能哭。我们俩就在那里比投篮，当然她输得很惨。她就让我教她投篮，她说

不想输给姐姐，因为姐姐在体育考试时，全部把球投进了，所以她也想拿满分。后来我们俩经常约着在球场见面，还一起学习，因为我们都有不想服输的人。但是很遗憾，我们只见了七次，我父母就离婚了，我跟着父亲去了国外，都没来得及跟那个女孩好好道别。这么多年，我一直很想知道，那个女孩现在怎么样，有没有赢过她的姐姐。”

苏桥默不作声地凝视着他的眼睛，回忆渐渐浮现在脑海里。两人四目相对，彼此的人生有了交集。

“我现在告诉你，那个女孩到现在都没有赢过她的姐姐，但是她有了自己的人生。”苏桥的唇角上扬，露出舒心的一笑，“她今天终于知道，大长腿哥哥也过得很好。”

“你好啊，苏桥。”沉歌揉了揉她的脑袋，不满地抱怨，“真过分，我记得你，你却忘了我。”

“抱歉，我没记住你的名字，以后绝对忘不了。”

沉歌把烟收回了烟盒，叹了一口气：“上次我违心地要了顿脾气，回去就后悔了。本来想着，我们见不到了该怎么办，没想到今天居然就见面了。还有，我还是没舍得删底片，你不会生气吧？”

苏桥摇摇头：“那么好看的照片，你留着吧。”

“我真没想到你是霍燃的未婚妻。”

“你的消息也太闭塞了吧，之前网上传得那么火，你居然一点都不知道，你是老爷爷吗？”苏桥难以置信地摇摇头。

“我不用社交软件，手机里没有微博。我对别人的八卦不感兴趣，只想做好自己的本职工作。霍燃也是听朋友提到过，才知道有这么个人。”

“原来是这样，不看八卦是对的，看那些都是浪费时间。”苏桥鼓励地拍了拍他的肩膀。

随着两道灯光射来，一辆黑色轿车停在苏桥面前，一双大长腿从车上迈了下来。苏桥立马就认出了这是霍燃的腿，赶紧站了起来。

“你怎么来了？”她又是惊喜又是害怕，可是自己堂堂正正地，还怕他不成！

霍燃板着脸，目光在苏桥和沉歌之间游移，他大步跨了过来，一把拽住苏桥的手，宣示主权似的说道：“抱歉，我把我的未婚妻带走了。”

沉歌站了起来，跟他打了个招呼：“霍先生，放心吧，我会跟其他人解释的，您带她回家吧。”

苏桥被他拽到车边，她放弃了反抗，朝沉歌挥了挥手，说道：“沉导，明天见。”

霍燃合上门，一踩油门就跑了。

苏桥缓过神来，才想起来要问他：“你怎么知道我在这儿？”

“我听到你内心的呼唤，所以化成超级英雄来解救你。”

苏桥捂着胸口，心脏怦怦直跳：“难道我们真的心灵相通吗？”

“你真好骗。”霍燃刚刚还冷如冰霜的脸瞬间融化了，“你忘了备用手机有GPS？我怕你喝醉酒被人拐跑了，好心来救你。”

苏桥凑上去，在霍燃嘴边呵了一口气，辩解道：“你闻闻，我真的没喝酒。”

她的气息喷在他的脸颊上，引得他不由得心动，握着方向盘的手渐渐收紧。突然，他把方向盘往右一打，靠边停下了车子，解下了安全带，伸手捞住苏桥的脖子，靠了过去。两人的嘴唇轻轻地触碰，随后渐渐深入，齿舌相接。

唇瓣分开的时候，两人都已经面红耳赤了。

苏桥没敢抬头看他，还等着他下一步的动作，气氛这么好，怎么着也得告白了吧？可是她足足等了两分钟，他都没动静，反而重新扣上了安全带，踩下了油门。

她还摸着嘴唇回味着刚才甘甜的感觉，霍燃却什么表示都没有，她不知道该高兴还是生气。

苏桥没忍住，还是主动问了：“你……你刚才干吗亲我？”

“气氛使然而已。”霍燃佯作淡定地回答，用平常的表情来掩饰内心的慌乱。

那你倒是气氛使然表个白啊！苏桥真是欲哭无泪。天底下还有比她更惨的女人吗？抱也抱了，亲也亲了，还没有听到那句最重要的话！

她有时候真怀疑，霍燃是不是在玩假扮夫妻的游戏，根本没有感情？

一回到别墅，她狠狠地瞪了霍燃一眼，就把自己关进了房间，一头栽倒在床上，滚来滚去。霍燃的影子在她脑中挥之不去，唇上温热的触感还未消失，她的心脏好像要爆炸了，可霍燃一点表示都没有，太不公平了。

霍燃被拦在了门外，听着砰的关门声，有些茫然。

回到房间，他辗转难眠。他一向克制，喜怒不形于色，直到碰到了苏桥，她逼着自己一步步打破底线，不知从什么时候开始，他的人设已经彻底崩塌了。

他打开床头灯，起身去了书房。这么多年的习惯一直没有改变，他心烦意乱的时候，总爱拿出纸笔解题，集中精神追求最终的答案，会让他忘却一切不安，心才能获得平静。

苏桥也躺在床上无法入眠，她决定祭出自己的最强催眠大法。当她打开次元站软件，进入“欧拉公式”的空间时，意外地发现他正在直播。

她进入了直播间，发了条弹幕：UP主靠做题获得平静，而我靠看UP主的视频获得平静，感恩。

过了一会儿，镜头里那双手停了下来，在一旁空白处写下了几个字：不用谢。

没想到他这次这么人性化，居然会回复自己，苏桥笑了。她不禁想，这个叫“欧拉公式”的UP主，是不是也有自己的故事呢？

第十一章

期待和你在一起

1

苏桥在沉歌的《迷迭香》剧组打工的事没能捂住，第二天就上了微博热门。大家讨论最多的是盛和的老板宗政到底有多大的魅力，星海的人一个个都跑到他那边去了，苏桥的罪就更大了，未来的星海老板娘，跑对家剧组做名不见经传的道具师，各大八卦博主又开始造谣两人分手了。

还好，霍燃挺身而出，把沉歌导演狠狠地夸了一顿，并支持苏桥做自己喜欢的事，这才化解了“被分手”危机。

苏桥对他十分感激，但她的心理负担却越来越重，她不得不接受霍燃这个名字对她潜移默化的影响，就算她怎么努力，这都是事实，没办法改变。

她去做跟组道具师的事不可避免地传到了父母的耳朵里，她自然逃不过一顿责骂。可不知道霍燃跟他们说了什么，他们最后居然同意了，果然女婿比女儿亲，她也算是托他的福逃过一劫。

苏桥问他说了什么，他只说是秘密，她也懒得再问，只要结局完美就好。

七月最后一天，沉歌的电影《迷迭香》举办了开机仪式，场面十分豪气，不少圈内人都来捧场了。苏桥第一次参与大制作电影拍摄，也跑去凑热闹，主要是为好友沉歌打气。她故意穿得十分低调，躲在角落里，因为她并不想受人瞩目，尤其不想和宗政同框，毕竟得维护一下霍燃未婚妻的尊严。

在众人的欢呼声中，秦素穿一身白色长裙挽着宗政款款而来，众人议论纷纷，俨然要坐实他们俩的关系。

秦素笑容满面，完全看不出那天醉酒失态的样子。她的目光不经意间和苏桥撞上，笑意瞬间变得更加浓郁，下颌微微上扬，露出漂亮的天鹅颈，令人艳羡不已。

苏桥摸了摸自己的脖子，又拿出手机照了照，越发气人。她不得不承认，霍燃的前女友和绯闻女友们，一个个长得美若天仙，只有她过于普通，难免心生比较。

她有些丧气地转身离开，找了一个无人的角落坐下来，刷起了微博。

网上正在直播《迷迭香》的开机仪式，不少弹幕都在刷秦素和宗政，夸她简直就是人生赢家，前男友是星海总裁霍燃，现男友是盛和总裁宗政。

可是，苏桥把那些八卦新闻翻了个遍，都没看到宗政承认秦素是他女朋友。

突然，旁边传来男女小声交谈的声音。

“你什么时候才公布我是你女朋友的消息？别忘了，这是我们交易的条件。”

“素素，我有多爱你，你又不是不知道。从大学起，我就疯狂地迷恋你，当我知道你喜欢霍燃的时候，我都要发疯了，我所做的一切都是为了你。”

“所以，我们要一起打败星海。”

“当然，我不会让霍燃好过。而且，我会让你变成世上最幸福的女人。不过现在还不是时候，我要在更盛大的场合告诉全世界，你是我宗政的什么人。”

苏桥扶着墙，小心翼翼地移到边缘，探出半个脑袋，看到一对男女抱在一起，正激烈地拥吻着。看清那两个人果然是秦素和宗政，她赶忙缩回

了脑袋，吓得躲在角落里，半天不敢吱声。

她现在待的是搭出来的一个死胡同，跑是跑不掉的，也不想搅了两人的好事，等着吧，又觉得很尴尬。

听到没动静了，苏桥才走了出来，没想到秦素根本没走，靠在树上等她。

“你都听到了？”秦素脸色如常，并没有因为被发现而感到尴尬。

苏桥别开脸，没说话，算是默认了。

秦素舔了舔嘴唇，笑容带着几分性感，扭着小蛮腰走到她面前，拍了拍她的肩膀：“我就是这样的女人，什么样的男人我搞定不了？霍燃算不了什么。”

“你和宗政有不可告人的交易吧。”

秦素的眼神变得坚定：“这一次是认真的。”随即又自嘲地笑了起来，“现在我才明白，为一个自己喜欢的男人受苦，不如和爱自己的男人一起幸福。大学的时候，我明明知道霍燃有女朋友，我也要拼命地追着他跑，一直跑到毕业，跑进他的公司，狠狠地纠缠他，想着就算成不了他的女人，那就黏着他，让他甩也甩不掉。可是他居然答应要和我交往，他说要满足我的愿望然后粉碎我对他的幻想。仅仅一个月，我就明白了他没有心，不会为任何女人动容，不论我怎么努力，都无法从他身上得到一点温暖，所以我放弃了，去了韩国留学。”

苏桥没想到他们是这样开始的，不由得开始可怜眼前这个女人。

秦素的语气突然变得幽冷起来：“你没有同情我的资格，你以为霍燃会爱你吗？那个没有心的人，真的会爱一个人吗？他连一句告白的话都没说过吧，他就是那样的人，焐不热的。”

苏桥的心刹那间被击中，脸色慢慢阴沉了下来，狠狠地朝秦素瞪了过去。

“我真傻，当时被宗政追的时候，就应该答应他。现在跟他交往了，我才知道真正的恋爱是什么，现在的我非常幸福。”

“你说接受了宗政，已经从霍燃的影子里走了出来，那天又为什么喝得酩酊大醉？还要来抓我的脸，我差点就毁容了。”苏桥提起那天的事，心里仍然愤愤不平。

秦素的脸色大变，唇角动了几下，明显有些紧张，但她很快就镇定了下来，警告苏桥："不管是那天的事，还是今天的事，你如果敢说出去，我绝对不会放过你。"

苏桥可以确定，那天一定发生了什么事，不过她没必要去关心未婚夫的前女友。

秦素踩着高跟鞋离开，没走几步，又回过头来，说："那天谢谢你，作为报答，我提前向你和霍燃知会一声，宗政很厉害，我和他联手一定会赢过星海。"

苏桥不甘示弱："只要你不用卑劣的手段，我们一定随时奉陪。"

对着她纤细的背影，苏桥深吸了一口气。听了她的话，苏桥心里闷闷的，烦躁地伸出脚踢着小石子，自我宽慰了一句：对霍燃来说，我和其他女人不一样，一定是这样的。

苏桥在剧组待了半个月，依旧没什么进展。

她想去搬一个道具，立马就被人抢走，她想整理一下仓库，马上有人要她别那么操劳好好休息，她去用一下打磨机，马上就有人拔掉电源，让她小心别伤到手。

"苏小姐，如果你弄伤了，我们没办法跟霍先生交代，你还是在旁边坐一会儿吧。"宋山叼着一根烟，把她送到了一边，"要不，您就在这里调血浆吧。"

"需要那么多血浆吗？"苏桥早就对这个活腻味了。

宋山一边打磨着钢板，一边说："接下来有场战争戏，你多准备点血浆吧。"

金属打磨声十分刺耳，她只能离远一点，愤愤不平地造血浆。下午五点，她就被组长命令下班，美其名曰，不能打扰她和霍燃的正常生活。

她知道自己留下来也是当花瓶，索性气呼呼地走了。

回去的路上，她打电话给邱雅，诉起了苦："他们只知道叫我做血浆，我做的血浆，都能把整个影视基地的片场全包了。"

"要不以后我就叫你血浆女孩？"邱雅不以为然，"你有什么想不开的，在家里做一个自由插画师多让人羡慕啊，非要跑去做跟组道具师，现在知道苦了吧。"

"凭什么我就不能做啊？我的水平又不差，干吗不让我上手？"

"因为你是苏桥，霍燃的未婚妻，还是一个女人。你跟着一群男人干体力活，多丢人啊，人家没在你面前说你是拖后腿的，已经很给你面子了。"

苏桥的眼泪唰地流下来了。

"喂，你别哭啊，要出来喝酒吗？"邱雅听到她抽噎的声音，赶忙道歉安慰，"我刚才说话重了啊，你别介意。我看过很多道具工作室都有女性职员，不比男人差，你绝对可以做到的，只是你还没适应而已。"

苏桥憋住了眼泪，抽抽搭搭地说："好啦，我没生气。你经常泡酒吧，这么坚持不懈，到底搞定周深没？"

邱雅沉吟了片刻，才失落地回答："那个家伙说有喜欢的女人，你知道是谁吗？"

"不知道，他又不跟我讲这些。"苏桥听到地铁驶来的呼呼声，赶忙说了声再见，便挂断了电话。

回到家里，王姨已经做好了热腾腾的饭菜，她刚飞奔到餐桌前，抓起一片肉塞进嘴里，霍燃就从身后抱住了她。

他的呼吸喷在她的脖子上，痒痒的、暖暖的。

"今天你回来得这么早？"苏桥一身的疲惫消失了，嗅着熟悉的气息，心一下子融化了。

"嗯，我急着回来告诉你一个好消息。"

苏桥在他怀里转了个身，仰视着他，从这个角度看，也相当帅气，她的未婚夫简直是天下最完美的男人！

花痴完后，她问："什么事？"

"陈远昭回国了，已经被拘留，究竟是谁在背后捣鬼，我想很快就会有答案。"

"之前秦素说要小心宗政，那个男人处处针对你，会不会是他？"

“不知道，不过我会小心的。”霍燃撩了一下她的刘海，突然又停下了手，低下头闻了闻她的头发，“好臭。”

“道具棚里那么热，当然会流汗了，你嫌弃我？”苏桥不满地用脑袋拱了拱他的胸口。

王姨端着菜出来，看到小两口抱在一起卿卿我我，没作声，轻轻放下盘子，躲一边去了，不想打扰他们俩恩恩爱爱。

“你的心情这么好，明天去蹦极吧，然后去坐过山车、鬼屋。”霍燃揉乱了她的头发，“最近你也辛苦了，好像都瘦了，好不容易有个休息天，我带你去玩点刺激的游戏。”

提到工作，苏桥脸上的笑容慢慢变淡了。

“怎么，那边有人欺负你吗？”

“没有，大家都对我很好，我做得很开心。”苏桥抱着他的手臂晃了晃，立马转移了话题，“说好了，明天一定要痛痛快快地玩。”

她觉得自己伪装得很好，可霍燃全看在了眼里。

2

第二天，苏桥一大早就爬了起来。花了半个小时选衣服，又花了一个小时化妆，最后在挑选口红上纠结了十几分钟，最后没办法，便打电话向邱雅求助。

邱雅还抱着枕头流哈喇子呢，听到手机铃声响，不耐烦地睁开眼睛接了起来：“苏桥，我赶稿子到凌晨三点，如果你不找到正当的理由，我决定封杀你。”

“邱雅，你比较了解化妆品，我想知道哪一支口红比较持久，不容易掉色。”她报上了手里所有的唇膏名称。

邱雅干笑了几声：“你就为了这个，一大早吵醒我？”

“今天我和霍燃去玩蹦极，说不定马上就能收到告白了，告白之后就免不了要kiss……”苏桥说着说着都不好意思了。

邱雅了然地一笑：“我明白了，早说嘛。”她赶紧把自己的口红知识

和涂抹技巧教给了苏桥，并预祝苏桥成功。

一切准备妥帖，苏桥从房间里走出来，正好撞上一身衬衫西裤的霍燃，她帮他理了一下领子，夸赞他："真帅。"

他也夸了一句："你也很漂亮。"

两人驱车来到一处有名的蹦极景点，工作人员帮他们绑好了绳子，看他们的眼神有点奇怪。

"两位真的要穿成这样蹦极吗？"

一个衬衫皮鞋，一个短裙装，都是与周围游客格格不入的装扮。苏桥紧握着霍燃的手，心脏突突地直跳，点了点头。

"准备好了吗？一二三……"

苏桥按照指令，和霍燃同时跳了起来。两个人像溜溜球一样，在空中弹来弹去。她的腿部冷飕飕的，终于明白工作人员为什么会用那种眼神看自己了。

她紧握着霍燃的手，压抑着恐惧和紧张，高声大喊："霍燃，你就不想跟我说点什么吗？"

"下一次，我们穿运动服来吧！"

要不是现在不方便，苏桥已经一拳头朝他脸上打过去了。

接着，他们又来到了游乐园。过山车和鬼屋都非常惊险刺激，但是霍燃依然纹丝不动。趁着上厕所的机会，苏桥躲在隔间里拨通了邱雅的电话，气呼呼地破口大骂："邱雅，你都出的什么鬼主意，完全没有用！"

"没用，不可能吧，他一点反应都没有？"邱雅也觉得十分诡异。

"虽然他拉我的手，抱了我，但是完全没有告白的意思啊。蹦极、过山车、鬼屋，都去过了，我都要疯了！"苏桥不安地挠着头发，"刚刚在鬼屋里，在我前面那对恋人卿卿我我，又是宝贝又是亲爱的，听得都腻歪死了，但他一点动静都没有。"

"你这个状况很特殊啊。"邱雅沉吟了片刻，才说，"你放心，我还有第三招。七夕节晚上，我表弟准备求婚，我帮他写了一个剧本，非常有气氛。你到时候就到那个餐厅等着，等求婚成功以后，就顺着那个气氛，对他稍微暗示一下，保准成功。"

“这次我能相信你吗？”

“如果不成功，我就退出恋爱咨询界。”

苏桥满腹疑惑地挂断了电话，从卫生间走了出来。霍燃靠着墙壁，正在等她，夕阳的余晖落在他的碎发上，闪耀着别样的光芒。那是她所爱的男人，卑微地想要得到那个人的爱，可是对方的感情却那么飘忽不定。

她挤出一丝笑容，正想走向他，一名年轻妈妈妈妈牵着孩子，焦急地从她面前挤了过去，说了声：“请让一让。”

那一声，仿佛在叫她把心让一让。

苏桥的笑容凝滞住了，停住了脚步，没再往前，眼睛不知怎么就变得又酸又涩。霍燃见她一动不动，便上来牵她的手，低头温柔地问：“怎么了，脚疼吗？”

“没有，刚才你太耀眼了，我只敢远远看你。”她小声说。

霍燃轻骂了一声“傻瓜”，牵着她的手来到游乐园中心大道，问她：“要不要待到晚上？周末会有烟花。”

“好啊。”

苏桥紧紧地握住了他的手，生怕松开之后就再也抓不住了。

晚上的烟花很美，可是再美的东西也稍纵即逝。两人有些别扭的约会，在最后的烟花下结束了。

新的一周，苏桥重整旗鼓，鼓起了勇气来到《迷迭香》片场，所有人都对她十分礼貌，但这是带着疏离感的友好。

苏桥到现在还没有在片场交到过一个朋友，中午的盒饭也是一个人吃。这次她终于舰着脸蹭到了一桌上去。

她们给她让了点位置：“不介意的话，请坐吧。”

桌子上的女生都是其他组的，和苏桥并不熟，但她想着女孩子应该会比较好交流，便主动插进了她们的护肤话题。

“皮肤敏感的话，就不要用那个牌子了，换……”

她还没说完，就被其中一个女生打断了：“苏小姐您平时不用我们这种平价的牌子吧？”

“我不怎么用高级护肤品的。”她越说越小声，直到没了声息。

另一个女生拿出一瓶果汁，递给苏桥：“我没喝过的，纯天然鲜榨果汁，苏小姐请喝吧。”

苏桥知道这又是疏离的友好，但她还是开心地接受了。当她打开饭盒时，其他女生交换了一下眼神。

苏桥看了大家的饭盒，才知道自己的盒饭好像是豪华版，和其他工作人员并不一样。

她埋下了头，在尴尬中吃完了午饭，随后跑去找到了订饭的赵姐，让她以后别再差别对待自己。

赵姐瞪着圆溜溜的眼睛，看着她的背影一脸莫名其妙：“又不是我决定的，都是副导演安排的，怪我干吗？”

下午一点，正是太阳最毒辣的时候，苏桥抢着帮道具组的同事搬东西，准备下一场戏。看她这么坚持，也没有人拦着。

苏桥热得汗流浃背，刚起身想擦擦汗，一只手递给了她一条手帕。看清是沉歌，她笑了笑，说了声谢谢。

当她脱完手套准备接手帕时，沉歌捏着手帕，温柔地为她擦拭着额上的汗水。

“工作的女人最美。”他突然没头没尾地说了一句。

苏桥刚想开口，便听到周围一片欢呼声。还没等她反应过来，霍燃就迈进了大门。看到沉歌正在给她擦汗，他愣住了，嘴唇动了动，却没有发出声音。

“你怎么来了？”苏桥赶忙摘掉了手套，藏到了背后。

沉歌仿佛一切都没发生似的，大大方方地把手帕叠好重新塞回了口袋，上来跟霍燃打招呼：“霍先生是来探班吗？”

“我不是很放心我未婚妻的工作环境，所以特地过来看看。”霍燃一把拽过苏桥，好让她离沉歌远远的。

本来就因为霍燃，她在剧组不太受待见，现在他亲自跑过来，别人会怎么想？

别人一定觉得是这样的——苏桥在家中哭诉，霍燃不忍娇妻受欺负，特地来片场给她撑腰。

苏桥已经够心烦意乱的了，此时更加无心去照顾霍燃的感受，推了推他的手臂，说道："你快走吧，下一场快要开拍了，你在这里碍事。"

霍燃抓住她的手，却还是被她甩开了。见他还是不肯走，她把他拽到了没人的角落。

"你真的开心吗？"霍燃冷声问她。

"这还不是你造成的吗？"苏桥本来就在气头上，被他这么一问，更加来火。

霍燃抓住她的肩膀，压抑着怒气："这不是你选择的路吗？"

这的确是她选的，选择爱他的同时，希望不受他的影响做一个普普通通的人，不用动不动就上头条，动不动就被偷拍。不论受多大的非议，她都挺下来了，可是现在却越来越觉得累了。

这是为什么呢？

苏桥赶紧换上笑脸，故作坚强，晃了晃他的手臂，撒着娇："你就回去吧，我在这里很好，你长得比男主角还帅，我怕待会儿女主角会爱上你。"

霍燃的脸色终于缓和了些，说道："你和其他男人保持好距离，尤其是沉歌。"

"你之前还说欣赏他来着。"

"现在收回那句话。"

"你是在吃醋吗？"苏桥的心情总算有些好转。

霍燃捧着她的脸，摇了摇头，叹了一口气，道："我的未婚妻又开始自恋了。"

"你承认一下又不会少块肉。"苏桥"嘁"了一声，看了一眼时间，赶紧把他推出门，"你别在这里捣乱，我得去工作了。"

霍燃拍了拍自己的肩膀，语气突然变得一本正经："我的肩膀给你留着，有些事不用一个人扛着，知道吗？"

苏桥点头。送走他，她默默找了一个地方哭泣。

她刚抹了眼泪准备站起来，一抬头才发现沉歌不知道什么时候站在了旁边。他又递来了手帕，和她一起蹲了下来。

“摄影器材出了点问题，下午的戏取消了。真抱歉，打扰你哭，很伤心吧，但是很抱歉，我帮不了你太多。如果我对你另眼看待的话，其他人会怎么想我和你的关系，所以我一直都没有插手。”沉歌摸了摸她的后脑勺，夸奖她，“你做得很好，认真研读了剧本，连我写的道具设定也做了笔记，还画了设计图，我都看到了。你这份努力，总有一天会得到回报的。”

“我也是这么相信的。我也相信《迷迭香》一定会火的，剧本真的脑洞超大。刚开始，我以为是一部喜剧，没想到最后神反转，变得超级治愈，充满了人生感悟。”

“那是当然，《迷迭香》的剧本我写了三年，我知道它一定会火的。我在国外熬了这么多年，就是为了等今天。我以前在给外国人打下手的时候，被骂得更惨，你这点小意思啦。”沉歌盯着她的脸看，看着看着就笑出了声，“这么大还哭鼻子，我还记得那个时候，有人一边哭一边说我一定能做到的。那种精神真的很触动我，从那一刻开始，我也决定一定要赢过某个人。”

“谁啊？”

“保密。”他做了一个嘘声的动作。

苏桥突然想到了那个时候的事，忍不住笑出了声：“你还记得我以前跟你说过的王子叔叔吗？”

“你不会现在还把他当王子吧，那不就是一个书呆子吗？”

“那个人是霍燃。”苏桥没想到在他心里，他觉得那个智商超高、长相超帅的王子居然是一个书呆子，虽然这么形容确实也没多大问题。

沉歌愣了一下，缓过神来尴尬地应着：“是霍燃啊，恭喜你了，把年少时的偶像追到手了。”

“沉导，你以男人的角度回答我，如果一个男人从来没对女朋友告白过，没说过我爱你、我想你，这是什么意思？真的有人会这样吗？”

她问得认真，面对着她那双真诚的眼睛，沉歌的心突突地跳动起来，怔了几秒后，他慌忙转过头，说：“如果男人真的喜欢这个女人的话，一定不会让这个女人有半分犹疑，虽然‘我爱你’这种话听上去有时候觉得可笑，但一定程度上代表了心灵相通吧。如果这个男人连这三个字都不愿意给的话，也许他并不是真正爱着这个女孩吧。”

苏桥一屁股跌坐在了地上，看她惊慌失措的样子，沉歌赶紧补充了一句：“这只是我个人的想法，并不代表霍燃的。是不是他从来没有跟你告白过？如果你这么担心的话，不如去当面求证一下。”

她失魂落魄地站了起来，点了点头，说了声“谢谢”后踉踉跄跄地离开了。

看着她的背影，沉歌心里不由得产生了新的想法，如果她和霍燃分手，是不是代表自己有戏呢？

3

为了缓解不安的情绪，苏桥回到家吃了点饭就躲进了地下室，架好手机准备录视频。这次她要做一个首饰盒，既然在片场做不到，她就在家自己做。

她每天做一点录一点放上网，刚开始只有十几个粉丝，被网站推荐之后，视频点击数很快就超过了一万，粉丝也过千了。不少人在弹幕里夸她做得好，她的尾巴翘上天，心里得意得不得了：就是啊，我做得可棒了，快来夸我。

在网上，她的虚荣心得到了极大的满足。

霍燃去片场的事在网上传得沸沸扬扬，导致苏桥在剧组受到了更加特别的对待。这下她连搬道具的活都没了，就打打酱油，跟着道具组里最年轻的小男生清点下仓库。

她生着霍燃的闷气，可他完全不懂，还一副没事人的样子，这更让她恼火。

霍燃觉得莫名其妙，只好求助谢辞，但谢辞的建议完全不可靠。

“怕啥，你直接打包扔床上，一夜醒来，保证和好。”

“你赶紧闭嘴吧。”

霍燃挂断了电话，想来想去，还是给邱雅打了电话。正在写稿子的邱雅一听到霍燃的声音，惊得差点把电脑摔了，双手恭恭敬敬地捧着手机：“霍先生，请问有什么事吗？”

霍燃开门见山地问：“苏桥最近跟我闹别扭，你有什么建议吗？”

邱雅一听，这不是好机会吗？赶紧回答：“这丫头大概是月事快来了，您请她吃顿好吃的，她立马就活蹦乱跳了。”

“真的？”霍燃半信半疑。

邱雅连连点头：“当然啦，她最近喜欢一家叫爱丽丝的餐厅，周五可是七夕情人节，给她一个惊喜怎么样？”

“好，还是你比较靠谱。”

“多谢霍先生夸奖。如果你还有什么要咨询的，请一定要打电话给我。如果有效的话，霍先生就算是欠我一个人情，怎么样？”

“行。”霍燃不疑有他，应承了下来。

挂断电话后，他赶紧让秘书联系餐厅订下好位子，又开始打开网站盘算着送什么礼物。

而另一边，苏桥也进退维谷，本来等着霍燃来哄自己的，没想到他半点动作都没有。她还期待着和他一起过七夕节，在美妙的气氛下确定他的心意。

不过，约会这种事情哪有女孩子主动的，苏桥蒙着被子，焦躁得失眠了。没想到她的祈祷竟然起了作用，第二天早上，霍燃就跟变了一个人似的，脑袋突然就开窍了。

“七夕，我们一起出去吃饭，怎么样？我问了邱雅，她说你最近喜欢一家爱丽丝的餐厅，我已经订好位置了。”

苏桥故作矜持，沉默地喝着粥，没有立马答应。

霍燃突然抓住她略显冰凉的手：“晚上空调别调得太低，你的手都快冻僵了。”

苏桥朝他摊开双手，下巴微微上扬，说：“如果你帮我焐暖和了，我就答应你。”

“看你那小人得志的模样。”霍燃点了一下她的额头，但还是乖乖地捧着她的手，搓啊搓啊，渐渐地，他的温度驱散了她手上的严寒。

越甜蜜越不安，沉歌的话还在脑中不停地播放着，苏桥的笑容渐渐变得有些勉强。她想强迫自己相信霍燃是喜欢自己的，但又很矛盾，她怕确认之后，发现一切都是虚假的。

“霍燃，我对你来说是特别的吧？”

霍燃只是回以一笑，并没有正面回答，只是说：“暖和了，你可以跟我去过七夕了吗？”

苏桥顿了片刻，终于还是点下了头，让所有的遗憾都在七夕的夜晚结束吧。

七夕当天，片场也正好在拍七夕的戏。

男女主人公还没有确定心意，他们相约去电影院看电影，那是一部法国浪漫爱情电影。从影院出来，女主人公问男主人公，是不是忘记说什么话？男主人公说，我爱你。女主人公说，真巧，我也是。接着，两人漫步在梧桐树下，手牵着手渐渐走远。

苏桥在一旁看这场戏，感动得落泪，因为她知道，男女主人公在之后便会生离死别，而为了拯救爱人，男主人公开始了无限轮回。

当感情达到一定浓度时，必定需要一个转折来推动故事发展。苏桥忍不住想，自己在前往高潮的路上呢，还是已经过了高潮，即将迎来大转折？

导演喊了声“咔”，这场戏结束，大家开始收拾东西。她抢着帮忙，推着小推车把道具运回了仓库。回到道具棚，她看到赞哥正在切割泡沫板，想上去帮忙，却被他拒绝了。她有些不服气，趁他去上厕所时偷偷上去帮忙，可快要切割结束的时候，他回来了，看到她在动自己的东西，大声呵斥了一声。

苏桥手一滑，直接把板子切断了，这下他怒火更盛。

“我就知道女人不行，分个女人到我们组来算怎么回事。别以为你是那谁的老婆，我就不敢骂你，谁让你动我东西了？”

苏桥虽然委屈，但不敢哭，旁边的人小声告诉她：“赞哥不喜欢别人

碰他的东西。”

她憋着委屈，胸脯起伏片刻后，仿佛蓄满了能量，冲着众人咆哮道：“谁说女人不行了？我以前做了不少道具呢，我这双手不光画过图，还做过木工，喷过漆，我靠自己的实力进来的，凭双手吃饭的。”

众人被她说得哑口无言。

发泄完后，苏桥转身就走。沉歌喊她，她也没停。这破剧组，她还真不想待了。

但从片场离开没多久，她就有点后悔了，眼泪在眼眶里打转。她抹了抹眼角的泪痕，掏出手机，手按在霍燃的电话上，却始终没有勇气拨出去。

最后，她选择了去姐姐的公司。

这是一家保健品公司，是苏莞和几个留学的朋友一起创办的。她主管研发部，负责开发新品，但又不甘寂寞总是操心营销的事。苏莞虽然爱情毫无收获，但事业做得一帆风顺。苏桥不知道她这几年究竟赚了多少，但是工资加分红应该不会太低。

苏桥到的时候，本该是午休时间，但是姐姐半点不得空闲，一直在看文件。

“我不知道你找我的原因，但是看你的表情，我知道你肯定遇到了什么糟心事。不许说，我没那么多时间开导你。”苏莞冷漠地说着，放下手中的文件，又开始查看电脑文档。

苏桥觉得自己很傻，居然会想从姐姐这里找安慰，准备走人时，苏莞突然停下手里的动作，起身把办公室里的百叶窗帘落下：“坐吧，想哭就在这里哭吧，我的办公室隔音效果很好。”

苏桥确实只是想找一个人宣泄一下，听姐姐这么一说，赶紧把椅子挪到了姐姐旁边，拽住她的胳膊死都不肯撒手，一把鼻涕一把眼泪地蹭在她的衣服上。小时候，苏桥可喜欢姐姐了，别人都夸姐姐聪明又漂亮，有这样的姐姐是一件多么骄傲的事情，所以苏桥总是黏着姐姐，希望能得到姐姐的关爱。

“我可真是服了你了。”苏莞嘴上不耐烦，另一只手却温柔地摸了摸她的脑袋，“都这么大了，还爱哭鼻子。小时候你总是动不动就哭，真是烦死人了。”

“姐姐小时候是不是很讨厌我？你从来不哄我，但是我从以前到现在最喜欢姐姐了。”

小时候，父母工作都特别忙，苏莞因为比苏桥年长五岁，就承担了大部分照顾苏桥的责任。她是一个情绪不爱外露的人，又怕麻烦，对苏桥一直是粗放式饲养，以至于苏桥一直觉得她冷冰冰的。但是她很喜欢这个妹妹，和自己完全不同的妹妹，妹妹能放肆地撒娇、哭泣，她却做不到，所以她决定把自己的眼泪省下来，都留给苏桥流算了。

苏莞的笑意里有一丝怀念，狠狠地揉乱了她的头发：“你哭完了就回去，今天应该有约会吧。”

“对，眼睛不能肿。”苏桥赶忙抹了眼泪，正想起身离开，余光却瞥见她电脑上的照片，竟然是傅沉舟。

“姐姐，你也追星？”

苏莞摇头：“不是，我想找傅沉舟代言我们公司的品牌，不过好像有点困难。”

“他拒绝了吗？”

“不是，他说要代言的话，我必须同意和他交往。我最讨厌吃回头草，但他的影响力确实够大，真麻烦。”苏莞盯着屏幕上的照片皱起了眉头。

苏桥傻愣愣地呆住了，屁股又坐回了椅子上，问道：“姐姐，你和他交往过？”

“我没有时间满足你那颗八卦的心，快点滚，我很忙。”苏莞又恢复成冷冰冰的模样，对她下了逐客令，“我还以为有什么重要的事，下次霍燃的问题别来问我，烦！”

苏桥就这么被赶了出来，不过因为哭了一顿，心里舒服多了。

哭过了，崭新的人生又开始了。她给沉歌发了一条短信，告诉他不会再去片场了。他那边似乎在忙，一直也没有回复，她懒得再等。

她登上次元站，在空间里发了一条动态：本仙女终于不用再受气了，

之后会增加更新的频率。

她正想退出软件的时候，发现自己的粉丝里多了一个熟悉的头像，显示着“欧拉公式”的名字。没想到他居然会回关，好像没有想象中那么冷漠呀。

为了迎接美好的约会，苏桥决定破费置办一身新行头。她走进了路边一家女装买手店，在店里转了一圈，衣服的价格让她望而却步。店员没能认出她，看她没有买衣服的意思，立刻去招呼另一位贵宾。

苏桥回头，撞上正在挑衣服的中年女人，她戴着墨镜，一身黑白格纹紧身连衣裙包裹着凹凸有致的身材。当她摘掉墨镜的同时，苏桥认出了她，就是之前郭顺导演的妻子。苏桥之前好奇之下搜索过，郭导的妻子谢梅以前也是一个美女演员，只不过不出名，嫁给郭顺的时候，郭顺还是一个年过四十毫无成就的三流导演。郭顺一直说自己是为了妻儿才这么拼命拍戏，两人的关系一向很好。那个事件发生了之后，她发微博请大家原谅郭顺，但这并没能平息众人的怒火，尤其是女性网友，纷纷抵制他拍的片子。

苏桥的目光下移到她的手上，两手空空，已经没了戒指，苏桥猜测她和郭顺的感情应该是到头了。

谢梅感受到她的目光，朝她看了过来，她赶忙别过脸，正打算离开，却被谢梅喊住了。谢梅踩着高跟鞋，利落地跑了过来，拉住了她。

“您是苏桥小姐吧，我是郭顺导演的妻子谢梅。”

苏桥点点头：“有事吗？”

谢梅犹豫了片刻：“不知道苏小姐能不能帮我转达给霍先生，我已经考虑清楚了，我想再见他一面。”

“是因为郭导的事情吗？”

谢梅点点头，拿出名片递给她：“这是我的联系方式。”

苏桥说了声“好”，便把名片揣了起来。

告别了谢梅，苏桥去了熟悉的平价店，买了新裙子。经过化妆品柜台时，她在口红展示区前停下了脚步，柜姐问她有什么需求。

苏桥说:“要有香气,不掉色的那种。”

柜姐一脸了然地笑了,给她推了新款:“这款是我们的新品,专门给情侣准备的,特别的香气会更容易让人产生冲动,而且持续时间长,就算是法式热吻都不会掉色,绝对安全、不尴尬。”

苏桥指着口红,坚定地说:“我就要这个!”

第十二章

笼中鸟与山中雀

1

中国人爱热闹的习惯大概是与生俱来的，各商家为了招揽顾客纷纷各显神通。

爱丽丝餐厅也推出了一项情人节活动，情侣接吻自拍后，发微博@店家就可以获得七点七折优惠。苏桥提前得知这个活动，早就已经跃跃欲试，但她是绝对开不了口的。

两人一到店门口，就看到了巨大的宣传立牌，苏桥见他没什么反应，故意小小地暗示了一下："今天有打折活动。"

霍燃这才瞥了一眼牌子上的内容，淡定地说道："你想玩这个幼稚的游戏？"

"没有，太幼稚了，我们付不起钱吗？"苏桥口是心非地说，拽住他的手就往餐厅里拽。

他们一坐下来，侍应生就非常体贴地告知他们："今天有七夕活动，只要拍下kiss照上传微博@我们店，就可以打折，两位要参加吗？"

霍燃翻开菜单，右手抵着唇干咳了一声，干脆利落地拒绝，说："不用了。"

苏桥也不能表现出自己很想接吻的样子，也跟着摇头，声音里还是带

着些许的不满。她用手机屏幕当成镜子照了照嘴唇，新口红颜色水嘟嘟的，真好看。

她偷偷地抬头瞄了眼霍燃，在心里叹了一口气，不禁忐忑，怕今天的终极告白计划又失败。

周围不断响起情侣自拍的声音，弄得她很是尴尬，只能埋头苦吃。邱雅不断地发消息过来，追问她的进展，她只能如实相告。

邱雅鼓励她别气馁，七点整她表弟就会求婚，要她好好把握机会。

牛排端了上来，苏桥气得用力使着刀叉，差点把牛排滑出去。霍燃看她这副窘状，赶紧把自己切好的牛排推了过去："你吃这个吧。"

被他这举动安抚了一下，苏桥的气消了小半。

吃了一会儿，苏桥突然想起了谢梅的事，连忙从包里拿出名片，递给了霍燃："白天我遇到了郭顺导演的妻子，她让我转达一声，她想通了，想跟你见一面。你们之前是不是见过面，你是不是因为郭导的事迁怒她了？"

"没有。"霍燃切着牛排，语气变得冷淡。

"我看到郭太太的手上没有婚戒了，她之前还在给郭导说话，现在不会是离了吧？"

"你能别八卦别人的事吗？"

难得的七夕约会，苏桥也不想破坏气氛，干脆没问了。

时间渐渐逼近七点，穿着燕尾服的男孩和穿着公主裙的女孩一起拉着小提琴从外面走了进来，停在了一对年轻男女的身边。小孩子的演奏技巧并不算出彩，但因为是经典曲目，还是赢得了餐厅里众人的瞩目。

苏桥故意指给霍燃看："小孩子好可爱呀，演奏得好棒。"

霍燃顺着她手指的方向看了过去，一边切着牛排一边说："我这么大的时候，小提琴已经过十级了。"

苏桥剩下的话全部被他堵了回来。

曲子演奏完，男孩从兜里掏出了戒指盒，递给桌子上的年轻男人："哥哥，看你挺喜欢这个姐姐的，这个送给你吧。"

年轻女人一脸茫然，但还是被小男孩的举动逗笑了。

时针指向了七点，年轻男人接过戒指盒，终于单膝跪地，开始求婚：“亲爱的，遇见你，是我一生最大的幸福，嫁给我好吗？我想用这短暂的人生好好爱你照顾你。虽然这话很老套，但请你给我一个机会，我会让你看到我的真心。我愿和你一生一世，永不分离。”

在其他客人的欢呼鼓掌声中，女人捂着嘴感动到落泪，连连点头：“我愿意。”

戴好戒指后，两人拥抱在了一起。

“我爱你。”

“我也爱你。”

苏桥听到隔壁桌的女生对着男朋友撒娇，问着：“你什么时候才跟我求婚？”

“你这么恨嫁呀，反正我准备好了，就现在吧。”说着，男生不知从哪里变出了一枚钻石戒指，单膝跪了下来，“亲爱的，我爱你！一句话，嫁不嫁？”

“当然要嫁啦！”

又一对欢喜冤家求婚成功，虽然是老套的求婚剧情，但苏桥仍然充满了羡慕。

“七夕，真是一个浪漫的好日子啊。”苏桥感叹了一句，眼珠子骨碌碌转了几圈，才假装不经意地说了句，“霍燃，你就没什么表示吗？”

霍燃这才拿出了提前准备好的礼物——一台相机：“我看你最近一直在录视频，手机镜头毕竟不如专业相机，用这个吧。”

苏桥没有接下，咬着唇呆住了片刻，仿佛鼓足了所有的勇气一般，抬起头凝视着他的眼睛，问：“霍燃，你听到别人告白的时候，没有一点点感动吗？”

“感动？”霍燃放下了杯子，笑容里带着一丝嘲讽，“在我看来，这就像是幼稚的游戏。情侣们以为说了‘我爱你’就能够永远，简直是自欺欺人。”

“自欺欺人？”苏桥倒吸了一口凉气。

“每一对夫妻结婚之前，都会说我爱你，但还是有人照样离婚，你不

觉得很可笑吗？”霍燃抿了一口橙汁，脸上的表情有些落寞，“这种话，我是绝对说不出口的。与其用言语欺骗，不如用行动证明更好。”

苏桥的嘴角动了几下，脸上的笑容已经消失殆尽：“对你来说，婚姻就是一个谎言，你一直是这么看待的吗？那我对你来说，意味着什么？”

“结婚对象，相伴到老的人。”霍燃一本正经地回答。

“霍燃，你真是一个矛盾的人。”苏桥嗤笑了一声，叉起一块肉，往嘴里送。

一餐饭在不愉快中结束了，别人在笑，只有她在心里哭。霍燃提出去看电影，她推说自己很累，早早便回家了。

苏桥躲在房间里，无人诉说，只好打电话给邱雅。听她这么哭哭啼啼的，邱雅也心碎了，谁能想到霍燃居然抱着这样的婚姻观，最后闹成这种局面。

邱雅问她：“你打算怎么办？要继续，还是分了解恨？”

苏桥抹了抹眼泪：“还能怎么办，我也想不喜欢他，可是爱上了能怎么办？要我分手，我做不到。可我又好怕，怕他说对我也不过是谎言，那我该怎么办？邱雅，我好不安，原来爱一个人这么难过。”

邱雅也跟着她哭：“同意，爱一个人太苦了。”

“你干吗哭？”

邱雅边哭边说：“我跟周深告白，他说不喜欢我。”

苏桥：“让那些臭男人去死吧。”

自从苏桥跟沉歌说过不去上班后，依然每天假装出门，等到霍燃离家之后，她又折返回家待在地下室里，并拜托王姨不要告诉霍燃。

不用赶着去上班，她的时间反而自由了。为了生计，她重新接起了画画的工作，接一些商家的稿子远比出版社自由得多，来钱也快。她擅长画小物，便以女子妆奁为主题画了一条胶纸带，店主看了十分喜欢，又追加了几张，希望她能每月定期供稿。她想想自己现在的处境，也就答应了。

她在网上直播画图，有人在弹幕里问她，怎么不做道具了。她第一次开了麦，笑了笑说，公司嫌弃她太有钱就打发她回家了，现在她失业了，得靠画画养活自己。

观众们还以为她在开玩笑，她也不辩解。

吃过饭，苏桥懒洋洋地在沙发上坐了一会儿，很快眼皮子就开始打架，慢腾腾地上楼，一头栽在了床上。以前不管怎么干活，她都不觉得累，现在只是画个图就开始犯困，她怀疑自己真的老了，体力不济。

窗外，一阵雷雨过后，风停歇了，知了又开始喋喋不休地吵闹。房间里，空调的风静静地吹着，几乎惊扰不了人。

门被人从外面推开，来人看清楚房间里的状况，赶紧掩门离开。

谢辞吓了一跳，心脏到现在还怦怦直跳。他刚和网红女朋友从新西兰旅行回来，顺便分了手，但前女友并不想放过他，上网一通爆料，他走到哪儿都有记者追着跑，这不就来霍燃这边图个清静吗？没想到打开客房，里面竟然睡着霍燃的心上人，他赶紧关门下楼。

来到客厅，他掏出手机给霍燃打了一个电话。

“喂，霍燃，你的小娇妻今天在家啊。”

办公室里，霍燃正在签署文件，听他这么一说，立刻放下了笔，朝秘书挥了挥手，等秘书出去之后，才问道：“你跑我家去了？”

“嗯，我今天刚下飞机，就被记者堵了，我家应该情况也差不多，就跑你这儿来躲一躲，而且我去了一趟新西兰，调查出不少事呢，得跟你好好说说。”

“那件事有进展了？”

“对，我就觉得不对劲，这下总算是弄清楚了。晚上喝酒吧。”

“说回正题，苏桥在家？”

“对，我本来想去客房睡一觉，没想到一打开……呵呵，霍燃啊，我以为你早就搞定了呢，没想到你们还分房睡呀。”谢辞终于有机会好好嘲笑霍燃，当然不会放过。

面对作死的谢辞，霍燃自然也不留情面：“你那双眼睛是不是不想要了？”

“息怒息怒，我错了。你媳妇包裹得可严实了，我能看见啥。”谢辞作为大丈夫，一向能屈能伸。

“出来，桃源梦酒店见。”霍燃说完，便挂断了电话。

谢辞唇角一勾，拊掌而笑，逗弄一本正经的霍燃实在是太有趣了。

2

半个小时后，谢辞来到了酒店。霍燃迟了四十分钟才到，带来了一瓶红酒。

谢辞等得有些不耐烦，吐了一口烟圈，抱怨道：“霍燃，你说要谈恋爱，我把这事儿揽下了，你也要稍微遵守点时间啊，你以为我不忙吗？”

“算了吧，败家子。你爸昨天给我打电话，让我别带着你玩，说你只会花钱，不会赚钱，让我劝你回家帮他打打下手算了。”霍燃把谢辞手里的烟抢了过来，掐灭了，“别抽了，说正事。”

“你戒烟了？”

“我几乎不抽了，苏桥说不喜欢烟味。”

霍燃在沙发上坐了下来，眉头从进门开始就没有舒展开。一听到谢辞说苏桥在家里，他忍不住担心。

最近他觉得和苏桥之间的疏离感越来越强，她似乎刻意在躲避自己，但不管自己怎么问，她总是推说没事。早上，他是看着她出门的，虽然他对她在沉歌的剧组里工作颇有不满，但他还是忍了下来，只要是她喜欢的，他一定会支持。他尊重她的人格、她的人生，不愿多加干预，但她好像并没有因此开心起来，究竟是哪里出了差错呢？

谢辞熟练地开了红酒，随即了然地笑了，递给他一杯酒，问道：“你回家了吧？这酒是我去年送你的生日礼物，你是从家里拿出来的吧？”

霍燃不说话，算是默认了。他的确回了一趟家，在她的床边坐了一会儿，她始终没有醒来。出来的时候，他嘱咐王姨不要告诉她，自己和谢辞回来过。

“你们俩真奇怪，纠纠缠缠了这么久，怎么也该结束了。”谢辞晃了晃杯子，摇了摇头，实在无法理解他们的思维，又说，“你和你爸爸真是不同，你爸真是一个情场高手，和多少女人传过绯闻，手段也干净利落，玩了这么多年，竟然没弄出一个私生子，不然你可有得烦了。”

“还不如有个私生子，他就不会把所有的希望寄托在我的身上。”霍燃从未想过会接父母的班，醉心于学术是他的梦想，但是为了成全他们，他不得不挑起这个重担，活得越来越不像自己了。

霍燃抿了一口红酒，斜眼瞥他：“你去了一趟新西兰，总不能一无所获吧。”

“当然，我可是妇女之友，没有我摸不清套路的妞。不过我虽然有收获，但又和没收获差不多，没有证据。”谢辞一杯饮尽，窝火地说，“我找到了那个混血女的室友艾米丽，知道了那个混血女孩叫凯莉，是一个贫困生。不过在一年前，她的情况好转，艾米丽说凯莉向她炫耀过自己有个有钱的男朋友，还给她看过照片，你猜是谁？”

说到这里，谢辞神秘一笑。

霍燃几乎脱口而出：“宗政。”

“正确。”谢辞比了一个大拇指，“不过很可惜，那个女人失踪了，大概是宗政把她藏起来了。而且这些都是我们的猜测，没有实质的证据证明她和宗政的关系还有金钱往来，所以，这件事只能这么不了了之。但至少，我们知道谁在搞我们。”

“我想追加投资，把男主角撤了。”霍燃下定了决心似的。

“那导演呢？这戏基本上拍完了啊，换主演重拍一遍，风险不小。”

“导演继续由郭顺担当，他的能力你大可放心。不过得请你继续帮个忙，找最好的律师，帮一个女人争夺一下抚养权。”

谢辞听得云里雾里：“谁呀，和我们有关系吗？”

“郭顺的前妻谢梅。”

“我怎么感觉有惊天大事要发生。”

“确实，接下来怕是热闹了，只是有些对不住郭导，他想保护的女人和孩子，看来是守不住了。”霍燃并没有因为搞定郭顺的事而如释重负，反而长叹了一口气。

回到家，霍燃经过苏桥的房间，抬起手想敲门，犹豫了几秒，还是放下了。

手机突然响起，他慌忙走到书房掩上了门，生怕惊扰了苏桥。

“霍先生，我已经查清楚了，苏小姐上周五就辞职了，好像是被道具组的同事骂了。因为霍先生的关系，苏小姐在剧组一直被当成花瓶供着，当然他们不会欺负她，就是比较疏远。苏小姐一直被孤立，好像过得很不好。”吴秘书不急不缓地说着，末了又问了声，“霍先生，需不需要我帮忙联系道具公司，由您推荐的话，应该没问题。”

“不用，就这样吧。”霍燃挂断了电话，颓废地坐了下来。

他知道苏桥不开心，但并不知道她是因为自己才会变成这样。最近他又实在是太忙了，根本没顾得上照顾她，连她辞职都不知道。

霍燃有些自责。

他打开了名为次元站的App，切入后台，他偶尔会在这里发视频或做直播。这还是两年前看苏桥玩，他才下载注册的，本来是想跟她有些共同话题，没想到最终变成了他的习惯。

自从出了校门，他就再也没机会和人交流数学，他便利用这个平台和观众交流，但能理解沟通的人实在是太少了。他关注的UP主只有个位数，最近一个关注的人还是自己的粉丝凛凛子，因为她给他的感觉很像苏桥，简介里写着：女，道具师，画画的。他突然很想了解这个群体，可是一点进她的视频，他惊呆了，虽然凛凛子没有露脸，但他认得出这是自家的地下室。

一晚上，他把她所有的视频没有加速地看完了。她真是一个话痨，一边做道具，还一边碎碎念，一念叨，就把自己的私事差不多抖光了。

她哭着说自己因为被剧组孤立，做不了道具师的时候，霍燃第一次觉得很无力，他想去帮她，可是骄傲的她是绝对不会允许他插手的，他尊重她的坚持。

他以前觉得他和苏桥是两个不同世界的人，正因为不同才会被吸引。现在才发现，他们是一类人，从来都不够坦率。他从未想过，自己会通过这种方式去窥探苏桥的内心。或者说，他从来没想过要去了解她的心意。

霍燃自嘲地笑了几声。

如果要她因为自己放弃自我，受着委屈，活得那么不开心，他宁愿放她自由。他要的不是笼中鸟，而是山中雀，他想看着她飞翔。

早上，苏桥准备下楼的时候，正好撞上从房里出来的霍燃，他身上还是昨天出门的衣服。

“你昨天喝醉酒睡书房了吗？”苏桥闻到了他身上淡淡的酒气，忍不住蹙起了眉头，“你答应过我少喝酒的。”

霍燃走上来，将她紧紧抱住，箍得她快喘不过气来。

苏桥的双手环抱着他的腰，拼命地捶着他的后背，在他满腔的柔情里渐渐失去了抵抗。她承认自己爱得很卑微，渴求着这个男人的爱，就算失去一切，还是舍不得松手。

时间静静流淌着，直到真的快来不及了，霍燃才松开了手，摸了摸她的脑袋，说：“你不是说要看你男神傅沉舟吗，把周末的时间空出来，我带你去酒会。”

苏桥点点头，看他转身回了房间。看着他的背影，她的内心充满了矛盾。她抓不住这个男人的心，也看不懂他。

果然如霍燃所说的那样，谢梅在微博上发了一条公告，引起了轩然大波。

邱雅因为周深的事很不痛快，工作日翘班把苏桥喊了出去，两人坐在咖啡馆里批斗男人。正好隔壁桌坐着几个女大学生，叽叽喳喳，一直聊八卦聊个不停，也挑起了邱雅的话头。

“你老公实在是太厉害了，郭导这次打了个翻身仗啊，从油腻男一下子变成了深情备胎男，看来《翻转世界》票房有戏了。”

苏桥唏嘘了一声，说道：“原本我以为郭导和他老婆是真爱呢，没想到会这样。”

郭顺导演的妻子谢梅发了公告，解释是自己对不起郭顺，两人在半年前已经分居，但为了中考的儿子，没有立刻离婚。而令人震惊的是，郭顺一直不愿意甩锅给她的原因是，不愿让她受到非议，不想伤害无辜的孩子，虽然孩子并非他亲生的。

原来，当年谢梅刚刚出道，清纯甜美，和当时知名的男演员罗文谈起

了秘密恋爱还怀孕了，没想到罗文并不想负责。谢梅赌气，非要把孩子生下来做亲子鉴定。比她大十八岁的郭顺一直暗恋着谢梅，愿意接受他们母子，便主动求婚了。两人搭伙过日子，渐渐有了感情，就不再提亲子鉴定的事了。没想到那个罗文得知了孩子的存在，和前妻离婚来求谢梅复合，谢梅动摇了，她想给孩子完整的家，竟然鬼迷心窍地跟郭顺提了离婚。但为了孩子，他们没有立马分手，没想到罗文因此反悔，说要打官司要回抚养权。谢梅生气自己里外不是人，这才决定撕破脸。

"当年我妈还是罗文的脑残粉呢，没想到他这么坏。"邱雅气呼呼地敲了一下桌子，"你知道他为什么回来抢抚养权吗？"

苏桥摇头，等着她给自己八卦。

邱雅凑到她耳边，小声说："据说是他之前非要丁克，结扎了，现在后悔了想要孩子，就厚着脸皮回来了。"

苏桥扑哧笑出声，狠狠地拍了拍她的肩膀："喂，你们八卦杂志怎么什么都知道？"

"你老公给挖的料，料还有很多，而且还是我们杂志独家，慢慢爆。他还给谢梅请了最好的律师团队，大概这就是保郭导的交换条件吧。"邱雅兴奋地喝了一口咖啡，"这次我是真的快升职了，多谢你老公啦。"

苏桥的脸沉了下来，搅了搅杯子里的冰块，语气有些无奈失望："你就好了，能做喜欢的工作，我大概是做不到了吧。"

"其实你请霍燃帮忙，进专业道具公司，完全没问题的。"

"我不想依赖他。我希望我是苏桥，不是他的未婚妻，不想因为这层关系，就影响别人对我的评价，我想靠实力爬上去。"

邱雅提出了新的意见："要不，你自己开个工作室吧。"

"你又不是不知道我很穷，早知道当年卖车的钱，我应该省下来。"苏桥哀叹了一声，脑袋砸在了桌子上，"不回北城就好了，就算受到霍燃的恩惠，我也可以当成没看见。"

"在爱情里，如果一直抱着可怜的自尊心，活得也太累了。我简直受不了你们俩，你们这场大戏，什么时候才会结束啊。"

苏桥埋着头，说实话，她也想知道。

3

周六晚上，到了酒会现场，苏桥才知道原来这场酒会是严安导演的生日宴会。

严安可是电影界的泰斗级人物，二十世纪八九十年代，他就将中国电影输出海外，还拿过不少国际大奖，苏桥的爸爸也是他的忠实粉丝。

他八十大寿，自然少不了来捧场的圈内人。这是苏桥第二次见到这么多明星大腕，简直像红毯秀似的，上一次是她自己的订婚宴。

“你想要谁的签名私下跟我说，别上去自己要，知道吗？”霍燃轻声警告她。

苏桥撇了撇嘴：“嗯，我知道了。”

突然，她的手被霍燃紧紧握住。

“霍燃，今天我可以喝酒吗？”她很怀念喝醉了什么烦恼都没有的感觉。

“你要是喝醉了，我就在你失态前把你打包带走。”

霍燃牵着她的手，带她来到了二楼，很不巧在楼道里撞见了宗政，两人虚伪地打了个招呼，便错身而过。随后，霍燃推开了右手尽头房间的门，里面的人正谈笑着，听到动静往门口一看，纷纷站了起来，打起了招呼：“霍先生。”

只有一个人没站起来，那人就是影帝傅沉舟，他微笑着朝霍燃伸出了手：“霍燃，过来坐。”

“沉舟，你刚下飞机，挺累的吧？”两人击了一下掌，挨着坐下。

苏桥也跟着打招呼。没想到看到她的瞬间，傅沉舟脸色微微一变，但很快就恢复如常：“苏小姐，你好。这是我第一次见苏莞的妹妹呢，长得真像。”

苏桥愣了一下，这还是第一次有人说她长得像姐姐。不知道他是从自己哪个角度看到了苏莞的影子？

再瞧霍燃，他和傅沉舟关系挺好。她仔细捋一下关系，发现这圈子真挺乱的。

“你在美国留学的时候和苏莞一个学校，是那个时候认识的吧？”霍

燃知道得很清楚。

傅沉歌点点头，并不否认：“是，她太难追了。”

霍燃笑了笑没说话，拉过苏桥的手，把她拽到身边，这才说：“苏桥是你的粉丝。”

“我还是比较想成为她的姐夫。”傅沉舟半开玩笑地说道。

苏桥完全没想到，镜头前一本正经的傅沉舟居然是这个调调。看他们还要继续聊，苏桥借口说要出去看明星便跑了。

她扶着栏杆往下看，大厅里喧嚣不已，平日里只能在电视上看的美女帅哥齐齐登场，那仿佛是另一个璀璨耀眼的世界。

突然，她的余光瞄到了门口的秦素。她今天一身亮眼的粉红色礼服，美貌程度完全不亚于那些大牌女星。秦素正四处张望，又时不时看手机，似乎在等什么人。

苏桥猜测，她是在找宗政。可是，她明明在二楼看见了宗政，他怎么没去接自己的女伴呢？

当她满心疑惑时，工作人员上来通知大家下楼，说是严老有事情要宣布。

霍燃从房间出来，紧紧握住苏桥的手，警告她：“握紧。”

即使如此，两人还是不小心被人撞到，被迫分离。苏桥总觉得这是一个不好的预兆，只是不愿去多想。

很快大家都聚集在了大厅里，霍燃也找到了走散的苏桥。严老爷子走到了前方的话筒前，向大家点头致意。

“谢谢大家这么赏脸，来参加我这个糟老头子的寿宴。本来我是不想办这么隆重的，但是今天有两件特别的事情想宣布，想请大家做个见证。我为电影奉献了六十年的光阴，电影承载了我所有的青春，但是人不得不服老，腿脚不利索了，眼睛也花了，身体提醒我该享受人生了，电影应该交给你们年轻人来挑起了。在场有很多优秀的后辈，我把这个事业交托给你们了。”

台下响起了一片掌声，还有落泪的声音。苏桥之前就看新闻说，严老爷子刚刚做完心脏手术出院，退休是早晚的事。

“第二件事，比我退休还重要。我的宝贝孙女终于觅得良人，今天不光是我的寿宴，也是我孙女的订婚宴。”

严老爷子话音刚落，一对璧人手牵着手在众人的掌声中从楼梯上缓缓走下。看到男主人公那张脸时，苏桥错愕不已，她没有想到居然会是宗政。

她下意识地用目光在人群里搜寻秦素的影子，但是人实在太多了，根本找不到。

霍燃见她神情不对，低下头凑到她耳边小声问：“怎么了？”

“我担心秦素。”苏桥已经不讨厌秦素了，反而可怜她，遇到霍燃就算了，偏偏还摊上这事。

霍燃听到这个名字，不由得皱起了眉头：“你提她做什么？”

一个疯狂的念头在她脑中形成，她拽下他的衣领，附在他耳边小声说：“我知道了，宗政他是为了复仇。他不仅要报复你，还有秦素。”

霍燃环顾了一下四周，拉着苏桥的手慢慢从人群中挤了出去，一直退到了门口，才问：“这和秦素有什么关系？”

苏桥犹豫了片刻，还是老实回答了：“我猜测秦素加入盛和是有交换条件的，可能是以交往为前提。宗政说会在一个盛大的场合公布他们俩的关系，现在他怎么就和严老爷子的孙女订婚了呢？”苏桥指着在话筒前笑得甜蜜的宗政，气得直跺脚。

“你是怎么知道的？”

“《迷迭香》开机仪式那天，我偷听到了。”她小声嘀咕。

“所以你猜测，宗政是为了报复我和秦素？”

“嗯，你抢了他喜欢的女人，而秦素拒绝了他的求爱，他因爱生恨，所以想要报复。”苏桥肯定地回答，越想越觉得这个可能性太大。

霍燃揽住她的肩膀，劝她冷静下来：“现在你就当作什么也没发生，以秦素的性格，她也会当成没事人一样。她在这个圈子里闯，知道有些人不能得罪，她会为了利益选择接受现实。”

苏桥果然看到角落的秦素手里捏着红酒杯，脸上毫无情绪波动，只是

静静聆听着聚光灯下男人的谎言。

感受到了苏桥的视线，秦素迅速别过脸去，她不允许自己的自尊再被人践踏在地上。

苏桥讨厌这场酒会，但必须给严老面子，不能半路退场。霍燃把她安置在角落里，要她好好待着，自己则出去敬酒。

她觉得自己和这个世界格格不入，她做不了虚伪的人，去奉承讨厌的人。这点，霍燃比她强太多了。

还是有不少人认出了她，特意来巴结奉承。

霍燃的未婚妻成了她唯一的名称，有人甚至说不上她的名字，她只能自我介绍一番。

再这样下去，连她都要忘了自己的名字。她看着偌大的酒会大厅，竟没有属于苏桥的位置。

“听说苏小姐您是学美术的，我们有个沙龙，不知道您有没有兴趣参加？我们会组织学习茶道插花，还是挺有意思的。”说话的是某位富商的太太，雍容华贵，手上没有一点干活的痕迹。

“这倒是不错呀，我也加入吧。在家里待着确实很无聊，家务活有阿姨做，孩子有司机接，只能在家里弹琴画画，出去购物。”

“最近我们沙龙要开读书会，会请著名诗人李维来主持。”

她们起了沙龙的话题，苏桥不想去，也插不上嘴。在苏桥眼里，她们就像一个个精致的花瓶，展示着身上美丽的花纹，内心却是空的。

就在此刻之前，她还以为自己能为霍燃舍弃一切，可现在她确定不想成为霍燃的花瓶。

一杯红酒下肚，她的脸微微泛红了。这个喧嚣的世界，一下子安静了下来。

苏桥又起身从侍应生托盘里取了一杯酒，重新坐下，才发现旁边多了一个人。

苏桥看清那人，惊得坐直了腰板。

沉歌靠在椅背上，看苏桥的眼神有些迷离，语气又带着几分玩笑：“你知不知道自己喝完酒之后很可爱？”

苏桥擦了擦唇角的水渍，并没有接他的话茬。

他向她靠了过来，不满地问："你为什么不接我的电话？"

"我知道你肯定对我很失望，没敢接。"苏桥手足无措地转动着酒杯，埋着头低低地说。

"的确，我还以为你的决心有多大呢，结果只是一点小小的挫折就撑不下去了，我确实对你很失望。"沉歌饮尽杯中剩余的红酒，笑了一声说，"你走了以后，所有人都松了一口气。没有人会找副导演打小报告了。大家都说霍燃的未婚妻果然是一个有钱人，吃不下苦，什么都干不了……"

苏桥的眼泪如决堤的洪水泛滥，多日以来好好藏起的委屈一下子爆发了，见侍应生从旁边经过，一只手抓住了他的衣服："酒，我都要了。"

刚刚还跟霍燃说今天不喝酒了，可她还是忍不住破戒。她的心里太苦了，只有更苦的酒才压得下去。

沉歌没想到她反应这么大，想劝阻，可她速度飞快，几杯酒瞬间就倒入了喉咙。突然，另一个女人也加入了战局，端起她面前的酒杯，一口饮尽。

苏桥不乐意了，抓住秦素的裙子，不满地说："你干吗抢我的酒？我自己都不够喝呢。"

秦素在她旁边坐了下来，眼圈泛红，可愣是忍着没流泪。

"你都有霍燃了，你干吗喝酒？"

沉歌在旁边都快疯了，本来想用一个激将法，没想到适得其反。

傅沉舟从二楼俯视，目光遇到角落里的沉歌，瞬间软了下来。他向沉歌招了招手，对方却毫无反应，他只好失望地走开了。

霍燃回来的时候，看到苏桥和秦素两人在喝酒，又瞧了眼沉歌："怎么回事？"

"与我无关，你看着办吧。"沉歌瞧了一眼脸红扑扑的苏桥后，做贼心虚地离开了。

秦素酒量不错，今天喝得还算克制，并没有醉。她见霍燃回来，连忙起身，狠狠地瞪了他一眼后，也转身就走。

苏桥就不行了，本来酒量就不好，现在已经上头了。霍燃无奈地笑，任由喝醉酒的她往自己身上蹭："还说今天不喝酒，都醉成这样了。"

霍燃不得不在她变得更难堪之前，提前带她离场。

在大庭广众之下，苏桥向他伸出手，撒娇的样子很可爱："霍燃，背我走吧。"

在众人艳羡的目光中，霍燃背着她出了大厅，远离了喧嚣，她哼着的曲调更加清晰可闻。

车子停得比较远，他背着她走了许久，可是一点也不觉得累，即使背上的人一点也不安分。

"霍燃、霍燃……"她趴在他的背上哭了起来，喊着他的名字，一声又一声砸在他的心房，"你这个大骗子、浑蛋，为什么你从来都不说你爱我呢？我好想听你说，你真的喜欢我吗？是不是不喜欢，不喜欢才说不出我爱你，对吗？就算是谎言我也想听啊。"

她用力地打着他的背，可是打着打着又舍不得了，只好象征性地轻轻拍。

"你知不知道我为你吃了多少苦，别人说我配不上你，我忍了；说我丑我也忍了；失去了工作，我也忍了。就算你说，婚姻只是一个谎言，我也能忍。我都觉得自己比窦娥还冤了。"她哭着闹着，还不忘在他的肩膀上咬一口，"赵敏咬了张无忌一口，张无忌记了她一辈子。我也咬你一口，你也一定要记得我。我好累啊，我觉得快撑不下去了。如果成为你的妻子是那么痛苦的事，我都想逃跑了。"

她哭得更凶了，双手勒着他的脖子，他的脖子快断了。

霍燃不知道，原来她背负了这么多。

"如果我舍不得你逃走怎么办？"他的声音里带着些许不忍。

"我不知道，我只知道好累啊！霍燃，我真的好累，我才二十五岁，可我累得感觉像五十二岁。"苏桥呜呜咽咽地说。

哭的时候都不忘开玩笑，霍燃也真是服了她。

"苏桥，也许你现在听不到。可是，我想告诉你，我没有不爱你。"

霍燃终于背着她走到了车边，停住了脚步，仰望天空。万千星辰里，他只想找到一颗叫苏桥的星星。

他抱她上车，俯视着醉酒的她，红唇诱人。他喉结微动，右手将她的下巴轻轻抬起，吻了上去，生怕弄疼了她，动作浅尝辄止。她微睁着双眼，眼神迷离，当他的唇离开时，本能地抱住了他的腰，回吻了过去，舌尖的酒香滑入他的口腔，诱人不已。

霍燃已情动，但十分克制地推开了她。

一离开他的怀抱，苏桥又沉沉地睡了过去。

“只有你醉了，我才敢吻你，我真是一个胆小鬼。”霍燃忍不住自嘲了一声，指尖描摹着她脸庞的轮廓，语气落寞不已，“我真的要放你自由吗？”

第十三章

分手之后再恋爱

1

“我们分手吧。”这是在宿醉之后的第二天中午，苏桥对霍燃说的第一句话。

“我做回苏桥，而你做回霍燃。”苏桥下定了决心，她想试探他会不会挽留自己，她想，如果他愿意流露出一点不舍，她就再坚持一下。

“好，我们分手吧。”他没有犹豫。

手机从手中滑了出去，苏桥感觉浑身的力气像被抽走了一般，连生气的力气都没有了。

“真是一点留念都没有啊。”她苦笑了一声。

“你已经累了吧，那就从我身边飞走吧。”

他的表情无比认真，语气十分决绝，一点都不像开玩笑。

苏桥最害怕的事情发生了，属于她的剧本终于迎来了转折。

“你为什么要答应？”

“我没有理由不答应。你胜利了，我被你甩了。”

苏桥的声音带着隐忍的哭腔：“我马上找搬家公司，今天就走。”

他的表情终于有了些许松动：“不用那么着急。”

“我们一开始就是错误的，这场游戏该结束了，请你不要给我无谓的

希望。”

苏桥无法否认，这场孽缘是由她开始的，一开始她就动机不纯。现在他们互相折磨，都很疲惫，不如松开手，让一切回归原点。

她憋着眼泪没有哭，自尊心不允许她在他面前露出一丝失态。她比了一个V，笑得却比哭还难看：“太好了，我甩了霍燃，全天下的女人都会疯狂妒忌我。”

霍燃看着她，却没能笑出来。

苏桥跟着搬家公司的车一起走了，在车上终于没绷住，眼泪唰地爬满了脸。司机大叔看她哭得跟一个泪人似的，明白了七七八八，忙劝解道：“小姑娘，你还年轻，别为了一个男人就哭哭啼啼的，多伤身子啊。”

“嗯。”苏桥一边点头一边哭。

手机铃声突然响了，她抽噎着接了起来。

“喂，沉歌，有事吗？”

“你哭了吗？”那边的人有些慌神。

“我没事，你说吧。”苏桥赶紧把泪憋住。

“昨天真对不起，我本来想用激将法把你劝回剧组，没想到戳中了你的泪点。其实，我想告诉你，赞哥道歉了，想请你回去。不过我当时更希望你能主动回来，让我看看你的决心，所以就没告诉你。”

“我可以回剧组吗？”听到这消息，她稍显安慰。

“回来吧，大家都在等你。”

苏桥没耍脾气，爽快地应承了下来。事业和爱情总得占一样吧，既然爱情没了，就用事业麻痹自己吧。

司机大叔看她光抽泣，不流泪，总算安心了：“不哭了？”

“大叔你说得对，何必为了一个男人生气呢，哭还花我力气呢。”苏桥刚说完，眼泪无声地从眼角流下，只是没有刚才哭得那般凶狠了。

她想通了，也许这才是自己想要的结果。

跟宗政订婚这件事一起上热搜的还有霍燃和苏桥分手事件，原本站霍苏CP的网友瞬间哀号一片。苏桥的称谓从霍燃的未婚妻晋级成了前女友之一，不过因为公告里写的是苏桥提出分手，所以网友们最关心的是她为什么要甩霍燃。她霸气地回应了三个字：他不行。

瞬间，霍燃不行四个字登上了热搜。

霍燃在办公室里看到这条热搜，瞬间青筋暴起。而谢辞在一边笑得开怀，拼命地夸：“这大概是第一个敢这么说你的前女友了吧。”

“嗯，我借她的胆子。”霍燃横眉一挑。

谢辞跷着二郎腿，笑得一脸痞样：“你怎么想的，怎么说分就分了？我看你对她还留有迷恋啊。”

“我想让她自由一段时间。”霍燃表情凝重，低下头，“我们之间有很多心结没有解开，我希望我们能回到原点，毫无瑕疵地重新开始。”

“那你就不能跟她说清楚？”

“我必须让她找回自己，如果她为了我放弃自己的人生，那她就不是苏桥了。而我必须变成另一个霍燃，才能真正让她走进我的世界。”霍燃觉得自从和苏桥纠缠在一起后，把他一生该叹的气都叹完了。

谢辞完全被他的话绕得莫名其妙：“什么意思？”

“我说不了那三个字。”

“哪三个字？”

霍燃用笔写下：我爱你。

“我爱你，不是很简单吗，你真的开不了口？”

霍燃支着额头，声音里透着无奈：“这三个字刻在我心里，我一直把它当成谎言。我一直以为，就算不说，苏桥也一定会懂，但是我自负了，我只想着把自己的想法强加给她，却从未去了解她内心的想法。”

谢辞蹙眉：“不会是你爸带给你的心理阴影吧？”

霍燃别过脸，不承认也不否认。

他从小就知道父亲很花心，虽然父亲总是对母亲说“我爱你”，但还是忍不住出去偷情，有时候甚至会带女人回家。他从小就听惯了父亲对不同的女人讲“我爱你”，但每一个都无疾而终。母亲一直扮演着大度的霍太太的角色，但生下霍燃没多久，她还是受不了父亲离婚了，即使父亲跪在地上握着她的手说了千百次我爱你，也不能改变她的心意。之后两人分

分合合了好几次，总算在八年前稳定下来复婚了，而且决定把生意慢慢转移给霍燃，两人去全球旅行，美其名曰度蜜月。就算是为了成全他们吧，看在母亲的面子上，他接受了，却不得不放弃自己钟爱的数学。

他从未相信“我爱你”这三个字有什么魔力，更觉得像是彼此欺骗。他不想说这三个字，甚至觉得恶心。他以为用行动就可以让苏桥明白，可他还是让她不安了。

如果一切可以从头开始的话，那就先走回原点吧。霍燃这样期待着，比起自己，他更希望苏桥能获得幸福。

苏桥没消沉多久，也不敢消沉太久，就回到了剧组，还给大家带了消暑的绿豆汤。

本以为道具组的气氛会如往常一样冷漠，没想到她一进去，赞哥就朝她比了一个大拇指。

“苏桥，甩得好，霍燃那种有钱人哪里会真心待人，甩了不吃亏。”

沉歌朝她使了个眼色，她立马心领神会，从袋子里拿出了烧酒和杯子，一个个满上：“我给大家带了酒，每人一小杯，喝完好发力。”

赞哥没扭捏，第一个喝了，酒一入口，立马赞道：“这酒好啊。”

“导演推荐的。”苏桥指了指沉歌，没想着邀功。

沉歌戳了一下她的脑门：“这种时候你倒是挺诚实的。”

等沉歌一走，赞哥把她拉到了一边，说：“沉导给我看了你画的图，设计得挺好，你咋没做出来呢？”

“我还没来得及做，不就被你骂跑了吗？”

“好了好了，是我不对，我再喝一杯，以后有不懂的问我。”

苏桥点头：“那我太开心了，沉导说，您的木工是全行业最好的，让我跟您多学习。”

“那是当然，不少剧组喊我去我都没去，就看准咱们沉导了。”赞哥笑道，“你这小姑娘还挺有个性。”

苏桥回以一笑，内心的不安稍稍减去了一些。

没错，她原本的人生就应该是这样，而不是活在霍燃的阴影下。

可是，脑海里一浮现出霍燃的名字，她的眼睛还是忍不住发酸。她赶紧拍拍自己的脸，让自己赶紧清醒起来。

下午有一场重要的戏，沉歌对道具布景做出了严格的要求，一切都要逼真。现场需要一个盆景，道具组的同事忙起来忘记准备真花，就用了仓库里的一盆假花，就因为这事被他骂了五分钟。要不是和他私底下有交情，苏桥怕被他吓出心理阴影。

这场戏就因为一盆假花暂时延后了，刚刚过来准备客串的云曼琳一听可就不乐意了。

“我的时间很宝贵，要不是宗先生让我帮忙客串一下，以我的身份怎么可能来？”她踩着高跟鞋，在助理的前呼后拥下坐了下来，刚坐下就不停地喊热，“快点拿电风扇来，热死了。”

“那花是重要道具，是一个铺垫，要切近景，假花观众一下就看出来了，所以必须等真花。真不好意思，浪费您的宝贵时间，我以后会好好安排的。”说着，沉歌开始指挥着众人准备先拍下一场戏。

云曼琳环顾四周，演员中算她咖位最高，说话底气也足了：“沉导，我哪有那么多时间，待会儿我还要去赶其他通告。你就让这位去隔壁片场借一盆花不就行了？”

她指着苏桥说，眉眼之间满是得意，那眼神仿佛在说：虽然我们都没得到霍燃，但我依然是美艳动人的大明星，而你只配给我擦鞋。

苏桥虚伪地笑了，正如霍燃所说的那样，要在这个圈子里混，就必须知道哪些人不能得罪，她犯不着跟云曼琳对着干，两人以后的交集也少得很。

“那我去买花吧，请云小姐等我半个小时。”苏桥抬脚准备走人，却被沉歌喊住了。

“其实吧，云小姐，如果您很忙的话，不客串也没关系，我觉得您的演技和职业精神和我们电影不是很相配。您去给您抠图的剧组吧，那里比较适合你。”

沉歌这句话一出，在场的人都憋着没敢笑。

云曼琳起身想走，她的经纪人丽姐赶紧一把拽住她，在她耳边小声说

了什么，脸色顿时变了，语气也缓和了许多："那沉导，今天能拍吗？"

"现在马上去准备道具，先拍下一场戏，大概得等两个小时，不知道云小姐介不介意？"

"好，我本来就挺累的，先去酒店休息，待会儿过来。"

云曼琳正起身，沉歌又说了一句："只有五句台词，请云小姐好好背下来，我们现场收音，后期没人帮你配。"

苏桥继续憋着，等她走了才敢笑出声。

沉歌上来拍拍她的肩膀，趁人没注意，掐了她脸颊的肉，欺负人还笑得那么人畜无害。

苏桥从片场出来的时候，已经晚上八点多了，工作真的是疗伤圣药，让她暂时忘记分手的伤痛。她朝附近的地铁口走，一辆轿车突然追上了她，在旁边朝她摁了摁喇叭。她还以为是坏人，吓得后退了几步，直到看清开车人的长相，才定下心。

"霍燃，你怎么会在这儿？"苏桥的心脏还怦怦直跳。

霍燃下车："上来，我送你回家。"

苏桥别过脸，冷声拒绝，说道："我不需要你的施舍，我自己坐地铁回去。"

"这里到地铁站还有一千米，我送你到那里。"他妥协。

"我不要。"苏桥加快了脚下的速度想要逃开，她真怕自己一个没忍住，会在他面前出丑。

见他还是死皮赖脸地跟在后面，她不耐烦地停了下来，敲了敲车窗："霍燃，你是不是有病啊，我们俩不是分手了吗？你还撩我做什么，撩我好玩是不是？"

发泄完，她小跑着走开。

霍燃并没有放弃，而是慢慢地开着车跟在她旁边，一直送她进了地铁口才离开。她又折了回去，没看到霍燃的车，心里越发空荡荡的。

霍燃的车一直开到离苏桥家最近的地铁出口，直到看到她出站，安心地回到家，他才放心地驱车离开。

苏桥第二天看新闻才知道，她昨天走的那条路，有变态出没。她忍不住想，霍燃是不是看到了这则消息才会在那里等自己？

但很快，她就把这个念头踢出了脑中。不论如何，她和霍燃永远都是两个世界的人。

2

和霍燃分手的一个礼拜后，苏桥才通过热门微博知道星海集团前任总裁、霍燃的爸爸霍尧回国，重新接管了星海。在她的印象里，这位叔叔，不对，按辈分来讲，应该是爷爷，是一个又英俊又酷的老男人，上一次见面还是自己的订婚宴，他穿得西装笔挺，梳着时髦的飞机头，看上去只有四五十岁，除了花心、绯闻女友比较多以外，好像没啥缺点，和霍燃完全不像父子。

上次她就听霍燃说他父母年内会回国，她以为到那个时候自己已经和霍燃水到渠成，不用像之前那样狼狈不堪，没想到他们倒是回来了，自己却走了。

苏桥唏嘘不已，但也渐渐接受了彼此的选择。

她靠工作麻痹自己，每天在片场忙活着，回到家里只想躺着。

网络是她休闲时间里唯一的慰藉，睡觉前，她趴在床上习惯性地打开手机刷下自己的视频，没想到前几天上传的螺帽戒指视频居然被推送到了首页，点击数一日之间达到了十万，她的粉丝也飙升到了一万。

身体的疲惫瞬间消失，她津津有味地看起了弹幕和评论。她看到了熟悉的名字“欧拉公式”。

自从某天以后，这个走冷淡风的UP主频频给她发弹幕和留言，而且每次评论在一百字以上，把视频里用到的数学原理通通梳理一遍，以至于她都快觉得这个家伙是不是对自己有啥企图。

视频红了是非就多，有人指责苏桥抄袭创意。苏桥只得解释自己已经在简介中写明灵感源于外国UP主的视频，自己只是模仿，戒指的设计部分都是她自己的创意。

有人问她卖不卖，她只好解释是她当时觉得好玩，想做了戒指送给男

朋友的，可惜还没送就分了，她想留着做纪念。

她在评论区解释了一大通，才想起戒指被她忘在了霍燃家里，可是现在这种情况又不能回去再拿。

她把自己的评论置顶，洗澡回来发现手机上多了一条霍燃的短信。

“地下室的器材还给你留着，白天我不在家，你有空可以来用。”

“等我找到仓库，就把它们搬走，你别动，否则我告你侵害他人利益。”她用力地打着字。

“不着急。工作开心吗？”

霍燃分手的时候挺潇洒，现在还来关心自己，简直虚伪。

“不用你操心。”

苏桥发完消息便退出了短信，没再给他回复。她的手指停在删除号码的地方，挣扎了片刻，还是没忍心下手。

“苏桥，你真的太没出息了。”她看着屏幕上映出的脸，忍不住自嘲了一声。

为了表示自己的决心，苏桥第二天就去理发店把头发剪短了，还买了耐穿的T恤衫和牛仔裤，把家里那些女人味的衣服全部藏了起来。以前她真的不屑于去讨好别人，可现在才明白，一味地固守着自尊，别人是不会走进自己的世界的。

所以就算每天她还是会不断地被骂，有人在她背后指指点点，说她和霍燃那点破事，她都告诉自己没有关系。忍耐自然是有效果的，有句俗话说得好，伸手不打笑脸人，大家渐渐忘记几个月之前苏桥还是一个准豪门阔太太。

苏桥正在准备半个月后一场戏的道具，是一对男女木偶。

本来设计图是其他设计人员画的，但沉歌一直不满意。苏桥接手后，就画了几版图纸交给他去确认，改了好几遍总算定下来了。

苏桥忍不住埋怨了一句：“你的要求也太苛刻了吧。”

沉歌说得认真：“道具和演员一样，都在诉说故事。可能画面只有几秒，但观众会留意到。”

“对，这就是我喜欢做道具的原因，一把剑、一支簪子，都可以承载一个人的故事。”一说起道具，苏桥就开始兴奋，喋喋不休起来。

“好了，你这么努力，作为报答，今天晚上我请你吃饭怎么样？”

“今天不用赶工吗？”

沉歌摇摇头，朝她勾了勾手指，等她附耳过来，才小声说：“今天我生日。”

“你生日吗？”苏桥有些无措，现在要去准备生日礼物哪里来得及啊，“你怎么不早说？”

“我就怕说了，得请全片场的人吃饭。我怕他们吃穷我，所以就请了几个朋友。”沉歌注视着她的眸子，笑了笑，“大家都是单身狗，怕什么？”

苏桥应承了下来，说：“那蛋糕就由我来准备吧，现在我下单订还来得及。”

“好。”沉歌比了一个噤声的动作，“保密。”

没想到，到了他家里，苏桥才发现所谓的朋友只有她一个人，这下可就尴尬了。

沉歌正在忙活着，因为他在国外生活了很久，所以做的都是西餐。那双本该拿起相机的手，现在正熟练地煎着牛排，倒也十分灵活。

“你坐一下，我马上就好。”

苏桥在客厅坐下，目光时不时瞥向开放式厨房里正大展拳脚的沉歌。孤男寡女共处一室，她总觉得有些不太适宜，但现在又说不出要离开的话。

菜终于上桌了，苏桥上去帮忙把蛋糕上的蜡烛点燃。

“沉导，许个愿吧。”

沉歌侧头看她，唇角微微上扬，随后闭上眼睛，沉默了数十秒才睁开，正当他打算吹蜡烛时，门口传来了钥匙插进锁孔的声音。

苏桥以为他还请了其他朋友，往门口一看，却愣住了。

傅沉舟扶着门框，看到苏桥的瞬间忍不住诧异，目光在苏桥和沉歌之间来回跳跃，最终把想问的话吞了回去，只说了一句：“不好意思，我还

以为没人呢。”

“原来你还请了傅影帝啊，要不你们男人聊，我先走了。”苏桥正想逃之夭夭，手臂却被沉歌狠狠地抓住。

“不用，他马上就会走的。”沉歌好似没见到傅沉舟似的。

“我弟弟实在是太了解我了，不过你也太冷漠了吧。”傅沉舟拎着礼品袋走了过来，目光盯着桌上的美食，瞬间食指大动，“为了赶飞机回来，我都没有吃饭。”

沉歌叹了一口气，把自己那份牛排挪到他面前。

傅沉舟一点也不客气，一边吃一边说：“我还以为你又要一个人凄惨地过生日，特地提前赶完公告过来，没想到你有佳人作陪，那我待会儿就坐十二点的飞机走。”

沉歌又叹了一口气，瞄了眼已经目瞪口呆的苏桥，解释道：“我亲哥，你记住要保密。”

“哦，所以，你的真名是傅沉歌。”苏桥故意拖长了音调，沉歌以前跟她说过，他也有一个不得不超越的人，就是他的哥哥。正是因为有同样的心理阴影，她那个时候才能和他成为无话不谈的朋友。

傅沉舟看沉歌的样子，十足像看赌气的小孩子：“这家伙自尊心太强了，说不想借我的名气，所以知道我们俩是兄弟的人并不多。”

苏桥查过傅沉舟的经历，着实可以用惊艳决绝来形容。初中他就被星探发现，拍了童装广告火了，接着拍了不少电视剧电影，十六岁就在严老的电影里担任主要角色，十七岁拿到了第一个影帝，十八岁以第一名的成绩考入了北城电影学院。之后一路星途光明，明明能靠脸吃饭，他非要靠演技和才华，自己还会写剧本。大学毕业之后，他中断了如日中天的演艺事业去美国留学。也就是那个时候，他认识了苏莞。

活在这种兄长的阴影下，确实挺容易自卑的，苏桥深有感触。

吃过晚饭，苏桥看了一眼时间，找了借口准备离开，她不想打扰兄弟团聚。沉歌想要送她，被她婉言谢绝了。

当她刚关门离开时，傅沉舟突然站了起来，追了出去，用手挡住了电梯门，闪身钻了进去。

“苏小姐，我有些话想问你。”他侧头看她，犹豫了一下，才问，“你和霍先生彻底决裂了？”

一提到这个名字，她忍不住垂下眉眼，苦笑了一声：“是啊，我和他不太合适。”

“你觉得我弟弟怎么样？”他的表情变得严肃正经，像极了平时他演的角色，苏桥差点入戏。

“他当然是一个很棒的导演。”

“我还是第一次见他带女人回家，你对他来说，一定很特别。”

苏桥的心脏像被狠狠击中了一般，但很快就平静了下来：“我们是故友重逢，算特别吧。除此之外，我没什么其他想法，我想沉导也是这么想的。”

“是吗？”

“是的。您还是上去吧，我自己回去就好。”她不想自作多情地去揣测别人的心意。

末了，他来了一句：“苏小姐，拜托你在你姐姐面前多夸夸我。”

苏桥敷衍地点了点头，走出了电梯，朝他挥手告别。说实话，她才不敢跟苏莞提呢，这不是找骂吗？

北城的夜晚渐渐转冷了，苏桥裹紧身上的外套，往附近的站台走去。

一辆车从她身边经过，鸣了一声喇叭，她下意识以为是霍燃，转过头，却看到车窗里钻出几个陌生男人的脸，正在朝她吹口哨，俨然是喝醉酒的样子。

她吓得赶紧跑开，心里默念着霍燃，可是他没有出现。还好站口不远，她跑进了地铁站，总算松了一口气，可眼泪又落了下来。

霍燃这个名字，什么时候才能在她的脑子里消失？

她问自己，却没人能给出答案。

3

苏桥之后没在沉歌面前提起过傅沉舟，也没有提他跟自己说的话，只

当是一个玩笑。

她不想问，他也不提。相似的境遇，他们都明白被人拿来作比较的痛楚，于是把彼此的秘密深埋在心里。她明白，自己和沉歌永远只能是朋友，无法过界。

一个礼拜，她才把木偶做好，其实她隐藏了一点小小的私心，给小男娃刻脸的时候，她脑海里是少年时期的霍燃，手下的刻刀细细雕琢，最后呈现出来的脸竟与他有几分相似。因为这对木偶后期是男女主角的精神象征，会出现好几次，所以她做得很精致，丝毫不敢马虎，连衣服都是亲手缝的。

沉歌对成品很满意，还把这对木偶放上了官方微博，引得不少网友直呼可爱。

“现在的道具师都这么厉害吗？”

“求电影上映后开放周边，买买买！”

“想给我家娃娃穿，好看哭了。”

沉歌还开玩笑说，要是票房不好，干脆出周边捞钱算了。苏桥就当是夸奖了，照单全收，也许这是她做道具以来最开心的时刻。

短暂的夏天终于结束了，天气渐渐转凉。苏桥原本白皙的皮肤因为日晒暗了好几个度，她自我安慰这是野性美，是劳动最光荣的证明，另一边却准备杀青后去医学美白。

天下哪个女人不爱美？就算是喜欢的男人不在，也想有一天美美地站在他面前，然后气死他。

趁着难得的休息日，苏桥准备给粉丝发点福利，做下直播。虽然她不会露脸，但为了以防万一，她还是戴上了口罩，不过嘴那边剪了一个洞，模样着实有些滑稽。

今天，她直播的主题是回答粉丝的问题。

“UP主是学美术的。”

“年龄保密，身高保密，体重保密。这种隐私问题一律不回答，伤自尊。”

“现在我在剧组和大家相处挺好的，虽然比较累，而且经常晚上加班，但戏快杀青了，我反倒有些舍不得了。要做道具师的话，一定得忍耐，就当看在钱的面子上。”

有人问她：你有最后悔的事和最想做的事吗？

苏桥看到这个问题，一下子被勾起了思绪，刚刚还十分轻快的语气立马低沉了下去。

“我最后悔的事，是还没来得及告诉喜欢的人我爱他就和他分手了。我最想做的事，是马上睡了他，然后狠狠地甩掉他。”

她苦笑了一声，只有在网络上面对一群陌生人，她才敢说出这种心里话。

弹幕里一片“233”“666”……而苏桥的心情却怎么也轻松不起来。

有人说时间是治愈伤口最好的良药，可是苏桥却觉得，时间是慢性毒药，它把痛无限延长，仿佛死缓一般让人难受。

《迷迭香》经过三个多月的拍摄终于杀青了，最后一场戏，男主角开着车载着女主角，疾驰在月光下，两人的笑声在夜空中渐渐飘远。他们挣脱时间与空间的束缚奔向了远方，但前途却一片未知。

一切都结束了。

所有人都在鼓掌，有人竟然落了泪。只有真切地参与到电影拍摄中，才会明白银幕上短短的一百多分钟是成百上千人共同努力的成果，每一秒都饱含着心血。

工作人员早就准备了鲜花，送给每一位演员，大家捧着花拍照留念，苏桥也趁这个难得的机会上去和男女主角合影。正在这时，有人给她送来了一束玫瑰，说是花店的人送来给她的。她狐疑地打开贺卡，上面只有简单的一句话——祝贺杀青。

苏桥思来想去，把可能的人罗列出来挨个打电话过去，但邱雅、周深他们都说不知道今天杀青，根本没送花。

剩下的人选可就不多了。她心里最希望的还是霍燃，可最不敢奢求的也是他。

像心有灵犀似的，霍燃的电话真的打来了，她没接，他便发了短信过来：花收到了吗？回家好好休息。

他还是一直在关注着自己，明明已经分手了。

当她捧着鲜花有些精神恍惚时，沉歌朝着大伙拍了拍手：“大家收拾一下，今天早点回去休息，明天晚上杀青宴，大家好好玩一场！”

沉歌朝着众人说完，走到了苏桥面前，声音很低：“这是我们合作的最后一天，我有点舍不得你这么优秀的女道具师。隔壁片场知道我们道具组有个如花似玉的美人，都羡慕哭了，我怕他们把你挖走。”

“沉歌，你又拿我开玩笑，想说我是花瓶，是吗？”苏桥娇俏地瞪了他一眼。

“最后一场戏的道具车改装得不错，我很满意。”

苏桥捧着花，郑重地摇摇头：“这是全道具组的功劳。说实话，你真的好烦，都要开拍了，你突然要改剧本，大家连夜赶工好不容易才做出来的，你要知道感恩。”她的言语里，满是抱怨。

“好啦好啦，我这人最懂得感恩了。不知道你以后还有没有胆量进我的组？”

“那就看你的剧本写得好不好，和《迷迭香》一样优秀的话，我就来帮你。”苏桥笑得天真烂漫，走开几步突然又想到了什么，折返了回来，“那对男女主人公的木偶，我可以带走吗？”

“暂时还不行，可能之后会拿去宣传，之后再留给你吧。”

苏桥摇摇头：“我怕会和其他道具一样丢在仓库里才会想带走，如果能继续派上用场就太好了。还有，我郑重地谢谢你，在剧组这些天，开心的时候比痛苦的时候多一些，谢谢你让我回来，我学到了很多东西。”

她鞠了一躬，抱着花走出了摄影棚。望着她的背影，沉歌长叹了一口气。

习惯真是一件很可怕的事情，好不容易有机会睡个懒觉，可她早上六点就醒了。她急匆匆起床准备去片场，刚出门她才想起来，戏已经杀青了。

她在哀号声中躺回床上，心想真是太浪费宝贵的睡眠时间了。回笼觉是睡不成了，父母去外地参加朋友孩子的婚礼了，一个人也不想吃早餐，干脆拿了一包零食躺在床上看剧。这一刻，她才觉得这是正常女孩的生活，看看韩剧，追追小鲜肉。

当她唏嘘叹惋时，沉歌在微信上发了一条消息。

沉歌：早上好。五点就醒了，开车到半路，想起来戏杀青了。结束了，我才开始有些舍不得。

原来有人和她一样啊，她回复了过去：加一，我比你好点，我六点醒的，刚出门就发现了。拍摄的时候挺苦的，结束了才觉得怀念，大概这就是习惯吧。

沉歌：出来庆祝一下吧。

苏桥：晚上不是有杀青宴吗？

沉歌：我就是想和你单独庆祝一下，有点事想跟你说。

苏桥仿佛觉察到了什么，本想着怎么回绝，一通电话打了进来，扰乱了她的思绪。看到来电显示的名字，她的心一下子沉了下去，她没有着急接，等响了一分多钟才想按接听键的时候，铃声就断了。

她故作矜持，反而一无所获。她仰天长叹一声，忍不住自嘲："苏桥，你可真没用，还这么自作多情。"

他能变成原来的霍燃，可她呢，还能变成原来的苏桥吗？

沉歌没得到她的回应，又发来一条消息。不知怎么的，她的心情莫名烦躁，抱着双腿坐在床上，犹豫了片刻，还是回复了他：我想好好休息，晚上见吧。

沉歌回了句"好"，之后便再也没了消息。她没等到霍燃，反而接到了隔壁邻居大叔的电话。

"桥桥，你男朋友给你买早餐了，你出来拿一下。"

她哪里来的男朋友？

苏桥连滚带爬地从床上爬了起来，狐疑地打开了门。邻居大叔给她递上保温饭盒，热情地喋喋不休："桥桥啊，你可真是好福气，你男朋友怕你饿着，特地送了早饭来。"

"我男朋友？"她什么时候又有男朋友了？

"就是以前一直来你家的那个，好像是叫霍燃吧。"大叔一脸八卦，

“我还以为你们俩闹分手呢，原来还谈着呢，这么好的小伙子现在打着灯笼都找不到，你要好好珍惜啊。”

苏桥莫名尴尬，这大叔大概没看八卦新闻，不知道自己和他早分了。可是他们都分手了，他做这些干什么呢？

她着急喊住大叔，又问：“他自己怎么不进来呢？”

“他说没你的批准，不敢进来，就拜托我送上来了。”大叔笑得阳光灿烂，连连说着，“年轻真好啊，和我们那个时候谈恋爱真不一样。”

苏桥尴尬地说了声谢谢，掩门回家。她回房间拿起手机，给霍燃回拨了过去，嘟嘟声响了十几秒后，那边的人接了起来。

时隔三个月再次听到他的声音，苏桥的心脏无可抑制地加速跳动着。

“你……你什么意思？”她极力克制着自己的情绪，连她都不知道究竟在期待些什么。

“你看不出来吗？我在追你。”

苏桥的脑子嗡地炸开了，半晌没说出话来，她怀疑是不是自己打错了电话，可是拿下手机仔仔细细地确认了好几遍才确定，这的确是霍燃。

“你疯了吗？你是说这种话的人吗？”

“如果霍燃不是以前的霍燃了，你还要他吗？”

苏桥隐约觉得不对劲：“难道你是被外星人替代掉的霍燃吗？”

霍燃被她逗笑了：“我们分开多久了，三个月了吧？”

“嗯，怎么了？”

“我想你。”

她吓得抢先挂断了电话，脸不由自主地热了起来。以前的霍燃是绝对不会这样说话的，他是脑子被撞坏了吗？她打开微博，查看了一下他近期的情况，但他自从和自己分手后，就再也没有发过新微博了，反倒是热门微博里有狗仔拍到他最近频繁出入医院。

他不会真的脑子坏了吧？苏桥的心再一次被他狠狠地揪住，焦躁不安起来。她想再打电话去问问，可怎么也拉不下脸，只好放弃了。

她瞥过保温饭盒，本想拿去丢掉，可是怎么也舍不得。她又想起那次，霍燃喝醉了酒还记得买她喜欢的甜品，徘徊在她家门口，她怎么忍心去讨厌这样的他。

苏桥打开饭盒，尝了一口粥，很快就吐了，太难吃了，完全不像王姨的水准。

难道霍燃是在耍自己？她越发觉得莫名其妙。

晚上，杀青宴在盛和集团旗下的酒店举行，几百名工作人员和演员济济一堂。主创和主演们分别发言，到最后，不知谁提了一嘴，说让每个组都派一个代表来说两句顺便表演一个节目。

苏桥作为门面担当被道具组推了出来，面对现场几百号人，她有些不知所措。从小到大，她就很不擅长演讲，尤其是在一大堆前辈面前，要她即兴演出，实在太强人所难。

沉歌率先带头鼓起掌来，在他鼓励的眼神里，苏桥总算找回了一点自信。

“我叫苏桥，是《迷迭香》道具组的成员，之前给大家添了很多麻烦，真的很抱歉。”她深深鞠了一躬，“以前我只是在工作室里低头画图、做做东西，这是我第一次进组。在这里，我学到了很多东西，看到了很多优秀的演员和工作人员，也明白了自己还有很多不足，谢谢大家包容我，让我有机会在这里成长。我就唱一首歌吧，希望大家友谊长存。”

她清了清嗓子，唱了首《朋友》，有好几处都唱错了调，不过大家还是给她送上了热情的掌声。

唱完歌，旁边的工作人员递上来一杯酒，说是宗政请的。

苏桥看了一眼投资人那桌，宗政靠在椅背上，慵懒闲适地笑着，朝她晃了晃酒杯，然后一饮而尽。

如果是以前的苏桥，她可能会把杯子扔了，但是现在，她必须适应这个圈子的规则，她得罪不起宗政，即使自己讨厌得想要踹他。

苏桥朝大家举杯，然后小小地抿了一口，走回了自己的位置。

“宗先生今天看上去心情还不错嘛。”

“我还以为他不会来，盛和看中的一块地被星海抢走了。我听盛和的人说，本来都准备在那里开发高档住宅区的，损失应该不小吧。”

“有钱人才不在乎那点钱。哪像我们，买个菜几毛钱的事还要货比三家。”

听着大家议论纷纷，她回头看了一眼宗政，满心疑惑，不知道他刚才是以什么心情给自己敬酒的。

手机突然响了起来，她打开看了一眼，居然是霍燃。

“宴会几点结束？你少喝点酒，我送你回去。”

“你是不是忘记我们俩分了？不用，我自己打车回去。”发完这条消息，她把手机扔进了包里，深吸了一口气，仿佛是为了赌气一般，把剩下的酒一口气喝了。

没过一会儿，她说了声去卫生间，便独自走出了大厅。上完厕所，她正准备折回去的时候，有个酒店服务生拦住了她，说是沉导有重要的事要和她谈，人在楼上客房。

苏桥想到他早上确实有话要说，知道避无可避，只能应下了。她似乎有预感他想说什么话，已经做好准备和他说清楚了。

她来到了服务生说的那间房，敲了敲门，突然脑子有些晕乎乎的，她还以为是自己有些醉了。

门开了，却不是沉歌，而是宗政。

“进来吧，沉导马上就过来。”他拉住了苏桥的手臂，轻轻松松就把她拽了进来。

苏桥想要挣脱，却毫无还手之力，脚踩在毯子上，软绵绵的，就好像在云里一样。她踉踉跄跄地被他拖着走，最后被甩在了床上。

“宗政，你要干什么？”深深的恐惧从心底蔓延开来，她喊得声音都破音了。

“没什么，我只是看到你醉得很厉害，就帮帮你。”宗政一只手便轻松按住她的双手，将她禁锢在床上，无法动弹，另一只手抚摸着她的脸颊，“怎么看都不是一张漂亮的脸蛋，不知道霍燃的眼光是怎么了？”

充满酒气的气息喷在她脸上，她慌忙别过脸去。

“是你骗我过来的？”她大概明白怎么回事了，竭力抬脚踹他，却被他的膝盖重重地压住，使不上力气。

“不是，我只是看你很热的样子，想帮帮你。你看你急得脸都红了，我帮你把衣服脱了。”说着，他开始解她的扣子，“一想到霍燃占有过秦素，我就特别想欺负霍燃的女人。这才叫公平，不是吗？”

苏桥用仅存的意识冷笑着反驳宗政：“不好意思，我已经不是他的女人了。你口口声声说着爱秦素，那你还舍得伤害她，你根本不爱她，只是占有欲罢了，你这个变态！”

一个耳光狠狠地甩了过来，苏桥闷哼了一声，没叫出声。他又打了一巴掌，这次她痛得喊了。

可是疼痛没能让她清醒，睡意更沉了，她没能挺住，又骂了他一句，眼皮子挣扎了几下，还是合上了。

迷迷糊糊之间，她好像听到了霍燃的声音，可是她已经没有力气回应他。

也不知过了多久，她才从噩梦中醒了过来，映入眼帘的是父母焦急的脸庞，眼泪唰地流了下来，她伸手紧紧抱住了妈妈的脖子：“妈妈，我好怕。”

“别哭，没事了，幸亏阿燃及时赶到，那个人已经被拘留了。”苏妈妈抚着她的背，温柔地安慰着。

苏桥停止了抽泣，难以置信地问：“不是我做梦，霍燃真的来了？”

“是啊，他去接你，看你不在位置上，就和沉导一起去找你，你真的要好好谢谢他们。”

苏桥抹了抹眼泪，环顾了一下病房，满脸失落：“那他人呢？”

“还没从警察局回来。”

看她想掀被子起身，苏爸爸赶紧把她按了回去：“虽然你已经洗了胃，但还是需要好好卧床休息，想见他的话，你就给他发消息，好好说，让他过来。”

苏桥这回没吭声，默默低着头，盘算着什么。

病房门敲响了，她立刻挺直了背，理了一下头发，可是进来的不是霍燃，而是周深和邱雅。

邱雅一上来就抱住苏桥，当事人没哭，她倒是哭得凄惨：“桥桥，你

可把我吓死了，没事就好。”

苏桥看他们俩一起来的，忍不住打趣问：“你们俩成了？”

“你想什么呢？她打电话给我，我才知道你出事了，干脆就一起来了。”周深连忙撇清关系。

两人慰问完还得回去工作，便走了。

下午，沉歌和其他剧组工作人员也来了，房间都快站不下人了，苏父苏母便说出去买东西，把地方腾给他们了。大家慰问完，陆续走了，只剩下沉歌。

“抱歉，昨天我都没有注意到你不见了。”沉歌自责地低下了头，“我没想到宗政会是这样的人，当时我就不应该答应跟这种人合作，是我自私，想要和星海、傅沉舟一较高下，才差点害了你。”

“我没事，我只是担心宗政出了这档事，会不会影响《迷迭香》，这是你和大家的心血，我不想因为一个人浪费了全剧组的努力。”苏桥纠结地拧着床单，一方面她当然希望宗政能被制裁，但又很怕电影会受到影响。

沉歌拍了拍她的脑袋，宽慰她：“这种时候你还挂念别人做什么，你的安全比什么都重要。况且盛和这么大的公司，你要相信他们的公关能力，也要相信《迷迭香》这部戏这么棒，不怕被埋没的。”

苏桥总算安心了一些，眼眶红红地点点头。

“有些话，我想对你说……”沉歌像是下定决心似的，轻轻握住她的手，但还没说完，就被开门声打断了。

霍燃疲惫又焦急地闯了进来，看到他们相握的手，眼色一变，大步上前来，摸着她的脸，看到被打过的痕迹，他心痛得要命，急切地问道：“你怎么样，有没有好点？”

再看到霍燃的刹那，苏桥的泪腺再也绷不住了，眼泪涌出打湿了他的手。

沉歌了然，手下意识地松开，起身说道：“苏桥，你好好休息，我先走了。”

苏桥“嗯”了一声，目送着他离开，然后别过脸去，不敢看霍燃。

“我都让你别喝酒了，你不听。宗政在昨天给你的酒里下了药，他给的你也敢喝。”

苏桥不说话，顿了片刻，才说：“在那么多人面前，他给的酒我敢不喝吗？”

霍燃突然俯下身，紧紧地抱住她，将她的头枕在怀里，刚刚冷冰冰的语气一下子变得有了温度：“还好你没事，不然我会自责一辈子。”

苏桥不敢动，任由他抱着，心中犹如春风来过，坚冰渐渐融化，嘴上却还要逞强：“不是分手了吗，你这是什么意思？”

霍燃抓住她的肩膀，推开她。两人的目光霎时对上，彼此之间的眼睛里，只映着对方的模样。

他突然吻了过来，轻飘飘的力度，触碰了一下她柔软的唇瓣。

苏桥被他突如其来的举动吓了一跳，愣了好一会儿才说：“我刚洗过胃，嘴巴里还有味道呢。”

霍燃的手指温柔地滑过她的嘴唇，笑得如沐春风，说：“没事，我不嫌弃你。”

苏桥像小鸡啄米似的，主动亲了上去。你来我往了一番，直到敲门声响起才作罢。

秦素捧着花进来，就看到两人亲热的一幕，尴尬地退后一步掩上了门，重新敲了敲门，这才进去。

苏桥没想到她会来，说了声谢谢，却听她冷冰冰地笑了：“苏桥，你是不是被别人卖了还要帮人数钱的那种？”

“什么意思？”苏桥被她说得一脸茫然。

秦素冷漠地瞥了一眼霍燃，才说：“我一早就知道宗政会对你出手，但是我没有阻止他，而是静静地等待这一切，你知道为什么吗？”

“你恨我？”

秦素莞尔一笑：“你太小瞧我了，得罪我是宗政做得最错的事。我如果阻止了他，就没有人抓他的现行了。我需要盟友击溃他，我要把他送进监狱。”

霍燃看苏桥还一脸迷茫，解释了一句：“昨天我在酒店外等你，是她

通知的我，还给了我房卡，我才能及时进去。”

“你为什么要这么做？”苏桥讶然地看向秦素，完全无法理解她的想法。

“当然是报仇了。”秦素冷笑了一声，目光又转向霍燃，“霍燃，你想不想要我这个盟友？我的要求不高，只要你帮我和盛和解约，然后把星海艺人部总监的位置交给我就可以。”

“你是为了拖我下水，才决定放任一切？”

“是，我就是一个不择手段的女人。”

霍燃沉默了片刻，才压下了怒气：“现在虽然人赃俱获，但宗政不承认是他下药，有人替他扛下了罪，如果证据不足，可能会有点麻烦。”

秦素拿出了文件袋：“我有证据，他侵犯我的证据。”

苏桥和霍燃同时愣住了。

第十四章

幸会，我的先生

1

秦素的脸上看不到什么情绪的波动，她将文件递给了霍燃，冷静地阐述着一切：“我和他达成了交易，我加入盛和，他就和我交往。本来只是一个交易，但他在酒里给我下了药，第二天醒来的时候，他说太爱我了，所以想占有我，他要我彻底属于他，他想让我成为宗太太。我的确被他打动了，他很温柔，对我也很好，和霍燃你给我的感觉完全不同。所以我决定给他一个机会，但我同时给自己留了后路。”

苏桥看到检查报告上的日期，正是秦素在酒吧喝醉的日子。那天她哭得那么厉害，原来是因为发生了这件事。

“我没有清理身体，带走了喝酒的酒杯，去医院做了检查，我身体里有药物成分。他在我身上留下的所有痕迹，我都保存了证据。除此之外，我还在他的电脑里找到了偷拍的视频。”秦素指了指自己，“我就是证人。”

苏桥没想到，她竟然做到了这一步，自己的确太小看她了。

“可是你站出来的话，流言会蔓延，你不怕吗？”苏桥很担心，之前自己因为照片事件已经受尽了辱骂，秦素的事一旦爆发，她要承受多大的压力啊。

秦素深吸了一口气，像下定决心似的："如果我不做，就没有其他人做。我要站出来，把他送进监狱。有非议，就让他们去说，嘴巴长在别人身上，我管不着。我只知道，我要是放过他，这辈子都会后悔。"

霍燃起身，手按在她的肩膀上，这才知道她一直在发抖，表面装得再镇静，她还是一个普通的女人。

"我帮你。"

"谢谢。"像是受到鼓励似的，她终于舒心地笑了笑，"我还稍微知道一点事，之前苏桥的照片事件、《翻转世界》导演和演员的事，大概与他脱不了干系，不过我也没有证据。如果想要报仇，我们要好好把握这个机会。"

苏桥的双手紧紧攥着被单，咬着唇，迟迟说不出话来。这两天发生的事，太令她震撼了，尤其是秦素，她原本以为秦素是一只高傲的雌孔雀，冷漠刻薄，没想到秦素这么坚强隐忍。

秦素道了声再见，准备离开，霍燃问了一句："要我送你吗？"

"不用，只要你记住承诺就好，我马上要一无所有了，只能靠着你向上爬了，霍总裁。"她轻笑一声，拉开门决绝地离开了。

房间里又只剩下苏桥和霍燃。刚才暧昧的气氛被秦素的到来打断了，现在两人都没什么心情再诉衷肠。他们只是紧紧握着手，沉默地陪着彼此。

时间流逝得飞快，眼见天都要黑了，霍燃起身要走。

"医生说你明天可以出院了，我来接你。"

苏桥拉住他的袖子，沉默了一会儿才抬起头，像获得了勇气一般小声说："霍燃，我爱你。如果你不告白，就让我先说吧。"

她为什么要抱着可笑的自尊，放走爱情呢？她想重新尝试一次。

"接下来你是不是要再把我甩了？"他回过头，轻笑出声。

苏桥愣住了，这句话听着怎么那么耳熟呢？等他走了，她才缓过神来，这不是自己直播的时候跟观众说的话吗？怎么会被传出去？

她慌忙打开次元站App，翻了翻自己的粉丝列表。

"难道霍燃关注了我？"苏桥羞愤地想撞墙，几万的粉丝，她哪里找

得出哪个是霍燃。

苏莞拎着慰问品进来，看她焦急地翻着手机，还以为发生了大事，连忙问：“出什么事了？”

“我觉得好丢脸。”苏桥用被子一蒙头，呜呜咽咽起来。

苏莞上来抱住她，拍拍背，这是自己第一次这样安慰人，说：“别怕，都过去了。昨天晚上真是把人吓死了，还好没出事，否则我绝对饶不了那个人。”

苏桥难得享受姐姐的温柔，脑袋靠在她的胸口，吸了吸鼻子：“姐姐，我还是好喜欢霍燃怎么办？”

“那就把他追回来，追不回来的话，我把他打晕了送进你的房间，怎么样？”

听姐姐讲笑话，苏桥忍不住扑哧笑了出来。

晚上，苏桥躺在病床上，满脑子都是霍燃和他说的那句话，实在是睡不着。

她又想到了“欧拉公式”，一失眠全靠他的视频活命。她进入他的空间，发现他正在直播，点进去，看到这次他的纸上空白一片，没有一个公式。

她发了一条弹幕：今天你怎么不做题了？UP主，我指着你活命呢。

突然，他修长的手指在纸上开始写字，他的字很好看，应该是练过书法，给人美的享受。

“我给了一只鸟儿自由，但是当她飞走以后，我才发现，没有鸟的陪伴，实在是太寂寞了。”

苏桥看着这句话，始终猜不透是什么意思，难道是歌词？她正想发弹幕，发现他又写下了新的文字：“苏桥，我知道你在看我直播，终于等到你了。”

有人跟自己同名同姓吗？苏桥的心脏仿佛被狠狠击中了一般，差点忘记跳动。

“一直以来，我被束缚在阴影中，从来没有跟你袒露过我的心迹，我一直以为你会懂，但是好像是我太自负了。我一直期待着，从新的起点出发，没有任何犹疑和猜忌，彼此坦诚相待。现在的我已经不再是以前的我，是只属于你的。我爱你，苏桥，这句话，我只能对你一个人说。总有一天，我会亲口告诉你，我爱你。但现在，你能接受只到这种程度的我吗？”

苏桥的心脏随着他的每一个字起伏跳动着，她好像意识到了什么，却又不敢承认。

那双手突然拿出了一个戒指盒，打开是一枚男士戒指，苏桥认出来了，那是自己留在霍燃家中的螺帽戒指。

手机突然传出了声音，无比熟悉，欧拉公式第一次开了麦。

“苏桥，我一直在你的身边，从没有离开过。很抱歉，之前我答应了分手。你有你的战争，而我也有我的战争，这段时间我从未想过放弃。我想以全新的霍燃接近你，现在是收下这枚戒指的时候了。”说着，他为自己戴上了戒指，尺寸正好，他的笑声从网络那头传来，“我戴上了，如果你现在猜到我是谁，就给我打一个电话。”

苏桥越发觉得自己爱哭了，居然看个视频就哭成这样。她终于等到了霍燃的告白，虽然是手写的“我爱你”，但是足够了。再多的痛苦，在这句告白面前都变得无足轻重。

她放弃了所有的矜持，擦着眼泪拨出了电话。

“霍燃，你是白痴吗？”

霍燃轻笑出声：“你看到了，那你还愿意和我重新开始吗？”

“嗯，我爱你。”

“总有一天，我会亲口告诉你，你愿意等我吗？”

“我就勉强等等吧。”

霍燃终于袒露了心迹，将父亲的事和盘托出。苏桥才明白，原来他一直有个心结。

“所以你之前去医院，是去看心理医生，不是因为身体不舒服？”

“原来你知道呀，我还等着你慰问我呢，没想到你最后什么表示都没有。”

苏桥抽泣着，用命令式的口吻说：“以后，我们都坦率一点，好吗？我会每一天都告诉你，我爱你，直到你适应这句话为止。”

“好，你说吧，我会好好听着的。”

“我爱你。”苏桥又哭又笑，重复了好几遍。

“这次不闹了？之前谁先说分手来着，说是我影响了你的工作，现在又想吃回头草？”霍燃开始翻旧账。

苏桥决定再也不执着于自己那一点可怜的自尊：“不怕，谁敢说，就让他们说吧。嘴巴长在别人身上，我又管不着人家。我要做霍太太，谁也不许跟我抢。”

“这话好像是秦素说过的吧，你以前不是讨厌她吗？”

“现在我觉得她特别酷。霍燃你的眼光真的不行，那么好的女人不要，偏偏要我，我有那么好吗？”

“你这话听着怎么这么得意，是，你是天底下最好的女人。以后谁再叫我霍先生，我就跟谁急，我是苏先生，嫁给你了。”

深夜里，某病房里传出了哈哈大笑声，有人过来敲门，让她小声点。

苏桥再也哭不出来了，现在满心的甜蜜只想快点见到他：“霍燃，你真的变了，那个心理医生也太厉害了吧，不会把你的灵魂给换了吧？”

“如果霍燃不是以前的霍燃，你还要吗？”他问了昨天她没有回答的问题。

苏桥停顿了一下，坚定不移地回答道：“要，只要是你，变成什么样我都要。”

苏桥出院回家休养了几天，霍燃每天都来陪她，两人腻歪在一起，让苏家父母都有些忍不了了：“苏桥，你走吧，留不住了。”

哪有父母整天催着她赶紧搬出去的，她有点不乐意，恋爱还没谈够，霍燃还没有重新求婚，她还没做好准备，哪有那么容易就嫁人。

“你不用上班吗？”

“我爸回来了，说要留时间给我谈恋爱，不能辜负他的好意吧。”霍燃在床上抱着她，和她一起看着漫画书，以前完全不屑于做的事，他现在做得得心应手。

医生说，让他敞开心扉，不要压抑自己。他试了一下，想做就做的感觉还真是挺不错的。

他低头，狠狠地啄了一下她的脸颊。

苏桥捂着胸口，甜蜜得快要晕过去了："请老天爷别再让以前那个霍燃回来了。"

霍燃捏住她的鼻子，龇着牙说："你把这句话吞回去，说好不论什么样的都喜欢呢。"他第一次明白，原来真心爱上一个人，一切都会无师自通。

两人吵闹着，突然安静下来。苏桥合上书，问他："你到底是什么时候喜欢我的？"

"我得急性胰腺炎抢救完醒来的时候，看到你为我哭的时候，我就心动了。"他深情地注视着她的眼睛，正如那天采访时专注的眼神一般。

苏桥诧然："你真的是从那个时候喜欢我的？"

"别人说女人爱说违心话，男人难道就不可以吗？"

霍燃低下头，吻住她的唇。

2

某天，苏桥接到了原来道具组组长赞哥的电话，说是他马上要进新的剧组了，缺人手，问她去不去。她有些心动，但一旦进组后，时间不定，可能就很难约会了，她说考虑一下便挂断了电话。

沉歌也来了电话，说是要去美国了，问她有没有时间吃个饭。她的心沉了一下，没想到短暂的碰面后，大家又各奔东西。她应下了，就算是道别好了。

这次没有约在他家，而是一家中式餐厅。两人聊着曾经的趣事，还有在剧组度过的日子，突然，沉歌说了句："苏桥，我喜欢你。"

苏桥没料到他会告白，她脸上的笑容慢慢凝滞住，最后消失了。两人相顾无言，都有些尴尬。

过了一会儿，她才低下头，坚定地拒绝："对不起，我不能接受。"

沉歌的手抚摸着酒杯，神情有些落寞，勉强地笑了："我知道，你和霍燃和好了吧。我本来就没打算你会接受我，只是想告诉你而已。喜欢的话，就要诚实地说出来，不留遗憾。"

"谢谢你。"

"说实话，我也不知道我对你是什么感情。大概是我们太过相似了吧，看到你就想到了自己，就很想好好保护你。"沉歌抬头看她，"你比我厉害，已经完全走出了阴影，拥有了自己的人生。而我，还在惧怕着我的哥哥。"

"沉歌，你已经很棒了，你现在的成就，在别人眼里简直是遥不可及的梦想。"

"我会继续怕下去，只有恐惧才能让我进步。"他的目光灼灼，充满了坚定。他有着自己的坚持，并以此作为了一生的目标，一旦抽离，他的人生将不再有意义。

苏桥理解地点头。

沉歌突然又说："我之前在美国拍电影，合作过一个工作室，里面有个女性朋友独立出来成立了道具工作室，我把你的情况说给她听，她非常喜欢你，说如果你想学习的话，可以去找她。"

"去美国？"苏桥感觉自己血管里的血液澎湃汹涌，她心动了，但又不得不考虑霍燃，两人好不容易敞开心扉重新在一起。

"是，他们正在合作的电影里有中国元素，如果你去帮忙的话，他们应该会欢迎的。你英文水平怎么样？"

"还好吧，就是有段时间没用了。"

"你就当去学习好了，这是一个很好的机会，能参与国际电影制作，你一定会有收获的。我很希望你去，但你如果考虑到霍燃不想去的话，也没关系。"

苏桥双手捧着杯子，沉吟了片刻，才抬头看他："我考虑一下吧。"

回到家里，苏桥看到陪父母在沙发上看电视的霍燃。他的声音、他的每一个细微动作，都牵动着她的心，她好舍不得，但又觉得放弃去美国的机会有点可惜。

苏桥整理了一下矛盾的心情，换上笑脸，走到霍燃身边坐了下来。

他的手习惯性地揽过她的肩膀，偷偷地在她的额头上亲了一口。她瞥了父母一眼，幸亏他们专注于电视没看见。

“今天去哪里吃饭了？”他问。

“我去见沉歌了，他要去美国了，我就是参加一个饯别宴。”苏桥把他邀请自己去美国的事省略了。

霍燃满意地点头：“很好，这家伙终于走了。之前他哥哥还拜托我照顾一下他，没想到这小子一点都不领情，还……”霍燃瞧了苏桥一眼，把剩下的话吞了回去。

“原来你知道他们是兄弟啊。”

“嗯，所以我对他算客气了。”

苏桥打了个哈欠，瞥向他，小声说：“你快回去吧，老是赖在我家里算怎么回事。”

“我就不能留下来睡吗？”霍燃勾了勾她的小指头，那模样真让人舍不得苛责。

苏桥摇摇头，脸顿时红得像火烧云，凑到他耳边小声说：“今天不行，下次去你家里。”说完，她都快觉得自己害羞得要爆炸了。

她拽起他的手臂，把他推向门口。两人依依不舍，下楼散步似的走了一圈，这才分开。

苏桥几次想开口说，可还是没能鼓起勇气，最后眼睁睁地看着他开车走了。

晚上，她辗转难眠，可是再也不能看欧拉公式的视频助眠了，一想到那双好看的手是霍燃的，她能看一整晚不睡。她打开微信朋友圈，发了一条状态：好纠结要不要去美国。

因为霍燃没加过她的微信，她才能放心地在这个小天地吐槽。之前那个兔子头像的人又给她点了赞。周深私聊了她，听她说了这件事，劝她好好考虑清楚。一年能发生很多的事，到时候如果她习惯了那边的生活，回来又会有巨大的落差，她会后悔吗？

是选择机遇还是爱情？她仿佛又回到了几个月前，那个令人煎熬的夜晚。

霍燃当然能感受到她的不安，只是几次试探口风，都被她挡了回来。

月色下，夜风习习，两人手牵着手，彼此都舍不得放开，眼看时间都快十点了。

霍燃侧头看她："明天和我一起去约会吧。"

"好啊，去哪儿？"苏桥对上他的目光问。

"明天你去了就知道了。"霍燃宠溺地刮了一下她的鼻子。

两人又牵着手，走回了停车场。两人以前在一起的时候，总是十分克制，现在说开了，反而总觉得时间不够。

翌日，霍燃开车来接她，直到到了目的地，苏桥才知道他说的约会地点居然是他的母校。不过外人不太好进，如果要参观学校必须得预约。因为苏桥的父母之前都是这所大学的老师，她不得不拜托爸爸让其同事出来接一下自己。

霍燃也有些无奈："看来，有时候刷脸也不太好使，我忘记预约了，抱歉。"

两人无比尴尬地在众人的瞩目下进了学校，不少学生认出了他们俩，连声惊呼。

"是霍燃和苏桥！"

"你们复合了吗？"

霍燃揽住苏桥的肩膀，摇头，回复："我们从来没有分手过，一直都在一起。"

"哇，我们霍苏党又活了，可以拍照吗？"

"你们拍了上传到网络上也没关系。"霍燃十分大度地同意了，苏桥也跟着微笑点头。

后来围观的人实在是太多了，霍燃拉着苏桥跑了，也不知跑了多久，总算找了一个没人的地方停了下来。樱花树下，两人依靠着树干喘着气。

苏桥跑得上气不接下气，恨不得打霍燃两拳："这就是你说的约会吗？又不是大学生，跑学校来约会干吗？”

霍燃指着不远处的教学楼，说：“看到没有，那是我以前经常自习的教室。”

“你指给我看干什么？”苏桥被他整得云里雾里。

霍燃转过脸，风缓缓地从两人之间穿过。

“你知道我的梦想是什么吗？”

苏桥摇摇头。

“我本来以为自己可以一辈子研究数学，毕业之后读研究生、读博士、读博士后，然后在大学里教教书，偶尔去参加国际数学家大会，和世界一流的数学家交流心得。”说到这里，他突然停下了。

下课铃声响起，教学楼渐渐变得喧闹。那是多么令人怀念的时光，看着天之骄子们从教室里出来，苏桥仿佛见到了十年前的霍燃，他也是那样迎着阳光走来。

苏桥主动握住他的手，很暖和，

霍燃叹息了一声，转过身捧住她的脸，眼神里充满了鼓励：“我为了成全家人，放弃了自己的梦想，我不能看着你跟我一样。得急性胰腺炎那天醒来，我对你初次心动，后来看到你那么努力追求梦想，我才明白什么是真正的爱情。我喜欢的是为梦想努力的你，我不想你后悔。”

苏桥抓住他的手，惊诧地问：“你是不是知道了什么？”

“我看到你朋友圈的动态，很不放心，见了傅沉歌之后你就郁郁寡欢，我就去找他，才知道了他推荐你去美国工作室的事。你为什么不坦诚相告呢，你以为我不会让你去吗？”

“你什么时候加我微信了？”

“那个兔子头像就是我，你到现在还没发现我给你点赞啊。当你睡觉的时候，我偷偷用你手机加的。”

“你……”苏桥本想生气，可话到嘴边又舍不得责备了，她的眼眶唰地就红了，“可我们才重新开始没多久，我舍不得你。”

“苏桥，你逃婚的那两年我都等过来了，还怕再等你一年吗？你就对我这么没信心？”他温柔地擦拭着她眼角的泪痕，“你怎么这么爱哭，是

水做的吗？”

“我一点都不坚强，就是喜欢哭。”苏桥脚一跺，赌气道。

霍燃将她按在自己怀里，忍不住轻笑出声：“去吧，我等你，等多久都等。”

“如果我到时候舍不得回来怎么办？”她吸了吸鼻子，声音带着浓重的哭腔。

“那我就去找你，在国外定居也不错。”霍燃抱她抱得更紧了，沉默了片刻，在她耳边小声说，“苏桥，我爱你，嫁给我，好吗？”

那一刻，风起，卷走了尘间所有的声音，苏桥的大脑好似空白了一般，什么都无法顾及了。

怕她没听清，霍燃重复了一遍：“苏桥，我爱你。你不嫁也行，我做苏先生。”

苏桥凝视着他的眼睛，迟迟不肯说话，过了一两分钟才缓过神来，边哭边说：“霍燃，你是不是傻了，戒指呢？你不给戒指，等我去了国外，人家以为我单身追我怎么办？那边金发碧眼的小帅哥那么多，我怕自己把持不住。”

霍燃被她逗笑了。

两次求婚都很简单，只是两人的心境不同了。

霍燃拿出了早就准备好的钻戒，小心翼翼地为她套上，不过这次因为太过紧张，差点一哆嗦把戒指丢了。戒指安稳地套入无名指，他紧握着她的手站了起来。

两人的手里都出了一层冷汗，都紧张得没说话。

良久，霍燃才开口：“走吧，回家。”

苏桥眼珠子一转，故意问他：“哪个家？”

“我们家。”

“你父母都在家吗？”苏桥试探地问，她那点小心思哪里逃得过霍燃的眼睛。

霍燃摇头：“不，我买了新的公寓做婚房，就我们俩。”

“哦。”苏桥紧张得手有点发抖，偷偷瞄了他一眼，他眼神闪躲，看上去也很不安。

她终于明白了他的心意，原来不是她一个人心动得要命。

阳光正好，两人手牵着手，一直走到小路的尽头，不知道前方还有什么风景，但他们会永远陪伴在彼此的身边。

苏桥去飞机场的那天，天下着绵绵细雨。两人在车里，进行着毫无营养的对话。

“身份证、护照都带齐了吗？”

“带了，你好啰唆。”

“没落下什么东西吧？”

“有啊，把你落下了。”

苏桥话音刚落，霍燃方向盘往右一打，往回一拉，一串利落的动作后，他把车稳稳地停在了路边。

她刚想问干什么，他急如骤雨的吻侵袭而来。两人吻得难分难舍，竟都落泪了。

苏桥拍他的肩，憋着泪问：“你哭什么？”

“我舍不得你。”霍燃抚摸着他的脸，眼圈微红，“你把这个吻带走吧。”

苏桥连连点头，抓住他的手，依依不舍：“你记住，别的女人再好看，你也不准多看两眼，只能想着我。”

霍燃笑着轻咬了一口她的手：“没办法了，我的眼光不怎么好，审美已经被你颠覆了，别的女人在我眼里一点都不好看，就你最好看。”

“你现在是情话小王子吗？”苏桥又哭又笑，轻轻捏了捏他的脸，“我家先生真是太帅了，真舍不得。”

“那你就快点回来。”他又凑上去啄了一口。

旁边经过的路人大爷都看不下去了，朝他们啧啧两声，嘴里说了句：“真是世风日下啊。”

苏桥尴尬地催他快点走，他也红着脸扣上安全带，慌乱中，差点把刹车当油门踩了。

车子飞驰在通往机场的路上，马路边的广告牌上，时不时出现傅沉舟代言的保健品广告——安心睡，给您一夜好睡眠。

为了缓解气氛，霍燃打开了收音机，里面正在播报新闻。

“警方通过调查，已掌握宗某违法犯罪的证据，已将此案以起诉建议移送检察院……”

一切都尘埃落定了，车里的两人相视一笑。

3

一年后的春天。

飞机平稳地降落在了北城国际机场，苏桥在吵闹声中摘掉了眼罩，透过机窗欣赏北城的景色。

她对着小镜子理了一下头发，从容地起身，和其他乘客一同下飞机。

她再怎么假装镇静，但在见到霍燃的那一刻就顷刻间没了形象，奔上去抱住了他。

“这个女儿是留不住了，跑过来居然先抱男朋友。”苏妈妈吃醋地摇摇头。

苏桥放开霍燃，这才给爸爸妈妈姐姐每人一个大大的拥抱。这时，邱雅抱着鲜花过来，也要求抱抱。

邱雅激动得快哭了：“苏桥，我好想你呀，我多怕你喝了洋墨水就不回来了。”

苏桥瞧了瞧周深，又看看邱雅，满脸八卦：“你们俩还没成？”

周深轻咳一声，没答话，邱雅也神秘兮兮的什么都不说，既不承认也不否认，看来有戏。

苏莞瞧了瞧这么多人说：“人太多了，分车坐吧，苏桥跟霍燃，其他人坐我的车。”

苏桥和霍燃同时向姐姐投去感谢的目光，总算有时间单独相处了。霍燃一只手托着行李箱，一只手被苏桥挽着，走在大部队最后面，趁着没人注意，在她脸上亲了一口。

苏桥害羞地捂着脸，掐了掐他腰间的肉，警告他不要肆意妄为。

霍燃的爸爸霍尧在自家酒楼留了几桌位置，请大伙吃饭。霍苏两家长辈都到了，大家吃着吃着，就聊到了霍燃和苏桥的婚事，目光集体聚焦在两人身上。

“我没什么意见，看苏桥。”他把锅甩到了苏桥身上，目光直勾勾地盯着她，满是期待。

苏桥别扭了一下，才说：“嫁就嫁呗。”

霍尧看向儿子，哈哈大笑：“那就这么定了，过几天再碰个头，选下好日子，就把这事给办了。没想到啊，兜兜转转，我们霍苏两家还真成了亲家。”

苏爷爷举起酒杯，老友也碰杯：“虽然这辈分乱了，不过不妨碍我们俩的关系哈。”

“是是是。”

五十年前，两人怎么也不会想到，会出现这样一场奇妙的姻缘。

聚餐结束，霍燃送苏桥回家，开到半路，拐进了中心公园。

“散个步吧。”霍燃提议。

苏桥笑道：“好呀。”

两人手牵着手，漫步在公园昏暗的鹅卵石路上。

“我有一直看你的B站视频，这一年你收获了不少粉丝，开心吧。”霍燃捏捏她的脸，笑容宠溺。

苏桥点头：“嗯，虽然我很开心，但如果和你在一起的话，我会拥有双倍快乐，会更开心。”

霍燃在路灯下停住了脚步，转过身，捧住她的脸吻了上去。太久没有温存过，他轻轻舔咬着她的嘴唇，贪恋着她的味道。

意识到有人过来，两人才分开。

苏桥扯了扯他的袖子，小声说：“你的吻技提高了，你没做什么对不起我的事吧？”

“你忘了我的IQ吗？这叫无师自通。”

两人相顾而笑，牵着手在长椅上坐下。苏桥脑袋一歪，靠在他肩膀上：“我好累啊，回国真好。”

霍燃拨开她垂下的发丝，亲了一口额头：“以后你就待在我身边。”

“嗯，我哪儿都不去了，我想自己开个工作室，以后拜托你给我拉点活。”她眨着眼说得认真。

“以前你不是打死不让我帮忙吗？”

苏桥拍了拍胸脯：“现在我是谁，参与了大制作电影，还有百万粉丝，经验十足，国内不知道多少剧组想请我呢。”

“可把你得意的，《迷迭香》拿了春节档票房冠军，五十亿票房，你算是参与了超级大项目了。”他捏了捏她的鼻子。

“你嫉妒吗？盛和赚翻了，下一次就轮到星海啦。”

“当然，星海也不能输。看来必须得靠你的帮忙了，你的工作室这么有前途，我想投资。”

苏桥激动地坐直了身体：“你说真的？给多少？”

“无限，你要多少就给多少，反正连我都是你的了。分红嘛，就给你我的后半辈子加几个孩子吧。”

昏暗的灯光下，他们注视着对方。

两人没有轰轰烈烈的爱情，一切归于平静。

“霍燃，我爱你。”

“苏桥，我爱你。”

半年后，霍燃和苏桥的微博重新启用了。

霍燃：大家好，我是这位小姐的先生@小桥流水

小桥流水：大家好，我是苏桥，今天已经成功升级成霍太太，请我先生的粉丝勿再惦念。

番外一

一些过往

1 苏莞和霍燃交往的原因

苏莞的美和傲慢在这片是出了名的，这自然惹了不少嫉妒。虽然总有人暗暗在背地里说有的人小时候长得好看，长大了就丑了，但令人失望的是，苏莞越长越美。

越美她就越自恋，更气人的是不光美，她还聪明。高考拿下了本市的文科状元，如此这般，她便更不把别人放在眼里。

直到有一天，她看了傅沉舟演的一部爱情片，突然萌生了恋爱的念头。她想自己这一生什么都有了，只是一次恋爱都没谈过，未免有些缺憾看着镜子里的自己。她深感自己实在是太完美了，身边的男生聪明的都不好看，好看的又不聪明，要找个什么样的男人才配和自己一起共度余生呢？思考良久以后，她把目光投向了青梅竹马的霍燃。

她拿起电话给霍燃打了过去：“霍燃，跟我交往吧。”

那边的声音冷冷的：“为什么？”

“你的智商不在我之下，颜值又与我相当，而且你家挺有钱的，不需要我家的帮衬，我跟你交往的话，一点都不吃亏。”苏莞十分诚实地回答。

那边沉默了一会儿，简单地回了一句话：“好。”

“这么爽快？”苏莞没料到他这么快就应承下来，一时间还没反应过来。

霍燃的语气十分淡然：“如你所说的那样，你的智商和颜值与我相当，出生书香门第，很难再找出一个比你还完美的女人，和你交往，我一点也不吃亏。”

在电话里，两人确认了交往，正式从青梅竹马转变成恋人关系。

2 十五岁的拖油瓶苏桥

甜品屋里，十五岁的苏桥坐在姐姐苏莞身边，对面是正在做题目的霍燃。

苏莞：“霍燃，你不介意我带她来约会吧。不看着她做作业，她又要跑出去疯。”说着，她目光如刀，冷厉地扫过苏桥的面庞。

霍燃眼皮都没抬，淡淡地回答：“不介意。”

苏桥埋着头，哆哆嗦嗦地握着笔写着数学公式，时不时偷偷打量下面色铁青的姐姐，还有不动如山的霍燃，内心十分崩溃。

注意到她的动静，苏莞放下了手里的英文资料：“偷瞄什么，还不快点做题，数学考58分，你好意思吗？就这成绩，你还想读什么高中？出去千万别说是我苏莞的妹妹，我嫌丢人。”苏莞冷眼瞥来，吓得她赶紧埋下了头。

“58分？”听到这个数字，霍燃抬起眼皮，用打量异类的目光盯着苏桥，“原来你这么笨吗？”

苏桥在他们鄙视的眼光中，头越来越低，差点就贴上本子了。

柜台后的服务生看着这桌上的一对璧人，啧啧称赞着：“那对男女生长得太好看了吧。”

另一人问：“不会是情侣吧？”

“看上去不像，旁边还有个拖油瓶，大概是学习小组吧。”

桌子那边，学习小组里的姐姐拿起资料问对面的霍燃：“这个地方是不是语法错误了？”

霍燃瞧了一眼，点点头：“嗯，应该是……”

柜台后的服务生更加确定地点头：“就是在学习嘛。”

3 宗政对霍燃敌意的来源

宗家靠实业起家，又靠炒房地产致富，成为北城有名的土豪之家。

因为家庭缘故，宗政从小就被寄予厚望，可惜天赋不足，他只好靠勤奋来补，最后总算如愿以偿，考入了最高学府，却也因此遇到了毕生的对手霍燃。

和自己完全不同的是，霍燃不论是智商还是相貌都更为出众，自己需要花百分之两百的努力才能做到的事，霍燃却轻而易举就能做到，可越是如此，他就越想打败霍燃。

“哇，那个就是宗家的少爷宗政吧，没想到能在这里碰到他。”

“真的好帅呀，就采访他吧。”

宗政一走出教学楼，就被两个校报记者挡住了去路。

“您好，宗政同学，我们正在进行一期新生采访，不知道可不可以耽误您一些时间回答我们几个问题。”

对于这种事，他早就已经处变不惊，活在媒体的注目之下，他已经学会收敛自己的脾气，展现自己良好的教养。

他点点头，微笑着不疾不徐地回答她们的问题，耳朵还在捕捉着周围的窃窃私语声。他早已习惯这种气氛，享受着受人瞩目的目光，他喜欢听别人嫉妒的声音，他觉得那是对自己最大的肯定。

直到女记者提到了霍燃的名字，他的脸色才不经意间起了变化。

他停顿了一下，恢复了笑容，回答道：“我知道你们一直把我和霍燃放在一起比较，我承认他很强，我会一直把他当成我的竞争对手和促使我进步的动力。”

得到了满意的答案后，女记者说了声“谢谢”，拉着自己的同伴去采访其他人了。

宗政还没走几步，便听到刚才离开的女记者喊了声“霍燃”，他条件反射一般地回头，便看到双手捧着书的霍燃，心里忍不住嘲笑了一声：书呆子。

他没有立即离开，而是驻足了一会儿。

记者把霍燃拦了下来，第一个开口问的便是有关宗政的问题。

“刚才我们采访宗政同学，您是他最棒的竞争对手，那您是怎么看待宗政同学的呢？”

听到自己的名字，宗政的耳朵立马竖了起来，迫切地期待从霍燃口中听到答案。

霍燃却微微一愣，一脸茫然地看向她们：“请问宗政是谁？我不认识他，也不知道该怎么看待他。”说着，他一本正经地摆了下手，“不好意思，我很忙，不能接受你们的采访。”

满心期待的宗政脑袋嗡地一下炸开，原来只是自己一厢情愿把他当成了竞争对手，别人根本就不认识他！他咬牙切齿地看向霍燃，暗暗发誓，一定要打败他。

4 关于怎么让人不哭

傅沉歌第一次遇见苏桥，是在小区附近的篮球场，她正独自练着投篮，那动作简直惨不忍睹。看她一副要哭了的模样，他于心不忍，只好上去教她怎么摆好姿势、找好角度。

两人就这样成了朋友。

第二次他再遇到苏桥，她又要哭了的样子，只是因为成绩不理想不敢回家。他买了冰激凌哄她，她终于不哭了，也把自己和姐姐的事告诉了他。

大概是遭遇差不多吧，他起了惺惺相惜的感觉，很想要保护她。他提出要给她补习功课，两人就在篮球场附近见面。

第三次他遇到苏桥，却是自己哭了。所有人都喜欢拿他和哥哥比较，他受够了，和家里人吵了一架跑了出来。这一次换他诉说自己和哥哥的事。苏桥这才知道原来他和自己一样，都活在别人的阴影之下。

“你别哭了。”苏桥看他委屈的样子，想要哄哄他。

她想到了姐姐哄自己的办法，伸手过去狠狠地掐了一下他的脸。

傅沉歌果然不哭了，错愕地看着苏桥。

她赶忙解释：“这是我姐姐让我不哭的办法啦，是不是很有效？脸上很痛，心就不痛了。”

傅沉歌还真被她逗笑了，摸着脸，苦笑着说：“还真是挺疼的，看来你姐姐平时对你确实不怎么样。”

苏桥摸了摸后脑勺，尴尬地笑了。

“不要对其他男生做这种事啊，他们会心动的。”

傅沉歌轻轻说道，说给苏桥听，也仿佛在说给自己听。

5 傅沉舟初识苏莞

八年前，傅沉舟卸下影帝身份，来到国外留学，第一眼见到苏莞，就被她吸引了。

照他的话来说，这辈子见过的女人，聪明的都没苏莞好看，好看的都没苏莞聪明，连她奇怪的性格都充满了魅力。如果不和这样的女人交往一次，他一定会抱憾终生。于是，他莽撞地告白，然后飞速地被拒绝，还被她问了句“你谁呀？”。他这辈子都没受过如此屈辱，可他没有因此放弃，苏莞的拒绝反而激起了他的征服欲。

正当他打算进行第二次告白的时候，苏莞却主动找上了他，态度来了一百八十度转变。

“你是演《拯救》里男主角谢意的傅沉舟吗？”她的声音很平静，并没有表现出见到知名演员的激动心情。

傅沉舟的虚荣心得到了满足，笑道：“你才认出我是谁吗？”

苏莞朝他迈进了一步，目光灼灼地注视着他的眼睛：“我答应了，我们交往吧。”

傅沉舟唇角微微上扬，并不急着回应，还想着找回昨天丢掉的尊严，没想到她又添了一句：“我想和谢意交往，我喜欢你演的谢意，他是我的理想型。如果你能用谢意的形象跟我交往，我就答应。”

傅沉舟摸了下脖子，花了好一会儿才消化掉她的话。骄傲如他，这种丧权辱国的尊严，他本是不会答应的，但不知怎么的，对上她那双眸子，他的心突然就软了，什么重话都说不出口。

只要能交往就好了，真是个有趣的女人。抱着这样的想法，他同意了她荒唐的要求。

第二天，他就将自己塑造成了曾经演过的角色谢意，他睿智温柔、风度翩翩，穿着打扮都十分精致。一开始，他还是充满了新鲜感，但很快就崩溃了，伪装成别人和喜欢的女人在一起，这种感觉让他觉得很别扭，不过他还是忍了。

三个月后，两人的恋人关系就结束了。

“我已经对谢意感到腻味了，时间久了，觉得这种男人过于脂粉气，我还是更喜欢有男人味一点的，《红》的男主角许悲就很棒，我想和许悲交往。”苏莞吸了口冰镇果汁，平淡地抬起眼皮瞧了眼傅沉舟。

傅沉舟叹了口气，之前就已经很别扭了，现在还要他换个人格，他的自尊心不允许自己答应。

“你不觉得太过分了吗？要么和真正的我交往，要么就分手吧。”他沉默之后，决定摊牌。

苏莞将最后一口果汁喝完，擦了擦嘴巴，说：“那好，就分手吧，我无所谓。”

说完，她掏出钱包，将自己那份的钱放在桌上，起身便走。傅沉舟没想到她会那么果断，瞬间懵了，等他反应过来，她早就已经离开了餐厅。

他靠在椅背上，冷笑出声，至今仍不敢相信，原来只有他一个人沉浸在恋爱中。

分手后，他没再找过苏莞，利用空余时间，他写了一个剧本——《无情的女人》，后来被拍成了电影，成了热卖的爱情片。就在这个投射了苏莞影子的故事里，他又重新爱上了苏莞。

但是，这份扭曲的恋爱，什么时候才能开花结果呢？傅沉舟一直在等待着。

番外二

傅沉舟与苏莞

1

苏莞双手环抱在胸前，目光冷冷地盯着对面的傅沉舟，两人目光对上，却谁也没先开口。

屋子里的气氛有些凝重，最后还是傅沉舟先开了口。他深吸了口气，无奈地耸了耸肩："真不知道我们俩究竟是谁求谁，有你这样来求人的吗？"

苏莞唇角一扬，皮笑肉不笑，说道："傅先生您不觉得您开出的条件很过分吗？"

"那你觉得你们开的代言费够吗？如果你是觉得我还喜欢你，就用这点钱来打发我，那我告诉你……"傅沉舟说到这里突然站了起来，双手撑着桌子，俯身靠向她。

苏莞本能地身子往后一靠，整个人僵硬得不能动弹。

苏莞还没来得及开口说话，傅沉舟便抢先说道："不错，我还喜欢你，苏莞。"

苏莞被他这句话吓得本能地连打了好几个嗝，还以为他会像小说里的霸道总裁一样，回自己一句"蠢女人，我早就已经对你腻了"，没想到他居然真的乖乖承认喜欢自己，这反倒让她觉得无所适从。

傅沉舟递了杯水过来，轻轻拍了拍她的肩膀。

“大概得不到的才让我耿耿于怀吧，其实这么多年，我从来没有忘记过你。”

苏莞用打量非正常人的表情注视着他，一边喝水一边听他絮絮叨叨。

“我可以一分代言费都不要，只要你在合同期限内，做我的女朋友，合同立马就可以签。”

一听到不要钱，苏莞的嗝立马就停了。只要答应当他的女朋友，就可以省下好几百万的代言费，而且借助傅沉舟的影响力，公司的营业额一定会有很大的提升，想来自己好像一点不亏，反正自己本来就没打算和别人谈恋爱结婚。

苏莞在心底默默地盘算着，脸上的笑容越来越浓，最终主动向他伸出了友谊之手。

“傅先生，合作愉快。”

“合作愉快。”傅沉舟没料到苏莞会答应得这么爽快，生怕她后悔似的，赶紧握住她的手，忽然他的手势一变，两人交握的手变成了十指相扣。

苏莞本能地想要收回手臂，他却加大了力道紧紧地握着她纤细的手指，生怕她逃离。

“这不是男女朋友应该做的吗？苏小姐要好好习惯。”看着她窘迫的表情，他的心情瞬间大好。

苏莞心里还在念着省下的几百万，安慰了一下自己，总算勉强接受了这种亲密的触感。

傅沉舟又问：“不知道苏小姐，合同想签几年？”

“这个可以由我决定吗？”

“当然可以，如果你说要一辈子，我也可以勉勉强强答应你。”

苏莞却摇了摇头，一脸精明地比了个手势，说：“不用那么长，就三年吧。”

“只要三年就够了？这可是个难得的好机会，我可是傅沉舟哦。”傅沉舟还以为她会狮子大开口，没想到她只要了三年，反而有点伤了自尊心。

苏莞老实地回答："三年就够了，三年足够更新换代了，谁知道你三年后还红不红？"

傅沉舟脸色瞬间阴沉，手中力道又增加了几分。

苏莞被他抓得手疼，但想着这笔买卖，还是忍了下来，脸上维持着虚伪的笑容："既然我们意见达成一致，就赶紧把合同拟了。"

"不着急，我还有个条件，这三年里，你必须履行做我女朋友的职责，不能单方面毁约。还有，如果在这三年里，你爱上了我，你必须赔我五千万。"

苏莞回味了一番，才明白他的意思，沉默了几秒，她唇角上扬："好，我接受你的挑战。我也有个条件，即使你有新欢后不需要我履行女友的职责，代言活动也不能终止，你得继续履行合约。"

"没问题。"傅沉舟突然靠了过来，在她耳边轻笑一声，笑声里带着一丝挑衅，"苏莞，这可是你主动跳进这个坑的。"

"以前我没能爱上你，以后也不会。"苏莞推开他，自信满满地反驳，又恢复了职业性的微笑，"既然已经说定了，我这就回去让人拟一份新合同。"

"你就这样走了？"傅沉舟见她利落地收拾着手提包准备离开的样子，不禁有些失落。

苏莞抬头"哦"了一声，仿佛想起了什么，赶紧朝他靠了过来，踮起脚尖在他脸颊上轻轻啄了一口，说了声"拜拜"后，脚步轻快地逃出了他的休息室。

等他缓过神来，人早就已经走了。

2

傅沉舟一进保姆车，气得立马解了领带，狠狠地甩在了地上。

"她说还不知道我三年后还红不红，只愿意跟我签三年，你说气不气人？"

经纪人李兆有些哭笑不得，蹲下去把领带解了起来，刚想安慰几句，他却拿起镜子照起了右脸。李兆这才注意到他脸上那浅浅的口红印，连忙掏出纸巾准备替他擦一下，却被他伸手挡开。

“别动。”

李兆有些急了：“待会要去片场呢，你总不能带着这个去吧。”

傅沉舟仿佛没听见他在说什么，看着那道口红印，脸上的表情瞬间变得阳光灿烂。

“再留一会儿吧，她亲的。”

“谁亲的？”

“苏莞呀，再留一会儿。”

李兆眯着眼睛，一脸鄙夷地看着嘚瑟的傅沉舟，缓缓开口：“傅沉舟，有时候我真怀疑你是不是真的喜欢犯贱。”

“你不懂，苏莞这个女人很特别，她是我见过最没有逻辑的女人。我真很想看看她喜欢上一个人的样子，到那一刻如果她和普通的女人一样，我就会对她失去兴趣。”

李兆呵呵干笑了几声：“傅沉舟，你和她半斤八两，我也想打开你的脑子，看看你究竟怎么想的。”

苏莞一回到公司，立马找了好友兼法律部同事孙晔，准备秘密拟定新的合同，毕竟和傅沉舟交往这种事还是低调一点比较好。

孙晔一听这事，惊得下巴都要掉下来了。

“不会吧，傅沉舟怎么会提出这种条件，他真想和你交往？”说完这句话，她立马意识到有些不对劲，赶紧修改措辞，“不对不对，我不是说你配不上傅沉舟，你很漂亮很聪明，但是你们俩完全没有交集啊，怎么会突然要交往？”

苏莞忙着在便签纸上写东西，在她追问之下才敷衍地回答：“我们以前交往过。”

孙晔刚喝下的茶水又喷了出来，她赶紧抽出纸巾擦了擦嘴角，一脸八卦地问：“什么时候的事，我怎么不知道？你除了霍燃，居然还谈了一个男朋友？”

“孙小姐，我好像没必要满足你的好奇心。你只要知道我给公司省了好几百万的代言费，借助傅沉舟的影响力，公司的产品销量上去，我们两个合伙人的分红不会少。”苏莞把写好的纸条撕下来交给孙晔，“好好工作，别老想着八卦。这是一些注意事项，你好好看看，合同就由我们和对方交涉，记得保密。”

孙晔做了个把嘴巴缝上的手势，连连点头。

等孙晔一走，苏莞靠在椅背上，无意识地摸了摸嘴唇，心情居然有些忐忑。这是她第一次真正意义上和异性有亲密接触，这种感觉不好也不太坏。

3

苏莞正收拾东西准备下班，微信的提醒声打断了她的动作，一扭头便到看到亮起的屏幕上显示着傅沉舟的名字。犹豫了片刻，她还是打开了微信界面。

“我在你们公司楼下，我等你一起去我家吃饭。”

去他家吃饭？才交往不到一个礼拜，就要去他家？！苏莞警铃大作，不知道怎么回复时，那边的消息有发了过来——我是公众人物，不方便在外面约会。

苏莞这才卸下了警惕心，简单地回了一句：我马上下来。

约会，多么陌生的字眼，仿佛从来没在她的世界里出现过一般。

在乘电梯下楼的这段时间，苏莞一直在回忆自己以前跟霍燃、傅沉舟交往时的点点滴滴，说真的，并没有什么令人印象深刻的瞬间。和霍燃在一起的时间，他们大部分时间都在学习。而在国外时和傅沉舟谈恋爱，她感觉自己只是在跟电影角色互动。

影视剧里的甜蜜恋爱，她从没感受到过，所以在和傅沉舟分手后，她打消了恋爱的想法，一直独身至今。

她很少去回忆这两个前男友，于她而言，他们已无关紧要。可她不明

白，为什么傅沉舟会对自己如此执着，难道真的是因为没有得到的才是最好的？

刚从大楼门口出来，傅沉舟的电话便打了过来。按照他的指示，她很顺利地找到了他的车。

苏莞很自然地打开了后排的车门，正想上车，却被傅沉舟叫停。

“你以为我是你叫的出租车司机？”他斜了她一眼，不满地抱怨着，又指了指身边的副驾驶位置，“忘了贴‘女友专属座位’，你就不认得了？”

“不好意思，差点忘了。”苏莞赶紧摆正心态，现在自己可是大名鼎鼎的影帝傅沉舟的女朋友。

她不紧不慢地关上车门，优雅地打开了副驾驶的车门。

她刚坐好，准备系安全带时，傅沉舟连忙喊了声“等等”。

“怎么了？你又想干什么？”苏莞虽然觉得他好烦，但表面上还是要保持微笑。

傅沉舟倾身过来，两人突然靠得很近，他夺过她手里的安全带，故意慢条斯理地为她扣上：“这应该是男朋友应该做的事。”

苏莞突然脑路通了一般，扑哧笑出了声：“傅沉舟，你不会以为这种玛丽苏电视剧里的桥段还能勾引我吧。”

“没试过，你怎么知道自己不吃这一套呢？”

两个四目相视，各不相让。

苏莞突然身子往前一倾，嘴唇轻轻在他脸颊上划过，傅沉舟心口一紧，脑子瞬间空白。

看着他错愕的表情，苏莞得意地笑了，说：“怎么样，我这套你吃不吃？”

尴尬之际，外面传来车子开过的声音，傅沉舟迅速与她拉开了距离，佯作镇静地说：“这里人多眼杂，该走了。”

“好。”苏莞撇过头，看到车窗玻璃上面映着傅沉舟窘迫的模样，她忍不住偷笑了。

晚上，一切都按部就班地进行着。吃精心准备的烛光晚餐，看浪漫的爱情电影，他们做着情侣之间该做的事，两个人却各怀心事。

电影进行到高潮时，旁边那只手突然不安分地伸过来，轻轻握住她的手。

苏莞转过看向他，见电视机屏幕折射出的五彩荧光在他脸上流转着，面容是那么不真切，而他们的手却真真切切地握在一起。

其实她用力一点，可以甩开他的手，可她没有那么做。

电影里男主人公开始讲台词：“秀美，请你一定要记得，现在抱着你的是真正的我，而不是其他人。”

她明显感觉到，他握着自己的手突然加重了力道。

“苏莞，请你一定要记得，现在握着你手的人是真正的我，而不是其他。这一次，我不会演别人的样子。”傅沉舟转头对上她的目光，眼神里充满了无限的柔情。

毕竟是影帝啊，气氛撩拨得刚刚好，可惜他遇到的是完全不解风情的苏莞。

“傅沉舟，我会看看真正的你。如果你能让我动心，那几百万，我赔给你。”苏莞表情依然毫无所动，反而用力地甩开了他的手，嫌弃地说，“你手心出汗了。”

傅沉舟刚刚调动起来的情绪立马被她的话浇灭了，世界上怎么会有这种喜欢破坏气氛女人！趁她去倒水的时间，他摸着自己不争气的心口，自言自语道：“你也太不争气了，有什么好跳的。”

听着厨房里传来的声音，他又有了新的想法。

他蹑手蹑脚地朝苏莞的方向走去，从后面温柔地抱了上去，附在她耳边小声问：“这样有没有感觉？”

可是，没有意料中的甜蜜，苏莞惊呼了一声，出于本能狠狠地朝他的脚背踩了上去。傅沉舟痛得闷哼了一声，手顺势放了下来。

苏莞提起水壶，回身朝他白了一眼：“求求你，别这么幼稚。”说着，倒了杯水就往外走。

傅沉舟很不甘心地跟着她一起走了出去，两人距离挨得很近，苏莞突然一个回头，两人差点撞在一起。苏莞头一动，正好就撞在他的下巴上。

他又是吃痛地闷哼了一声，苏莞往后退了一步，下意识地伸手抬了下他的下巴："你下巴没掉下来吧。"

"没事。"

傅沉舟觉得自己迟早有一天会被苏莞气死，可是又不禁为她的手指温度而心跳不止。

苏莞又继续说下去："时间不早了，我得走了。你不方便送我，我自己叫出租车就行。"

"等等，要不你就……"傅沉舟抓住她的手臂，嘴唇动了动，似乎想说什么，但还是把话咽了回去，"没什么，我叫熟悉的司机送你回去。"

苏莞瞧他憋得耳朵都红了，忍不住调侃了一句："你是不是想让我留下来？"

话一出，傅沉舟整张脸都红了："是，我想让你留下。不过没你想得那么龌龊，我只是觉得你喝了酒，又一个女孩子大晚上的回家，挺让人不放心。"

"哦，原来是这样。"苏莞拉长了语调，笑吟吟地说道。

"我知道你还没有做好准备。"

苏莞迈开步子，朝他靠近，几乎要贴近他的胸膛："也许我们可以更进一步。我很有契约精神，在确定合约关系的时候，我已经做好了所有准备，更亲密的举动也不是不可以。"

傅沉舟被她的话和动作撩拨到不能自已，突然俯下身来，吻住了她的嘴唇。

时间仿佛停滞住了一般，两个人都没敢动。浅尝辄止的吻结束了，两个人的表情都有些尴尬。

苏莞的心湖第一次起了一丝涟漪，可表面还是云淡风轻。而傅沉舟却再也装不下去了，转过身，连看都不敢看她一眼，摆摆手磕磕巴巴地说："我……我给你叫司机，就不送你了，回家给我电话。"

"好。"苏莞点头。

大屏幕上一向以高冷范出现的影帝傅沉舟居然害羞了，这大概就是流行的"反差萌"吧，苏莞突然对他产生了一丝兴趣。

三年的时间还很漫长，她倒是真想看看，这个想要征服自己的男人还会使出什么样的招数。

4

接吻事件过去没两天，傅沉舟就奔赴泰国拍新广告了。

在出国前，他特地通知了苏莞，可她只说了句一路顺风，便匆忙挂断了电话。

李兆看他有事没事就捧着手机，那失魂落魄等电话的模样，活脱脱像个刚刚坠入情网的小男生。

拍摄空隙，见他又魂不守舍地看手机，他递了一杯水过去，忍不住揶揄了一句："还在等苏莞的回复？"

"没有，我就看看时间。"傅沉舟把手机往桌子上一放，接过他递过来的水，慢条斯理地喝了起来。

李兆哂笑了一声，指着沙滩前那群穿着比基尼的美少女说："大好的风景都在这，珍惜时间还不够，还看什么手机？"

"你觉得她们有苏莞好看吗？"傅沉舟单手杵着下巴，若有所思。

李兆沉默了一会儿，老实地回答："说实话，我要是早点碰到苏莞，肯定好好栽培她，就她那脸和气质，还真是万里挑一。"

听他这么一夸，傅沉舟唇角得意地上扬。

那是，那可是他挑中的女人，别说是万里挑一，整个地球也就这么一个。

手机伴随着铃声震动起来，傅沉舟情绪激动地抓起手机，一看是条垃圾短信，脸色立马又阴沉了下去。

"你要真这么想她，你就给她打个电话过去。"李兆实在是受不了，抓起手机就想帮他拨电话。

傅沉舟情急之下一把夺回来："我打过了，她说没什么好聊的就挂了。我微信上找了她好几天，她也没理我，是不是网络不好，没发出去？还是微信把我的消息吞了，她没看到？"

他越想越有可能，正准备编辑新的消息时，微信消息提醒声终于响起了。

苏莞发了个微笑的表情包过来，再无多余的只字片语。傅沉舟默默地把放下了手机，强忍着想砸掉它的冲动。

李兆拍拍他的肩膀以示安慰：“请节哀。”

一个礼拜后，广告总算拍完了，傅沉舟特地赶了早班飞机回来，这些天没和苏莞说上几句话见上面，他总觉得心里痒痒的，也不知是生气多一点还是想念多一点。

他一回到家洗漱了一番，便做了一番伪装驱车来到了苏莞公司。

一进她办公室，便看到她正焦头烂额地处理文件，怒气瞬间转化成了心疼，他温柔地喊了声“苏莞”。

听到熟悉的声音，苏莞猛然抬头，目光与他对上的瞬间，脸上的表情起了微微的变化，但随即又恢复如常。

“你怎么来了？”她敷衍地回应了一句。

傅沉舟的怒气值又上升了，大长腿一迈走向她，正想发泄一下这些天的不满，才发现她右手绑着纱布，只有左手一直忙碌着，语气霎时变得柔软起来：“你的手怎么了，伤得严重吗，怎么不好好休息？”

“哦，没什么事，不小心被门夹伤了。”刚说完话，手机铃声打断了两个人的交流，她吃力地从一堆文件里找手机。傅沉舟实在是看不下去了，赶紧帮她一起找，见她不方便接电话，又帮她打开了免提。

听他们谈话的内容，似乎是实验室那边出了点问题。

苏莞说了声“马上就到”，便挂断了电话。

“我去趟实验室，你没事的话就先回去吧。”苏莞来不及招呼他，将要用的资料塞进包里，便匆匆走出了办公室。

“怎么比我还忙？”傅沉舟叹了口气，抬起手腕，看了眼手表，已经快十二点了，他不急不忙地掏出手机，给经纪人打去了电话。

两个小时后，苏莞终于处理完突发情况回到了办公室，见傅沉舟靠在办公桌上睡着了，便放轻了脚步声。

不过他睡得很浅，一听到动静便醒了过来。

“你还没走啊。”苏莞将包挂好，语气依然平淡。

“困了，借你的办公桌用了下。”傅沉舟打了个哈欠，慢悠悠地说：“你这个大忙人，还没吃饭吧。”

“好像是哦。”经他这么一提，她才想起一大早忙活到现在还没顾得上吃饭，意识到这点，原本还能硬撑着的身体像是突然被抽空了所有力量似的，脚一软，还好用左手支撑着墙壁，才没倒下。

“需要那么拼命吗？”傅沉舟疾步走来扶住了她，他的神情动作将内心的忐忑与担忧显露无遗。

苏莞被他扶到椅子上坐下，一边拉开抽屉找东西一边有气无力地说：“新品就要上市了，我还有很多事情要处理，不得不抓紧时间。”

听她这么一说，傅沉舟的心中的阴霾顿时烟消云散：“所以你不是故意无视我的消息？而是太忙了？”

苏莞掏出面包，往嘴里一塞：“我回复你了呀，是你的消息太长太啰唆了，我根本不想看。”

原来他特意做的泰国旅游攻略，她根本就没看！

刚刚散去的阴霾又重新积聚在心头，傅沉舟正想扭头走人，便看到她慌慌张张地丢开面包去按键盘，受伤的右手不小心撞在了桌角，她疼得龇牙咧嘴，却还是忍着疼单手打字和网线那端的人交谈。

他的心脏好像被那只受伤的手紧紧地握住一般，疼得鲜血淋漓。他认命地叹了口气，从不起眼的角落拿出一个保温饭盒。那是刚才他打电话给经纪人，让他帮忙送来的。

苏莞的脸色很不好，也不知是饿的，还是被气得。

傅沉舟把椅子挪到她身边，打开饭盒夹起一块肉往她嘴边送。见她没反应，他重重地用筷子戳了戳她的脸颊。

苏莞这才看到他举着筷子，一副要喂自己吃饭的样子，正想说什么，可是嘴巴一张，就被他硬塞进来一块肉。大概实在是真的太饿了吧，这肉吃起来特别香。

傅沉舟朝着电脑努了努嘴，小声说：“你继续。”

苏莞沉默地注视了他两秒，咀嚼完嘴里的食物，便主动张口嘴巴，他

迅速送上饭菜，配合得倒是很默契。

等喂完饭，傅沉舟收拾好东西，见她还忙着，便没打扰她，简单地说了声“再见”便静静悄悄地离开了。

听到门合上的声音，苏莞才抬起头来，静静地注视着他离去的方向。

傅沉舟钻进车子里做的第一件事就是先给李兆打电话，一听他这亢奋的声音，李兆就知道有好事发生。

“哥，苏莞认真工作的样子实在是太帅了，不愧是我看上的女人。”

“现在好像是你要征服她，不是她征服你，你激动什么劲。”李兆忍不住吐槽，自从傅沉舟和苏莞重逢之后，他就像是变了个人似的，“傅影帝，讲得好听点你这叫痴情，讲得难听点叫犯贱。”

“三年，只需要三年，我一定会让她爱上我。”

李兆忍不住吐槽：“哥，你还能有点志气不，人家三年都抱俩了。”

其实傅沉舟也不清楚，自己是否真的能撬开苏莞紧闭的心门。但他觉得，苏莞是他这辈子遇到最捉摸不透的女人，仿佛是世间最神秘的瑰宝，他想拥有她，然后用一辈子的时间去研究她。

5

咖啡馆里，苏莞和孙晔各自点了杯摩卡坐着，两人难得享受一下休闲时光。

这样的大好机会，孙晔自然不会放弃。

“苏莞，你不会真的每天面对一个超级大帅哥都毫无感觉吧。”

“大概是看腻吧，每天都在网络和电视上看到他，现实里没什么感觉。”苏莞淡然地说道，语气仿佛说着最微不足道的事情。

孙晔觉得很不可思议，羡慕地嘟囔着：“要换作是我，早就已经弃械投降了。傅沉舟除了脸还有才华，智商又高、人品又好，他出道这么多年，传过的绯闻屈指可数。这种万里挑一的好男人，怎么没让我碰到？换作是我，不用他出手，我直接就能扑到他。”

“我是不介意你去倒追他，倒省了我很多麻烦。”苏莞端起咖啡优雅地抿了口，另一只手则轻柔地划过手机屏幕，本想看看新闻，没想到一不小心就点进了傅沉舟的专题页面，是网站特地给傅沉舟做的一期庆生特辑，盘点他这么多年来拍过的经典角色，这里面就有不少苏莞熟悉的人物。

苏莞没多少爱好，但对电影却情有独钟，她喜欢用最短的时间去了解故事的来龙去脉，电影俨然比电视剧更适合她这种追求效率的人看。傅沉舟演过大卖的商业片，也拍过不少获奖的文艺片，他仿佛天生就是吃这碗饭的，演什么像什么，这也是她欣赏他的一点。

只是，她把角色和现实里的人分得很清楚。

她戴上耳机，把视频看到了最后，通过庆生的字幕才知道，原来今天是傅沉舟的生日。

“今天是他生日啊。”苏莞小声嘀咕了一句。

孙晔惊讶地抬起眼皮：“不会吧，你今天才知道吗？”

“我那么忙，哪有时间去打听他什么时候生日。”苏莞看了眼时间说道，“公司还有点事要处理，我先回去了，今天的账你结。”

苏莞没理会孙晔的抱怨，匆匆离开了咖啡厅。

在开车回去的半道上，她经过了经常光顾的精品店，脑子里闪过的一丝念头驱使她停下了车，花了五分钟在店里挑了一条领带。

想到傅沉舟可能晚上会约她，她一回到公司，便加快速度处理完所有事情，可真到了空下来的时候，她却又开始犹豫了。

苏莞打开抽屉，若有所思地看着包装精致的礼物盒。手机铃声将她的思绪拉回了现实，她脑海里浮现出傅沉舟的名字，急忙拿起手机，却发现是推销电话。

平时倒是挺积极的，一个节日都不落，今天自己生日却一点消息都没有。苏莞心情郁闷了。再看看已经挑选好的礼物，她更加觉得碍眼。

他都没有给自己放消息，自己该不该去送这份礼呢？女友职责里应该是有这一项的吧，但他又没提醒自己一定要送礼物，如果她主动送上门去，岂不是很丢面子？

“还是送给老爸吧。”她下定决心似的点了下头，顺势把礼物盒拆

了，将领结塞到了包里。

前脚刚踏出办公室，傅沉舟的经纪人李兆的电话就打了进来。

他怎么打电话给自己？苏莞疑惑之间，已经接通了电话。

“苏莞，你来不来看看傅沉舟？”

“他又没找我，我去找他做什么。”苏莞感到莫名其妙。

“他今天拍戏的时候受伤了，你真不来看看他？”

听说他受伤了，苏莞还是表示了一下担心：“他伤得严重吗？”

“没事，他就是伤到了手臂，现在还在片场挺着呢。”李兆说着就开始抱怨起来，“我当时就劝他别接这部戏，他非要接，说是要支持一下青年导演。你看吧，经验不足弄什么爆破戏，可不得受伤了。今天是最后一天了，场地不好租，为了帮导演省点钱，他非把戏拍完了再走。你说，哪个影帝还这么敬业，这么为别人考虑？只有我家傅沉舟了。”

苏莞听他说了良久，冷笑出声：“说了这么久，你这是王婆卖瓜自卖自夸。”

李兆没想到她直接戳穿了自己的小心思，沉默了一会儿，才央求她：“他都受伤了，你就过来见见他吧。”

“好，我去。”听说他拍爆破戏受伤，她还是有点担心。可千万别伤到脸啊，这样容易影响人气。

她看了眼包里的领带，叹了口气，想着既然去看他，就顺便把礼物送了吧。

片场就在附近，她开车过去不过十分钟。一到那儿，她就被李兆领着进了摄影棚。这还是她第一次见傅沉舟现场演戏。

此时他正浑身是血地躺在女主角的怀里，这是一场临终告白的戏。

即使隔了一段距离，苏莞还是能感受到傅沉舟眼中的不舍与柔情。

“阿珊，我爱你。”

片场一片沉默，只有他的声音在空气中回荡着。傅沉舟不愧是影帝，眼泪说来就来，混着血浆滴下来沾湿了女主角的手指。

“我也爱你，我们一起回家好不好？”

女主角紧紧地抱着他，忍着眼泪的模样楚楚可怜。

傅沉舟轻轻笑着回答了一声“好”，他努力尝试着去抚摸女主角的脸庞，声音渐渐变弱：“我真的……真的好舍不得你，好……”

话还没说完，他眼睛慢慢合上，右手垂落在地，再也没了声息。

女主角爆发出撕心裂肺的哭喊，可是她再也叫不醒他了。

戏结束了，可是片场的众人还沉浸在男女主角的演技之中，无法从悲伤中抽离。良久之后，导演才抹着眼泪喊了声“咔”。

这时，旁边的工作人员赶紧上来把傅沉舟扶起，现场顿时陷入一片混乱。

正要被送往医院的傅沉舟，在人群中捕捉到苏莞的身影，说了声“等等”，便朝她招了招手。

苏莞见他左臂不自然地垂着，走过去问了才知道是脱臼了。

“你忍了这么久啊？”苏莞还没从刚才那场戏里走出来，情绪还有些悲伤，忍不住对他多了几分怜惜。

傅沉舟无所谓地笑了笑：“没事，拍戏遇到点意外很正常。你怎么会来这里？”

“你的经纪人说你受伤了，让我过来看看。你的伤要紧，先去医院看看吧。”

能忍到现在已经很不容易了，苏莞看他疼得脸都白了，不敢再耽搁他的时间，顺势就想跟他一起走，转念一想不太对劲。

她偷偷瞧了一眼周围，果然大家都在看他们，赶紧往后退了一步，解释道，“我们的代言人受伤，我就过来慰问一下。”

理由很牵强，但总比什么都不做要好。

苏莞看着他被送上了车，心情有些落寞。

今天她看到了不一样的傅沉舟，就像电影里的男主人公一样，有一股特殊的魅力。大概是平时看多了他不正经的模样，现在这种反差让她觉得很吸引人，尤其是她很喜欢认真工作的男人。

她刚上车准备回家，手机响了起来，是傅沉舟打来的。

她狐疑之下，摁下了接听键：“怎么了？”

“就是没好好跟你说上话，想再听听你的声音。你刚刚哭了啊，没想

到你还挺感性的。”傅沉舟笑着调侃他，可好心情还没持续多久，他就发出了一声惨叫，连连喊疼。

苏莞真是哭笑不得：“你都这样了，还有心情关心我？”

“因为我想让你喜欢我。”

“那如果我真的有一天爱上你了，那几百万我岂不是要赔死？”

那边沉吟了片刻才开口：“那就我帮你赔喽。”

苏莞嘁了一声，迅速转移了话题：“今天你生日啊，还不算晚，要不要一起庆祝？”

“不了。今天虽然是我的生日，也是我妈的受难日，每年我都会抽空回去跟家人一起过。我也好久没回去了，可能会去个一周。”

“还挺孝顺。”苏莞看了眼皮包，若有所思道，“好啊，那就等你回来吧。好好照顾你的手，希望你回来的时候还有个人样。”

挂断电话后，苏桥从包里取出领结，叹了口气自言自语道：“好吧，这份礼物就等你回来再给你吧。”

不知怎么的，她的心情突然变得无比轻松愉悦。

另一头，傅沉舟狐疑地看向李兆：“是你喊她过来的？今天她的态度怎么这么好。”

李兆神秘一笑，并没有解释什么。

傅沉舟疼得龇牙咧嘴：“啊，终于赶在今天收工了。”

“是啊，孝顺儿子，为了赶回家陪妈妈，不顾手脱臼，非要赶完最后一场戏，简直就是劳模。”

“没想到她会在意我的生日。”一想到这里，他就忘了手臂的疼痛，甜蜜已经充满了胸腔，忍不住就想笑。

李兆看他又痛又想笑的表情，叹了口气，拍拍他的肩膀：“沉舟啊，哥只能帮你到这里啊。”

这两个爱情笨蛋未来的路还真是令人担心啊，一想到这里，他这个经纪人就无比头疼。

不过，相信两人会有着不错的进展的。毕竟三年还有这么长时间。

番外三

秦素

1

终于摆脱了！摆脱那个令人厌恶的家庭！

秦素长长地松了口气。一到大学，她就像是鱼儿回到了水中，重新获得自由一般，心情是那么愉快。

父母对秦素的家教一向很严格，尤其是妈妈，她在生下秦素之后就一直做着全职妈妈，人生从此就围绕女儿和丈夫转。她规划着秦素的一切，小到吃穿用度，大到理想恋爱，秦素的一切都在她的掌握之中。她对秦素说得最多的一句话就是“你现在不需要考虑任何事，只需要努力读书，女人只有足够聪明才能赢得男人的尊重。”

曾经，秦素一直以为天底下所有的父母都像他们一样，见缝插针似的控制着自己的孩子。直到有一天，她明白只有自己家里是特别的。从她妈妈在她的书包里翻出一张纸条开始，她的人生发生了天翻地覆的变化。

那张纸条上写着“你真漂亮”。

就因为这四个字，妈妈找到了学校老师，非要老师把写这张纸条的学生给找出来，非说是有人要带坏秦素，要阻止他们早恋。

那天，秦素躲在老师办公室外，看着妈妈在班主任老师面前哭得泣不成声。

“老师，求求你，一定要救救我的女儿，绝不能让那些小混混毁掉我女儿的前途，我所有的希望都在她身上，她不能堕落的。”

虽然老师极力地解释，但她丝毫听不进去，只是一味地哭诉。

那一刻，秦素觉得妈妈很丢人，还是个疯子。

这件事最后都没查清究竟是谁放的纸条，可是秦素却在学校里出名了，所有人都知道她有个神经过敏的妈妈，总有人在她背后指指点点。从那时起，她才明白自己的家庭是不正常的。

没过多久，爸爸就带着另一个女人和只比自己小几岁的男孩到了家里，和秦素和妈妈摊牌。原来他早就已经出轨了，只是一直在寻找时机离婚。

不论妈妈怎么恳求爸爸，他还是毅然决然地离婚了。

“我早就知道你在外面有女人，可我一直睁一只眼闭一只眼，想着只要你在我和素素身边就好，我没有别的什么要求。我什么都没有了，如果你走了，我该怎么活下去？我把女儿教得那么好，你不是一直为素素感到骄傲吗？如果我们分开了，素素就毁了。”

秦素这才明白，妈妈一直在忍耐，她一直都知道爸爸的事，只是她选择装聋作哑，她依附着丈夫生活，一旦失去了大树，她也将无法生存，而自己只是她牵绊住父亲的一个筹码罢了。

想到这里，秦素的伤痛似乎少了一半。

她还没有为这场变故伤心太久，父母就都已经有了各自新的人生。新妈妈和弟弟成为她新的家人，而为了离婚哭得死去活来的妈妈也转头就有了新的男友，没过多久也闪婚怀孕了。

妈妈在另一个家庭里，依附着男人孕育另一个“秦素”。

结婚那天，妈妈挺着微微隆起的小腹，拉着秦素的手笑吟吟地说：“素素，你一定要原谅妈妈。你以后会明白，我们女人靠自己是很难在这个社会立足的，所以妈妈必须得有个新的家庭。”

秦素看着妈妈面容精致的笑脸，哀伤渐渐将整颗心脏都吞噬掉。她深吸了口气，郑重地说道：“我想靠自己活着。”

她不需要依靠任何人。

在受尽后母的冷嘲热讽后，她终于可以离开那个家，在崭新的地方开始新的人生。

2

秦素第一次进大学图书馆，就引得一阵小小的骚动。秦素一身白色长裙，容貌和身材都很出众，这样的美女很难不引人注意。

“这就是秦素吧，W市的理科状元，没想到这么漂亮。”

“我好激动，终于又来了一个美女，我开始期待接下来四年的大学生活了。”

“借你一块镜子照照自己的脸，人家怎么会看得上你，要看也看霍燃嘛。”

说到这里，两个八卦男纷纷将目光投向靠窗的位置。出于好奇，秦素顺着他们的目光看了过去，没想到他也在。

被他们称作霍燃的男生正缓缓地翻过书页，午后的阳光透过窗户，将他半个人都笼罩在一片金色中，仿佛要将他与这个喧嚣的世界分割开来。

秦素对所有异性都不感兴趣，却还是知道霍燃的名字，实在是因为霍燃太出名了。报道第一天，宿舍里的女生都在讨论他，就算不想听，还是不可避免地听了很多事有关他的事。

霍燃是上大学之前，就已经参加过国内外无数比赛，拿过很多大奖。他的家庭背景也是让他出名的重要原因，霍家是本市最有名的富豪家族之一。

颜值高、智商高、家境好，典型的高富帅，这多符合少女们对白马王子的幻想啊。

忽然，有人小声地喊了一声霍燃，他转过头来，寻找着那人，目光恰好扫了过来，并没做停留便从秦素的脸上划了过去。第一次被他的目光击中，秦素的心脏好像漏了一拍，赶紧埋下头来看自己的手机。

这是她和霍燃的初遇。

她承认霍燃很优秀，但她不会轻易心动。

真正第一次的近距离接触是正式上课后的第一个礼拜，她去图书馆里找书，找了好久，才看到在书架的最顶层。她踮起脚尖去够，手指刚刚触碰到书脊，一只修长有力的手便伸了过来，帮她把书取了下来。

她接过书才看清帮忙的人是霍燃，还没来得及说“谢谢”，他便长腿一迈，与她擦身而过。风轻轻吹过，空气中弥漫着淡淡的洗发水的味道。秦素心神一动，转过身去，看到他在不远处驻足，他的指尖轻轻划过书脊，似乎在搜寻着什么。

秦素看了他两眼，猛然想起还有事情要做，赶紧抱着书离开了图书馆。可还没走出多远，就被一个不认识的男生拦住了去路。

“秦素，我有话想跟你说。”男生高大阳光，面对秦素居然很腼腆，目光一对上她的眼神，就慌忙躲开了。

秦素大抵知道他来找自己是什么事，便抢在他前面开口：“抱歉，我不想和陌生男人有除了同窗之外的其他关系。”

她语气冷漠，连个眼神都没施舍给他。她很不明白，明明互相都不认识，为什么会想告白呢？接受一个第一次见面就跟自己告白的陌生人，这明明是不可能的事嘛。为什么大家不能更谨慎地对待爱情呢？

秦素耸了耸肩膀，无奈地摇了摇头。

同伴们看到他告白失败，连忙上去安慰她。

“别气馁，听她宿舍的妹子说，她亲口承认不喜欢男人。”

秦素回过头冲他们狠狠地瞪了一眼，她什么时候说过不喜欢男人了？她明明只说自己不喜欢让男人帮忙而已，也不知道是哪个大嘴巴传出去的。

她抱着书往食堂方向走去，半道上正好遇到室友刘柳。刘柳一见她，赶紧跑上来，朝她晃了晃手里的报名表：“素素，你不是说要参加学生会嘛，我就去把表格给拿回来了，你要不要拿一张？”

秦素不会放过任何可以给自己简历加分的好机会，接过她递来的表格，说了声谢谢，不过她想起刘柳之前说的话，狐疑地问她：“你不是说对学生会什么的不感兴趣吗？”

刘柳凑了上来，小声说道：“我打听到霍燃师兄也在学生会，如果

有机会看到他的话，当然要试一试啦。我就想和你一起去，好沾沾你的喜气。”

“原来是为了男色。”秦素脑中浮现出霍燃的脸，不知道为什么，一看到他，内心就会觉得很平静。

刘柳说了声有约便先走了，秦素一个人去食堂吃饭，随后买了一大袋生活用品。宿舍的饮水机坏了，她又懒得下楼去打热水，便买了一大桶矿泉水。

她人本来就瘦削，拎着重物看着摇摇晃晃的，很是吃力。还好宿舍不远，她觉得自己支撑得住。路上，几个男生不顾周围人的目光打打闹闹，一不小心撞到秦素的胳膊，她一个踉跄差点就摔，幸亏有人在一旁扶住了她。

秦素说了声“谢谢”，抬头撞上一张熟悉的面孔——宗政。他和霍燃是女生宿舍里议论最多的两个男神级的人物，每天都被人摁着头吃安利，她想不认得都不行。

“谢谢。”秦素向他点头致谢，正想离开，却被他拽住了胳膊。

宗政的目光在触碰到她的眼睛时瞬间变得无比温柔：“我帮你吧。”

秦素连连摇头：“不用，我自己能行。”

宗政敲她细胳膊细腿的，拎着这巨无霸的矿泉水瓶，实在是有些吃力，又提了一次要帮忙，可还是被拒绝，只好目送着她离开。

秦素不是不想接受别人的好意，而是她必须学习独自生活，一切都靠自己。 旦习惯了别人的帮助，她怕会太依赖别人。

3

秦素去学生会面试，并没有碰到霍燃，倒是遇见了面试官之一的宗政。面试进行得很顺利，她几乎可以百分百确定自己一定会被录取。

果不其然，第二天她就被通知录取了。在学生会的迎新聚餐上，她见到了霍燃，他身边坐着一位女孩，漂亮得连让她都觉得惊艳，她猜测这就是有名的冷美人苏莞。

李秋学姐看她一直直勾勾地看着霍燃和苏莞，笑着走上来坐到了她身边，说：“霍燃和苏莞是我们学生会的两大吉祥物，他俩很配吧。”

“他们是男女朋友？”秦素讶然出声。

“嗯，是啊，虽然他俩有点奇怪，不过确实是男女朋友。”学姐连连点头。

霍燃居然会有女朋友？秦素有些惊讶，心间萦绕着一股莫名的情绪。她奇怪自己在意一个根本没见过几次面的男人，不想再做纠缠，她慌忙收回了目光，一扭头又看到宗政。

学姐又指着正在走过来的宗政说：“看，那是我们学生会的招牌。”

“吉祥物和招牌有什么区别吗？”

“吉祥物就是只能摆着看的，招牌就是既能看又能用的。”

“什么意思？”

“你以后就会懂了，平时霍燃和苏莞就是借学生会的办公地做自习教室。可宗政就不同了，自从他来了我们学生会出钱又出力，我们就再也不用为拉赞助跑断腿了。”

学姐一见宗政走过来，腰杆立刻挺得笔直，十分和气地跟他打了个招呼。

“面试结束后，宗政一直提到你的名字，看来是对你很有意思。他人很不错，虽然是有钱人，但并不摆什么架子。”学姐说完，便十分识相地把位置让给了宗政。

宗政坐到她身边，微笑着打了个招呼：“又见面了。”

“嗯，上次谢谢。”秦素点头致谢，随后继续低头喝自己的饮料。

一顿自助餐，宗政表现得十分热情，一直帮她拿盘子倒饮料，弄得她有些无所适从。

聚会进行到一半，秦素觉得有点头疼，决定先撤，其实也是为了躲开宗政的好意。偏偏宗政提出要送她回宿舍，她赶紧摆摆手：“不用了，我不怕黑，一个人能行。”

秦素起身时，目光下意识瞟向对面的霍燃，他正在安静地吃东西，和身边的苏莞并没有什么互动。她细微的神情变化被宗政看在了眼里，他的

脸瞬间阴沉了下来。

秦素独自走出了餐厅，晚风拂面而来，脑子瞬时变得清醒，头痛也好了许多。她摇摇头，将脑子里多余的情绪全部赶了出去。

还没走几步，后来传来急促的脚步声，宗政清朗的声音在喧嚣的街道上响起：“秦素。”

秦素没想到他会追上来，正想说些什么，他却抢先一步，打了一个直球。

“秦素，我对你一见钟情。”

她没想到他竟然会这么直白，愣了一下，才想起要说些什么：“对不起，我对你没有感觉。”

“这不是告白，而是预告。”

“什么预告？”

“追你的预告。”

秦素低下头，思忖片刻之后，才抬头连说三次“不好意思，我不喜欢你。”

“为什么要说三次？”

“既然你说要追我，那我就提前拒绝你吧。俗话说事不过三，像你这样骄傲的人，是绝对不会允许自己被拒绝三次的吧。”

宗政被她的话怔住了，他的确没想过自己会被拒绝，别说告白被拒绝三次，他连主动告白这种事都没做过。

“如果追你的是霍燃呢？”

秦素沉默了，她没有明确地回答他的问题，而是说了句：“我和他不熟。”

她的头又开始疼了，赶紧找了个借口匆匆离开。

留在原地的宗政望着她远去的背影，唇角的笑容愈加狡黠。他下定决心，一定要追到这个特别的女人，无论用什么手段，一定要将她的目光从霍燃手中夺过来。

4

秦素到达图书馆的时候，位置基本已经没了。偏偏那么凑巧，霍燃也在，而他对面的位置还空着。

她走上去轻轻拉开椅子坐了下来，霍燃还在沉迷在公式之中，并没有注意到她。

秦素不小心碰倒了书，发出了很大的动静，生怕吵到霍燃，下意识地看向他，却发现他根本没有反应，他依然沉浸在自己的世界里。

他虽然坐在她对面，却毫无存在感，他太安静了，安静得让她觉得很舒服。

秦素解题解到一半遇到了困境，苦思冥想之下依然没有思路，便拿起茶杯起身去倒水。休息了一会儿，等她再回到座位时，她的本子上已经写好了答案。

她讶然抬头看向霍燃，他似乎感应到她的目光，也抬起头来，这是两人第一次如此近距离的对视。

霍燃伸手过来，在白纸的空白处写下：无意间看到这道题，觉得很有意思，就解了一下。

秦素写下：谢谢，不过这里我还是不太明白。

午后的风突然撩起淡蓝色的窗帘，轻轻地拂过两人的脸庞。

秦素顺着他修长的手指一直往上看，耳边是风声和他写字发出的沙沙声，这种感觉让她觉得很放松。

两人借助纸笔交流了一番，秦素在他耐心的解释下，总算弄明白了解题思路。霍燃的兴致散了，看了下手表，便收拾起了东西准备走人。

秦素等着跟他打个招呼，没想到他根本没想和她寒暄一番，直接拎起背包走向了楼梯。她不由自主地追了上去，却在图书馆门口看到霍燃和苏莞并肩一起离开的背影。

刚刚被撩拨起来的心情一下子跌落到了谷底，她呆呆地站在原地，心莫名地有些空。

虽然不想承认，但是她很清楚，她心动了。

明明告诉自己，不要对任何人抱有期望，但刚刚那一刻，她有一种感

觉，也许霍燃可以走进自己的世界。

而此时，图书馆二楼一双眼睛也在注视着她。

秦素朝刚才霍燃离开的方向走去，踩在阳光洒落在林荫小道上，心又变得沉甸甸的。

她想，如果人这一生必须经历一次恋爱的话，她应该会选择霍燃这样安静的人吧。但她永远都不想到，在多年以后，这样的霍燃会因为一个年轻的女孩变得不再安静。

5

当得知霍燃和苏莞分手之后，秦素再次向霍燃坦白了自己的心意。其实这么几年来，她一直爱得很执着，并不在乎他是不是有女朋友。喜欢霍燃，是她一个人的事，告白也是她一个人的事，她并不介意别人对自己的看法。

“对不起，我没有再谈恋爱的打算。”霍燃冷漠地回绝了她。

秦素早就已经预料到他的答案了，可还是有点受伤。她作为告白的人，本不应该奢求被告白者的回应，能说出真实的心意就已经满足了，可是这种无法得到的绝望感还是让她觉得无奈。

她没有露出受伤的一面，反而笑吟吟地比了个手势：“第八次，都说事不过三，我被你拒绝了八次，但我不会放弃的。”

霍燃注视着她的眼睛，并没有说什么，转身便走了。

而一直在旁边看好戏的宗政见他一走，便靠了上来，跟她一起看着霍燃越走越远的背影。

他唏嘘了一声，问她：“为什么这么执着？”

“也许是因为习惯吧。”她自嘲地说道，“我和你做了同样的事，有点理解你的心情了。”

宗政笑道：“那可不一样，我可是告白了二十一次。现在是第二十二次，我喜欢你。”

“你的告白真是越来越简单随意了。”秦素摇了摇手指，说了声

“NO”。

她正想走，宗政突然开口问她：“听说你不准备读研了？”

“这个专业我已经读腻了，有点想试试新的行业，比如娱乐行业吧。”秦素说得随意，朝他挥了挥手，“我走了。”

宗政站在原处，看着她离开的背影，内心久久无法平息。

秦素收起了伪装的笑容，平静地踩着一地的断枝和落叶，朝背着阳光的方向走去。因为昨夜刮了一场大风，整个学校都狼狈不堪。她不小心被绊摔了一跤，有人伸手过来扶她，她说了声“没事”，起来拍了拍身上粘上的树叶，便又继续往前走。

“明后天居然还要下暴雨。”

“是啊，据说比昨天的雨还要大呢。”

听着身后有人在讨论天气，秦素打开手机查看了一下天气预报，有点担心明后天的面试，马上要放暑假了，她不准备回家，而是选择在本地找公司实习。

她整理了下心情，告诉自己即使狂风暴雨，也要一个人努力前行。

番外四

宗政

宗政的父亲总是在他耳边念叨霍家的人和事，尤其是喜欢把他和霍燃放在一起对比，久而久之，他已经默默把霍燃放在了最强竞争对手的位置上，直到后来他才明白，无论自己多么努力，在他眼里依旧是个路人甲。

大学的第一场开学典礼，霍燃作为学生代表做了演讲。他就站在台下，并没有给他鼓掌。

宗政嫉妒他，他做着自己喜欢的事并能有所成就，而自己却必须为了父母的期盼做自己不喜欢的事。

他不甘心，他一定要赢一次，哪怕不择手段。

只要霍燃参加什么比赛，他就跟着参加，可是一次都没赢过，每次都屈居第二，从此得了“千年老二”的外号。

宗政和霍燃同在一个系，又同在学生会，自然抬头不见低头见。

虽然宗政把他当对手，但对方根本一点都没把他放在心上，有时候隔个假期没见，霍燃就能把他的脸给忘了。后来，宗政干脆连招呼都不跟他打了，连戏都懒得演了。

他喜欢秦素，应该算是一见钟情吧，她的脸蛋和身材正好是自己喜欢的类型。第二次见面，他又被她的才华与气质折服，也记住了她的名字——秦素。

他已经很久没遇上这么对自己胃口的女人了，第一个能入得了他眼的是苏莞，只是她性格和霍燃一样古怪，根本相处不来。

一开始他还只是对这个女孩有点意思，后来真正想要追她，却是因为霍燃。迎新聚餐那天，他已经察觉秦素对霍燃很是在意。那一刻，他妒火中烧，她想把她的目光夺过来，所以他告白了。

秦素拒绝他时说的话十分有趣，激起了他的征服欲。他想，陪她玩玩游戏也无妨。

从小到大，他最擅长的就是忍耐和伪装。他有两个哥哥，比起他，父母更喜欢聪明外向的哥哥，为了得到父母的重视，他不得不做更多讨好他们的事，为达目的再讨厌的事他也能忍下去，他很擅长这个。

无论秦素怎么拒绝他，他都能忍下来。但是这种忍耐是有限度的，无论他怎么努力，秦素的眼中依然只有霍燃。

霍燃，就像横亘在他面前的高山，如果不跨越过去，他就看不到新的风景。

无论他多努力，他依旧只能活在霍燃的阴影之下。自己就像月亮，一遇到太阳，就会失去所有的光芒。

这种无力感，一直持续到了毕业。

霍燃拒绝了国外某知名院校的邀请，接了父亲的班，放弃了学术，成为一名商人。像他这样的书呆子真的能在商场上混？宗政忍不住笑了。

“霍燃，你为什么放弃？”这是他第一次主动问霍燃。

霍燃平静地回答：“为了家人。”

“我想你以后会牢牢记住我的名字，我们商场上见。”宗政说完，身后有人喊他的名字，他说了声再见便转身走向人群，和他们一起拍了最后的毕业照。

霍燃没做停留，转身朝他完全相反的方向走去。

番外五

苏桥与霍燃

1

霍妈妈是儿童文学专业的教授，又是翻译家，所以家里收藏了很多童话书。苏桥得益于妈妈的教育，从小就热衷于看童话故事，导致她一度沉迷于书中营造出来的美好世界。

“妈妈，真的有白马王子吗？”小时候苏桥天真地问妈妈。

“有啊，迟早有一天，你一定会遇上属于你的白马王子。”

如果现实里有王子的话，那会是谁呢？

苏桥从小就是被父母放养长大的，她一直屁颠屁颠地跟着姐姐苏莞，所以跟霍燃也经常玩在一起，久而久之，她的朋友们都知道她有霍燃这个所谓的哥哥。

“苏桥，你的霍燃哥哥简直像童话故事里的王子一样帅。”

“简直比电影明星还要好看。”

只要苏桥在，大家的话题总是会聊到霍燃。

虽然电视上的明星很帅，但是身边有一个电视上的明星还要帅气的男生，大家自然不会错过八卦的机会。聊得多了，苏桥就懒得参与他们无聊的话题了。

她承认霍燃哥哥很帅，但她实在是没办法把他和王子殿下联系在一起。他既不浪漫又不通晓人情世故，还是个书呆子，过于接地气的人设和童话故事里的王子简直是天差地别。

直到有一天，她对霍燃的态度才有了改观。

那天，本来应该陪苏桥去参加比赛的苏莞不能去，干脆把霍燃叫来帮忙。其实苏桥和他不是很熟，也就一年说个两三句话的程度吧。如果没有姐姐，她想自己和他根本不会有什么交集。

苏桥根本不想和他这个闷葫芦站在一起，一句话都接不上实在是太尴尬了。霍燃根本不懂得迁就人，并没有放慢速度来等待苏桥，她只好拼命迈开腿跟住他的脚步。

在去车站的路上，霍燃突然停了下来，转向了临街的早餐店，苏桥又只好跟了上去。没想到他只买了一份早餐，大妈大约是注意到了苏桥可怜的小眼神，跟他确认了一遍："你旁边的小姑娘要不要来一份？"

霍燃转过身来，一脸"终于想起来了"的表情，说了声抱歉，问她："你想吃什么？"

"霍燃哥哥，你是不是又把我忘记了？"苏桥愤愤不平地问道，"我的存在感就这么低吗？"

霍燃没有说话，俨然是默认了，从柜台上拿起一罐牛奶递给苏桥："来，喝这个，长个子，你姐姐很担心你长不高。"

苏桥觉得自己迟早有一天会被他气死。

两人从早餐店出来，马上要过马路。正在等红灯的时候，霍燃突然紧紧握住了她的手。

"这样比较安全，我也不怕忘了你。"这是他能想到的最好的办法。

苏桥脸唰地就红了，她就任由着他牵着自己的手一直到了比赛会场。朋友们一看到霍燃，立马就涌了上来，争着跟她搭话问霍燃。十来岁的小女孩正是天真烂漫的时候，当然期待见到童话故事里的王子和公主。

从比赛会场出来，苏桥在花坛前找到了霍燃，他正坐在长椅上，安静地看书。

阳光正好，洒落在他身上，是那么温暖。苏桥喊了声"霍燃哥哥"，刚准备再说点什么，就吧嗒一声摔倒在地。

霍燃急忙跑了过来，将她抱到椅子上坐下，检查了一下她脚上的伤势。苏桥忍着痛，一声不吭。

“鞋子的搭扣断了，我去帮你买双鞋。”

霍燃说完，转身就走了，苏桥还没来得及说自己穿几码的鞋。等他回来的时候，手里多一双粉嫩的拖鞋。

“忘记问你尺码，就买了双拖鞋。”霍燃说得云淡风轻。

苏桥对这个情商低到吓人的霍燃哥哥简直欲哭无泪，谁说他是王子，他是傻瓜才对！

霍燃没有注意到她的表情，单膝跪在地上，帮她把坏掉的鞋子脱了下来，换上了新的拖鞋。

他的动作很轻，也很耐心。仿佛他拿的不是一双拖鞋，而是灰姑娘的水晶鞋。

“尺码好像大了点，凑合一下吧。”

霍燃抬头，目光对着她，难得露出了笑容，那一刻仿佛春风拂过，暖到了她的心里。

她还是第一次这么近距离地面对霍燃，而且他还笑了！她好像真的看到童话故事里的王子从书里走了出来，他是那么帅气温柔。

也许，霍燃哥哥真的是王子吧。

苏桥晃着腿，刚才的郁闷的心情一扫而空，笑吟吟地说道：“好像不痛了。”

“能走路吗？要不要我背你？”

苏桥摇摇头，向霍燃伸出了手：“霍燃哥哥牵我的手吧，我怕摔倒的时候你又把我给忘了。”

霍燃一时语噎，心想着现在的小女孩心胸真狭隘，还记仇呢。

多年以后，苏桥和霍燃正在挑选婚鞋，她突然想起这件往事，忍不住提了起来：“你还记得小六那年，我摔了一跤，你给我买了双拖鞋换上。回去的时候，我因为那双拖鞋又摔了两次，摔得可惨了。”

霍燃回忆了一会儿，终于想了起来：“哦，那次啊。”

见他毫无悔意，苏桥坐了下来，指着心仪的水晶高跟鞋说：“现在就要你赔偿我，给我再穿一次。”

霍燃唇角一勾：“乐意之至。”

苏桥心满意足地笑了，他的王子为她这个灰姑娘穿上水晶鞋。谁说现实里没有童话故事，只要彼此相爱，每一个人都是王子和公主。

2

苏桥每年都特别盼望情人节，不是因为想要被告白这种老掉牙的套路，而是因为“钱”。

这还得从高一的寒假说起。

苏桥和好友方芳正筹划着参加漫展，可是一搜某角色的Cosplay服装的价格，瞬间就蔫了。

苏桥每年还是能拿到不少红包的，可是爸妈总是各种理由将她的红包收缴得干干净净，最多剩个几百块钱给她买习题册。她特别喜欢去霍家，霍奶奶很喜欢她，每年都会偷偷给她包个大红包。可是今年春节他们一家子都去国外旅游了，连这个财路都没了。

苏桥只好认命，可没想到赚钱的机会很快就来了。

情人节当天，苏桥一整天都在帮姐姐苏莞收快递。姐姐每年情人节、七夕节都少不了礼物，今年当然不会例外，甚至比去年还多一倍。即使苏莞放假在家，也依然不能阻止她的支持者们送礼谄媚。

这当然就便宜苏桥了，那些人为了讨好苏莞，送的都是高级巧克力，可是她连正眼都不瞧。苏桥接收了这批货物，在朋友圈里兜售了一圈，很快就有一笔收入进账了。

她又从姐姐口中得知，霍燃和家人都回家了。一个念头从脑子里闪现出来，她赶紧拽着姐姐的胳膊往外走：“姐，今天可是情人节，你该去见见霍燃哥哥。正月还没过去，我们也应该去跟他们拜个年。”

“你今天怎么这么积极？”苏莞把她的胳膊拽了下来，一脸狐疑地看向自家妹妹，“你平时有这么懂礼貌吗？”

正好爸妈回家撞见这一幕，霍妈妈忍不住打趣道：“哎哟，我们家

桥桥这么懂礼貌啊，不过确实应该去拜访一下，我们两家好久没一起聚聚了。”

苏桥总算如愿以偿，心里打起了小九九。

一家四口驱车来到了霍家别墅，寒暄一番之后，苏桥问起了霍奶奶的情况，这才知道霍奶奶已经回到乡下养老去了。

计划彻底落空，她脸上难掩失落的神情。

这时，霍燃却突然把她拉到了一边，指了指自己房间的位置神神秘秘地说：“跟我来。”

苏桥一对上他的目光，心就一紧，磕磕巴巴地问他：“霍燃哥哥，有什么事吗？”

“跟我来就知道了。”霍燃没有多瞧她一眼，自顾自上楼去了。

苏桥努力跟上他的步伐，但还是追不上他。

一进房间，他就把门关得严严实实。就在她心跳不止，猜测着他下一步的动作时，霍燃从抽屉里找出一个红包。

“奶奶让我交给你的，说要偷偷给你。”

苏桥从他手里接过红包，双手因为喜悦忍不住微微颤抖，连说了好几声谢谢。正准备离开房间时，她的余光瞟到了书桌上的一大箱巧克力。

“哇，好多女生给你送巧克力哦。”不知是羡慕还是其他什么情绪，她心里有些酸溜溜的。

霍燃蹙眉，语气里有些不耐烦：“只是给我制造麻烦而已。”

“扔掉不就好了。”苏桥脱口而出道。漫画里的高冷男主们总是把不喜欢的女生送的礼物扔掉，这不是常规操作吗？

“太浪费了。”他说。

苏桥一听，赶紧说：“那我帮你处理掉怎么样？我最喜欢吃这个牌子的巧克力了。”她说谎话的时候，眼神也十分真诚。

“如果你喜欢的话，全部拿走也无所谓。”霍燃表现得很随意，“要我给你找个袋子装起来吗？”

“那就最好了。”

苏桥得逞地笑了。

最后她离开霍家的时候，不仅拿到了一个大红包，还收获了一大堆名牌巧克力。

从此，情人节对她而言，就变成了赚钱的好日子。

她和霍燃婚后的第一年情人节，霍燃准备了一份大礼——一大箱某牌巧克力。

虽然收到礼物很开心，但一箱巧克力，并不会让她觉得很激动，反而觉得有点腻得慌。

“你怎么会想到送这个？”

“以前每年情人节你都从我这里扫荡走一堆巧克力，你不是很喜欢吃吗？”霍燃哪里晓得，当年那些巧克力全部被她卖掉换了钱。

苏桥当然不会说出事情真相，绝对会被他鄙视的！她只好佯作满心欢喜地收下了礼物，然后转头就在朋友圈里出售了。

第二天她的“恶行”就被霍燃知道了，苏桥只好撒娇保平安，并承诺以后不会再犯，霍燃这才消气。此后苏桥暗暗下定决心，以后做什么见不得光的事，一定要记得屏蔽霍燃。

3

为了报复姐姐，苏桥使用了不正常手段总算来到了霍燃身边。

他很忙，她老是见不到他就开始急了。为达到目的，她不得不见缝插针地在他面前刷一下存在感。比如，做夜宵等他下班、跟着保姆阿姨学习怎么给他熨烫西装衬衫。

可是这些成效都不大，她就放弃做讨好他的事了。

苏桥很喜欢做手工，一空下来，便在屋子里倒腾。爸爸妈妈并不喜欢她在这上面花太多时间，她只能偷偷地做。到了霍家，没人看着她，她便开始肆无忌惮了。

这天，霍燃回到家，没看到过聒噪的苏桥，竟然有些不太习惯。经过苏桥房间时，他下意识地驻足，发现她的门半掩着，里面没什么动静。

他推门进去，便看到一地狼藉，而她则倒在地板上。生怕她出事，他赶紧跑上去将她抱起。

“苏桥，你没事吧？”他焦急地喊她的名字，得到的却是苏桥的一句梦话。

“霍燃，你和我结婚吧。”

霍燃松了口气，还活着就好。他把她抱上床，帮忙清理了一下房间。

他知道她喜欢做Cosplay的道具，但还是第一次看到半成品，没想到做得还挺精致的。他拿起来欣赏了一番，又仔细地将它们收纳好。

房间的角落支着画架，霍燃在上面看到了自己的画像。

苏桥的画工很好，简单的素描就把霍燃的所有特征勾勒了出来。霍燃很多年没看到她的画，画的还是自己，忍不住多看了两眼。

“有这么喜欢我吗？”霍燃走到床边，朝她叹了口气。

这一次他难得的没有因为被女人纠缠而感到厌烦，他想应该是自己从小看着她长大的缘故吧。

他弯下腰，给苏桥盖好了被子，注视了她几秒后，才悄悄地走出了房间。

第二天苏桥醒来时，房间里已经焕然一新。

她眨巴着眼睛，回忆着昨天晚上的事，但实在想不起来自己是怎么爬到床上来的。她好像做了个梦，梦见霍燃要跟姐姐复合，她气得直哭，抱着他的胳膊求他娶了自己。那狼狈的模样一想起来就觉得丢人，她庆幸只是在做梦。

吃早饭时，霍燃提及昨天的事，苏桥对他居然会关心自己这件事表示了惊讶。霍燃却并没有多解释什么，只是淡定地喝着咖啡。

“我让人把杂物间空出来了，以后你有什么东西堆到那里去，别把房间弄得跟狗窝似的。”

苏桥像是做错事被抓住的小孩，连连点头讨饶：“那我拜托你，千万别告诉我家人，我怕他们说我不务正业。”

“我没那么八卦，特地跑到你家去说这事。”霍燃冷淡地说。

苏桥松了口气，说了声“谢谢”。

从那天以后，两人的关系就缓和了一些。

接下来几天，霍燃都在外地出来，好不容易回趟家，换了一身衣服又出去应酬了。苏桥睡得迷迷糊糊，听到外面有动静，想到应该是霍燃回家了，一时间睡意居然消失了。

好几天没见到霍燃了，她想着自己应该去他面前刷一下好感度，便起身假装去倒水。

可一见到他喝得醉醺醺的，她也顾不得女孩子的矜持了，赶忙上去扶住他，费了九牛二虎之力，才将他搬到床上。

苏桥见他情况不太好，也不敢离开他身边。

霍燃一直不断呕吐，一开始她以为他只是单纯地喝醉了，直到看他腹痛不止、脸色越来越差，她才意识到情况不妙。

苏桥慌了，家里今天正好没人，如果打电话给自己爸妈的话，他们也赶不及过来。

她只有先拨打120，陪着霍燃等待救护车过来。她百度了一下他的症状，很有可能是急性胰腺炎，这病还挺严重的，搞不好就会死人。

苏桥怕得直接把手机丢了，紧握着霍燃的手，差点就要哭出来："霍燃，你挺住啊，医生马上就过来了。"

她一直陪在霍燃身边，从上救护车到看着他被推进手术室。

也不知在他身边陪了多久，她终于看到他苏醒了，眼泪唰地一下就流了下来，一边哭一边喊："霍燃，你总算醒了，快把我吓死了。"

霍燃看着她哭了一会儿，才有气无力地调侃她："苏桥，你几天没洗头了，脏死了。"

她的眼泪硬生生被他这句话给憋了回去，嘟起嘴气鼓鼓地说："霍燃，你这条命可是我救回来的，你还敢嫌弃我，你得对我感恩戴德一辈子，知道不？"

霍燃被她逗笑了，觉得此时的她虽然脏脏的，却很可爱。他想抬起手摸摸她的脑袋，但实在是没有力气。

也许人只有在脆弱的时候，才会发现身边美好的事物。

霍燃突然觉得，身边有这样一个聒噪的女人好像挺不错的，而且她还

救了自己的命。

好吧，用一生来报答，好像也不是不可以。

而此时的苏桥，却一点也没有察觉到他克制的感情。

4

某一天，苏桥突然发现自己和霍燃几乎没有一次正常的约会。这马上就要结婚了，还没好好谈谈恋爱，实在是太对不起自己了。

趁着霍燃有空，她拉住他去了电影院，情侣之间必须做的第一件事当然是看一场浪漫的爱情电影。

这部电影的名字叫“后悔”，讲述的是一个老套的爱情故事，男女主人公很是恩爱，迫于无奈分手，多年以后又重修旧好。虽然题材老套，但导演的拍摄手法非常唯美，男女主人公的独白也相当有韵味，让人看完唏嘘不已。

苏桥从电影院出来，整个人的情绪还沉浸在电影之中。

“好想向全世界安利这部电影啊，简直太棒了吧，居然没人看，太可惜了。”

霍燃看了眼海报，笑道：“所以这部电影叫‘后悔’。”

苏桥回味过来，忍不住哈哈大笑，问他：“霍燃，那你有没有什么后悔的事，你后不后悔没有继续搞学术研究？”

“我有后悔的事。”他突然按住她的后脑勺往上一托，目光对上她的眼睛，眼神里的笑意无比温柔，“我后悔，年少时没对你好点。”

“你终于知道以前对我有多过分了？”苏桥嘁了一声。

“把手给我。”他像王子一般向她递出了右手。

苏桥牵住他的手，狐疑地问：“干什么？”

“牵了手就要走一辈子，我不会再把你丢了。”霍燃紧握着她的手，拉着她大步向前，“走，我带你去好吃的。”

一听有好吃的，苏桥立马屁颠屁颠地跟了上去，一边走还一边哼着不成调的曲子：“跟着霍哥有肉吃。”

“傻瓜。”霍燃轻笑一声，眼神里满是宠溺。

第二天，霍燃包场请员工们一起看《后悔》，强势卖了一波安利。很快，“霍燃包场电影《后悔》”这个关键词就上了微博热搜。

虽然他没能把这部电影安利给全世界，但至少把《后悔》安利给了全国人民，霍太太表示非常满意。

— 完 —